계절의 맛

**일러두기**

- 본 도서는 국립국어원 표기규정 및 외래어표기규정을 사용하였습니다.
  다만 일부 입말로 굳어진 경우에는 작가의 표기를 따랐습니다.
- 기본 계량의 경우 컵의 기준은 종이컵으로 하였고,
  큰술의 기준은 일반 밥숟가락을, 작은술의 기준은 티스푼으로 하였습니다.

고요하고 성실하게 일상을 깨우는 음식 이야기

계절의 맛

정보화 지음

지콜론북

독립하던 첫날, 엄마가 챙겨준 사골국을 꺼내 혼자 끼니를 챙겼다. 혼자가 되었다는 사실이 어찌나 외롭고 두렵던지 한참 동안 울음을 그치지 못했다. 한참을 울다 지쳐 뜨거운 사골국에 밥을 말아 한술 뜨는데 그 맛이 어찌나 다정한지 다시 눈물이 터지고 말았다. 엄마의 걱정스러운 마음을 마주한 듯했다. 이날 처음 맛의 위로를 경험했다. 오래전부터 존재했으나 그 존재를 뒤늦게 알아차린 셈이다. 친구들과 삼삼오오 까먹는 귤, 퇴근 후 마시는 맥주 한 잔, 계절마다 구태여 찾아 먹는 음식을 세어보면 이 맛의 조각들이 모여 지금의 나의 삶을 이루는 것 같다.

급류에 휩쓸리듯 매일을 살아내다 보면 가끔 돌아볼 때를 잊은 적도 있다. 나를 살필 여력도 좀처럼 나지 않아 어쩐지 웅덩이에 푹 빠져 고인 채로 그대로 있던 날도 있었다. 이런 날은 퇴근길에 시장으로 향한다. 좌판 위 푸성귀나 과일을 보고 있노라면 지금 내가 서 있는 계절을 실감할 수 있다. 그 길로 제철 식재료를 사 들고 와 혼자 먹을 밥을 마음으로 짓는다. 예쁜 그릇에 담아 상차림도 단정히 한다. 텔레비전을 켜는 대신 먹고 있는 음식에 시선을 두고 맛에 집중해 한 끼를 챙기고 나면 희한하게 마음이 한풀 가라앉는다.

조바심에 급히 흐르던 시간이 제 속도를 찾기 시작한다. 계절마다 식탁에 오르는 음식을 우물거리고 있으면 불현듯 떠오르는 순간들이 있다. 잊혔던 기억과 감정을 다시 불러오면 지난 나를 돌이키게 된다. 좋은 날도 있었고, 울음을 삼켜야 했던 날도 있었다.

우리는 시간을 곱씹으며 이 계절을 통과한다. 그리고 조금씩 자라고 있음을 확인한다. 이 책을 읽는 동안 당신이 서 있는 이 계절도 조금 더 풍요로웠으면 좋겠다.

정보화

살랑살랑 싱그러운, 봄의 맛

우리가 상상하는 봄의 맛
따스한 숨결 같은 벚꽃청

봄 신제품으로 출시할 벚꽃청을 개발하느라 한창 바쁜 날을 지내고 있다. 한 번도 맛본 적 없는 벚꽃의 맛을 어떻게 구현해야 할지 막막했지만 봄의 대명사라 해도 지나치지 않을 벚꽃으로 봄을 전하고 싶었다. 오로지 그 마음 하나로 제품 기획을 시작하고 보니 가장 먼저 맛의 기준을 세우는 작업이 필요했다. 미리 시장에 나와 큰 사랑을 받고 있는 벚꽃 제품들을 한데 모았다. 음료에서부터 디저트까지 품목도 다양하고 종류도 많았다. 포장지와 맛을 살펴보며 바로바로 의견을 공유하는 방식으로 회의를 이어갔다.

"근데 뭐가 벚꽃 맛인지 사실 잘 모르겠어!" 맛과 뉘앙스가 제각각이라 도무지 맛의 기준을 세울 수 없었다. 대개 시중에 나와 있는 제품들은 화이트 초콜릿에 분홍색 색소를 넣어 꽃 모양으로 만든 식이라 온전한 벚꽃 맛을 기대하기란 어려웠다. 꽃의 맛이라니. 애초에 어떤 맛을 기대하고 우리는 시도하려고 하는 걸까. 한국 제품뿐만 아니라 일본에 나와 있는 제품까지 살펴보기로 했다.

십여 일 만에 말린 벚꽃절임, 생벚꽃 소금절임, 벚꽃주 등이 도착했다. 오래 기다린 터라 지체 없이 잘 절여진 벚꽃으로 일부는 청을 만들고 남은 것으로는 시럽을 끓였다. 오늘 만든 것을 제대로 맛보려면 사나흘은 더 기다려야 한다. 먼저 소금에 절인 생벚꽃 절임을 뜨거운 물에 우려서 맛을 보았다. "생 벚꽃을 그대로 봉인할 생각을 했다니" 하고 감탄이 절로 나왔다. 짠맛을 제거하기 위해 소금을 털거나 오 분 남짓 물에 담가 사용해야 한다. 절여진 벚꽃 향이 궁금해 코를 가까이 대고 킁킁거리니 시큼한 향이 코를 쿡 찌른다. 소금과 식초에 절인 이 벚꽃에선 무슨 맛이 날지 아무리 상상을 해보아도 가늠하기 어려웠다. 물에 담가 놓은 벚꽃을 살살 흔들어 한 번 더 헹궈낸 후 찻잔에 옮겼다.

잔에 뜨거운 물을 붓고 우려지길 기다렸다. 초침이 두 바퀴를 돌쯤 찻잔 안을 들여다보니 벚꽃이 활짝 피어 있었다. 동료들과 둘러앉아 다소 진지한 태도로 찻잔을 들었다. 호로록, 첫 입을 댔다. 찻잔을 내려두기도 전인데 서로의 눈치를 살폈다. 그러다 웃음이 터졌다.

"맛이 왜 이래?"
"그러게 짜고 비리고 시큼해. 나만 그래?"
"이걸 굳이 왜 먹는 거지?"

차를 우리는 방식이 잘못된 건지, 원래 이런 맛인지 싶어 벚꽃차에 대한 내용을 더 찾아보았다. 그런데 재밌게도 원래 이 맛에 먹는 것이란다. 소금의 짭조름한 맛, 매실 초의 시큼한 맛, 끝에 남는 비릿한 맛으로 말이다. 믿을 수 없어 말린 벚꽃잎도 바로 뒤따라 우려 마셔보았다. 이 또한 기대가 컸지만 맛이 원채 너무 흐려 저장식품으로 만들기에는 무리라는 판단이 섰다. 김이 푹 샜다. 덩달아 의욕도 한풀 꺾였다. 하지만 오늘 벚꽃절임으로 만든 청과 시럽이 아직 남아 있으므로 때를 기다리기로 했다. 며칠 후 다시 테스트를 하기 위해 동료들과 모였다. 벚꽃청과, 시럽을 조금씩 떠 맛을 봤다. "윽, 맛이 왜 이래?" 흡사 약품에서 날 법한 화학약품의 맛과 향에 적잖이 당황했다. 츱츱거리며 숨어 있는 맛이 있을 거라며 아무리 찾아보려 해도 이걸 누가 먹을까 하는 생각뿐이었다. 그 순간 왜 벚꽃 맛이라고 쓰인 제품들의 맛이 하나같이 제각각이었는지 알 것 같았다. 어려운 벚꽃 맛을 그대로 살리는 것 대신 찾는 이들이 기대하고 상상하는 봄의 맛을 새로 입힌 것이라는 생각이 들었다. 녹록지 않은 방향으로 흘러가고 있지만 꽤 흥미로운 작업이 될 것 같은 예감이 들었다.

방향을 바꿔 우리가 상상하는 봄의 맛을 찾는데 주력하기로 했다. 우선 봄을 떠올렸다. 살갗에 닿는 바람의 결과 따스한 온도, 흐드러지는 벚꽃을 머릿속으로 그리며 입안에 도는 맛을 상상했다. 옅은 미색 같기도 하고 연하지만 불그스름한 색이 먼저 떠오른다. 향긋한 꽃 향이 나기도 하고 달콤한 꿀맛도 희미하게 돈다. 겹겹이 쌓인 벚꽃처럼 그 맛을 슬그머니 숨겨보면 어떨까. 한 모금, 한 모금. 재료의 단서를 찾아가며 이 봄을 충분히 누릴 수 있도록 말이다. 빈 노트를 펴 걷잡을 수 없이 뻗어나가는 생각을 주워 모았다. 달리 뾰족한 수는 없다. 분량을 조절하고 여러 허브와의 조합을 달리해 시럽을 끓였다.

비중이 큰 장미 꽃잎과 꿀은 비율을 조정하고 함께 어울릴 만한 과일과 허브는 여러 배합으로 서너 개의 시럽을 완성했다. 끓이는 동안 뿜어내는 수증기에 봄의 기운이 묻어 있다. 향긋하고 달콤한 것이 가볍게 폴폴 날아다니며 책 사이에, 가지런한 그릇 위에 그리고 나의 어깨 위에 가만히 스민다. 소금에 절인 벚꽃은 미리 물에 담가 짠맛을 없앴다. 그리고 병안에 두세 봉오리를 넣고 미리 만들어 놓은 서너 개의 시럽을 붓고 뚜껑을 꽉 잠근다. 활짝 핀 봉오리가 유유히 헤엄치는 모습을 보고 있으니 봄을 낚은 듯 마음이 흡족했다.

며칠이 지나 숙성된 벚꽃 시럽을 꺼내 에이드를 만들었다. 둥근 잔에 묵직한 시럽을 붓고 얼음을 채웠다. 그리고 조심스럽게 탄산수를 채우고 벚꽃 봉오리 하나를 꺼내 얹었다. 휘휘 저어 보니 연분홍빛이 곱게 따라온다. 한 모금 마시고 숨을 몰아쉬니 꽃내음이 깊게 스민다. 나의 숨에서 봄이 느껴진다.

**봄이 전하는 말**

벚꽃 봉오리를 따서 찜기에 5분 정도 찐 후 말리면 찻잎으로 오래 두고 사용할 수 있다. 하지만 식용 재배가 아닌 가로수에 핀 벚꽃은 병충해 관리를 위해 농약을 살포하니 가급적 피하는 것이 좋다.

**봄을 그대로, 벚꽃 시럽**

소금에 절여진 벚꽃을 샀다면 차로 즐기기보다 가니시로 사용하는 것이 좋다. 사용 전에는 반드시 소금기를 제거하고 사용해야 한다. 벚꽃 시럽을 탄산수, 와인에 넣어 마시거나 벚꽃 시럽과 꿀을 넣어 차로 마셔도 좋다.

재료 장미 꽃잎 30g, 자일로스 설탕 30g, 물 60g, 베리 홍차 1티백, 벚꽃절임

조리순서 ❶ 벚꽃절임을 제외한 재료를 냄비에 넣고 약불에서 15분가량 끓인다. ❷ 채반에 고운 천을 덧대고 재료를 걸러준다. ❸ 맑은 시럽을 병 안에 넣고 짠맛을 뺀 벚꽃절임을 병에 함께 넣어 준다. ❹ 뜨거울 때 뚜껑을 닫고 3일 후부터 음료에 타 마신다.

### 그때는 몰랐고 지금은 알게 된 봄의 맛
### 푸릇푸릇 미나리나물

　　평일, 특별한 약속이 없을 땐 점심을 먹으러 작업실 앞 백반집에 간다. 뭘 먹을지 고민할 필요 없이 백반을 시키면 되니 편하기도 하고 딸려 나오는 국과 찬으로 한 끼를 단단히 채울 수 있어 이만한 곳이 없다. 망원동은 유명한 맛집이 많은 동네지만 그것도 하루 이틀일 뿐, 결국 편하게 먹을 수 있는 곳으로 슬금슬금 찾아 들어가기 마련이다. 백반집에 늦게 가면 국이 졸아들어 짠 국을 먹어야 하거나, 다 떨어져 못 먹게 되는 반찬이 생기기도 한다. 그래도 인심 좋은 사장님은 반찬이 좀 아쉽다 싶을 때면 메뉴에 없는 계란 프라이를 따로 한 장 부쳐 내어 주시거나 다음 날 사용하려고 미리 만들어 놓은 반찬을 꺼내 구색을 갖춰주시곤 한다. 뜻밖의 특식 반찬이 먹고 싶은 날엔 일부러 조금 늦게 밥을 먹으러 가기도 한다.

오늘은 푸릇한 나물이 상에 올라 있다. 살을 에는 꽃샘추위가 물러가고 벚꽃 잎이 다 흩어 날아간 지 오랜데 나물 반찬을 보고서야 봄이 왔음을 그제야 실감했다. 때가 되면 오고 가는 계절인데도 때를 알아채며 산다는 게 결코 쉬운 일이 아니다. 오늘은 두세 가지 정도 되는 봄 나물이 올랐다. 돌나물, 취나물, 그리고 익숙하지만 도통 가늠이 안 되는 연하고 푸른 나물 한

가지. 거듭 맛을 보며 그 끝 맛을 좇아봐도 알 듯 말 듯 감이 오질 않는다. 그사이 이름 모를 나물 한 접시를 다 비웠다.

"사장님, 이건 무슨 나물이에요?"
"돌미나리."
"지금이 미나리 철이에요?"
"그렇죠. 요즘 미나리가 연하고 맛있을 때죠."

된장국에도 냉이와 듬성듬성 썬 달래가 한 움큼 들어 있다. 숟가락으로 달래를 국물에 푹 눌렀더니 뽀얀 김을 따라 봄나물 향이 살살 올라온다. 입안에 가득 찬 기대를 달래기 위해 숟가락으로 냉이와 달래를 함께 떠 뜨끈한 국물을 맛봤다. 호로록, 바짝 말랐던 혀뿌리 깊은 곳에서 지난봄을 기억하고 있었다. 이전엔 몰랐던 봄의 맛이다.

어릴 적 엄마는 매년 봄마다 호미와 까만 봉지 하나를 들고 우리 삼 남매와 함께 집 근처 뒷산에 올랐다. 양지바른 곳을 찾아 냉이나 쑥 같은 봄나물을 캐기 위해서였다. 동생들과 나는 엄마를 따라 쑥이나 냉이도 캐긴 했지만, 하얀 토끼 꼬리를 닮은 몽글한 토끼풀 꽃을 꺾어 반지를 만들거나 잎사귀를 엮어 왕관을 만들어 노는데 더 열중했다. 그사이 엄마는 냉이 한 주먹, 쑥 한 봉지 정도를 캤다. 한두 끼 먹을 만큼만 캐면 엄마는 바지를 털고 일어나셨다. "얼른 내려가자!" 이렇게 캔 쑥은 이삼일 정도 마당 평상에 널어 잘 말린 다음 보관해두었다. 달래며 쑥을 캔 날이면 어김없이 초저녁부터 냉이가 든 된장찌개 냄새가 진하게 풍겼다. 아빠는 향이 참 좋다고, 봄에는 이만한 게 없다며 수고한 엄마를 치켜세워주곤 했다. 그때의 나는 쓰기만 한 냉이 된장찌개를 향긋하다고 말하는 아빠를 이해하지 못했다.

봄보다 조금 더 해가 길어질 때쯤, 심심한 입을 달래고 싶을 때면 엄마는 쑥버무리를 만들었다. 잘 불린 쌀을 방앗간에서 빻아 온 다음, 쌀가루와 말린 쑥을 대강 버무려 김이 올라오는 찜기에 푹푹 찌면 그만이었다. 그 모양새가 마치 논에 쌓인 눈이 녹아 지푸라기가 보일락 말락할 때와 비슷했다. 버무리가 잘 익으면 살짝 움푹한 접시에 담아냈다. 쌀가루와 쑥이 서로 꽉 뭉쳐져 있지 않기에 떡이라고 부르긴 애매한 이 간식의 이름이 쑥버무리라는 건 한참 후에 알았다. 그제야 떡이라고 말하지 않은 이유가 애매모호한 생김새 때문이라는 걸 단번에 이해할 수 있었다. 쑥 맛을 알 리 없는 어린 시절엔 쑥에 대롱대롱 달려 있는 달달한 백설기만 골라 먹곤 했다. 따가운 봄볕에 콧잔등 위 땀이 송골송골 맺히고 몸에서 흙 비린내 나던 그 날, 그 봄이 고스란히 내 안에 남아 있다. 달래 된장국을 먹다 쑥버무리에 대한 기억까지 톺아보았다.

요즘은 비닐하우스에서 일 년 내내 재배를 하는 터라 봄나물의 의미가 사라지는 추세지만 이른 봄 야생에서 나는 봄나물이라야 진짜 맛과 향을 경험할 수 있다고 믿는다. 제철에 난 달래며, 두릅이며, 취나물이며, 돌미나리와 같은 봄나물은 긴긴 겨울을 버텨낸 존재라 그런지 부들부들한 연한 잎마다 땅의 냄새가 깊이 배어 있다. 양념에 버무려 하나의 맛으로 어우러지는 채소들과는 확연히 다른 존재감을 드러낸다. 오래오래 꼭꼭 씹어 코로 숨을 몰아쉬면 봄기운이 온몸에 스민다. 이렇게 언 땅을 녹인 에너지가 차곡차곡 채워지면 비로소 내게 봄이 찾아온다.

그날 퇴근길, 시장에서 달래 한 묶음을 샀다. 마음과 달리 무엇을 거창하게 하려 치면 시작도 전에 지레 진이 빠지므로 간단하게 봄나물을 즐길 참이다. 간장에 고춧가루, 깨소금, 다진 마늘, 그리고 쫑쫑 썬 달래를 넣고 달래장을 만들어 두었다. 하룻밤 냉장고에 넣어두고 숙성 후 맛보면 더 좋겠지만 산뜻한 달래 향을 즐기려면 지금이다. 냉동고에서 재래 김 서너 장을 꺼내 휙휙 돌려가며 불 위에서 가볍게 구워주고, 뜨거운 밥도 한 대접 퍼 놓으니 그럴싸하다. 달래장 한 큰술을 흰 밥에 얹어 쓱쓱 비비고 그 위에 구운 김을 올려 한 입 크게 몰아넣으니 콧길을 따라 향이 번진다. 한 그릇을 다 비우고 나니 몸이 나긋나긋해진다. 유순해지는 기분이랄까.

봄의 맛을 언제 알게 됐는지는 알 수 없지만 엄마의 흙내 나는 냉잇국과 달콤 쌉싸름한 쑥버무리가 생각나는 계절임은 분명하다. 때가 돼야 먹을 수 있는 맛이 있듯, 때가 되어야 알게 되는 맛이 있나 보다. 오늘 그 날, 그 봄의 맛이 당긴다.

**봄이 전하는 말**

달래나 냉이 같은 봄나물은 구입 후 바로 먹는 게 가장 좋다. 대개 잎이나 줄기가 연해 쉽게 무르고 향이 금세 사라지기 때문이다. 불가피하게 보관할 경우에는 젖은 신문지에 흙이 묻어 있는 채로 냉장 보관하는 것이 좋다.

**밥 두 그릇 뚝딱 달래장**

달래장은 여러모로 쓰임이 많다. 삶은 꼬막의 살이나 연한 잎채소를 넣어 무쳐먹거나 밥에 비벼 먹기 좋고, 마른 김에 싸 먹으면 그만이다.

재료  달래 한 봉지, 다진 마늘 1작은술, 고춧가루 1작은술, 간장 5큰술, 깨소금 1큰술, 매실액 1큰술, 참기름 1큰술

조리순서  ❶ 달래를 잘 씻어 쫑쫑 썰어둔다.  ❷ 큰 볼 안에 양념 재료를 분량에 맞게 넣어 고루 섞는다. ❸ 잘 섞은 양념 위에 쫑쫑 썬 달래를 마저 넣고 섞어 마무리한다.

로즈메리의 말 없는 위로
상큼하고 진한 로즈메리와 타임

매주 화요일마다 싱싱한 로즈메리와 타임이 작업실로 배
달된다. 과일 에이드를 낼 때 가니시로 쓰거나 병조림을 할 때
사용하려고 매주 주문을 넣고 있다. 침엽수처럼 삐죽한 잎을 지
닌 로즈메리나 선이 예쁜 타임은 과일과 시각적으로 잘 어울린
다. 더불어 노골적이지 않고 은은한 허브 향이 과일 맛을 더 다
채롭게 만들어준다. 뜨거운 열에도 제법 잘 견뎌 저장식품을 다
만들고 나서 엎어놓아도 모양이 흐트러지지 않아 여러모로 쓰
임이 좋다.

예전에는 필요할 때마다 조금씩 끊어 쓸 요량으로 로즈메리 화
분 서너 개를 사서 마당에 들였다. 그런데 일주일 정도 지나고
보니 금세 모양이 초라해졌다. 이대로라면 며칠 사이에 앙상하
게 기둥만 남겠구나 생각하니 안쓰러울 지경이었다. 골몰하며
방법을 찾아보다 싱싱한 허브를 배달하는 농장을 알게 됐고 그
덕에 매주 든든해졌다. 좁은 화분에서 자라는 허브에 미안해하
지 않아도 되고 싱싱한 허브를 제때 공급받을 수 있어 다행이
었다.

허브가 배송되면 서둘러 스티로폼 박스를 열어 공기를 통하게
해준다. 조금이라도 날이 더워지면 금세 풀이 죽기 십상이라 냉

큼 꺼내 얼음물에 푹 담가준다. 이 과정을 나는 '얼음 샤워'라고
부른다. 처음 한두 번은 비닐째 냉장고에 보관했다. 이렇게 보
관한 허브는 금방 물러 힘이 없고 어두운 갈색으로 변하며 시들
어버리기 일쑤였고, 시들어가는 냉장고 속 허브를 바라보며 마
음이 늘 조마조마했다. 농장 사장님께 전화를 걸었다.

"사장님! 허브가 너무 빨리 시드는데 조금 더 싱싱한 것으로 부
탁드려요!"
"그래요? 일단 받으시면 바로 열어서 얼음물에 한 번 담갔다가
보관해 봐! 그럼 살아날 거예요!"

사장님의 조언을 받고 허브가 도착하자마자 얼음물에 시원하게
담갔다. 신기하게도 일 분 정도 얼음물 샤워를 시켜주니 언제
풀 죽어 있었냐는 듯 허브들이 탱탱하게 힘을 바짝 세운다. 살
아나는 힘의 존재를 얼음물에 담근 손끝이 제일 먼저 알아챈다.
기운 차린 허브를 끝이 구부러지지 않게 차곡차곡 왼손바닥에
대여섯 개씩 올리고 그것을 오른손으로 한 번에 모아 잡아 물기
를 탈탈 털어준다. 그러고 나서 물빠짐이 가능한 받침이 있는
널찍한 사각 통에 키친타월을 깔고 열을 맞춰 옮겨 담는다. 번
거로운 과정이지만 한 줄기, 한 줄기 정성을 기울여두면 이 주
정도는 거뜬하다.
허브를 손질하는 화요일이 좋다. 좋아하는 음악을 들으면 집중
하느라 앙다문 턱에 힘이 스르르 풀린다. 스트레스로 벌떡 이는
혈관들이 차츰 제 박자를 찾아가고 급류에 휘말리듯 흘러가던

시간도 제 속도로 나아가고 있음을 알리는 신호다. 마침 션 캐리<sup></sup>S.Carey의 「Range of light」가 흘러나온다. 깊이 드리운 볕의 온도가 살에 전해지니 조금 더 나른해진다. 소란한 바깥과 이곳이 이질적이게 느껴지는 순간이다.

허브를 만지작거리는 내내 며칠 전 친구와 나눈 통화 내용을 떠올렸다. 늦은 퇴근에 목소리가 영 '매가리'가 없었는지 그녀는 걱정 어린 목소리로 이런저런 조언과 당부를 쏟아냈다.

"나도 그렇게 일해 봤는데 몸 상하면 다 소용없어. 너 몸부터 챙겨! 컨디션 조절하는 것도 능력이다? 알겠지?"

"응, 걱정해줘서 고마워! 그런데 시간이 늦어 목소리가 가라앉아 그렇지 컨디션이 나쁜 건 아니야. 괜찮아."

"그게 컨디션이 안 좋다는 증거야. 나도 너처럼 별거 아니라고 생각했거든? 그런데 그게 아니더라고!"

십 분이 넘도록 이어진 친구의 잔소리에 괜찮았던 컨디션이 급속도로 떨어졌다. 졸음이 쏟아졌고 머리가 지끈거렸다. "이 가시나, 정말 괜찮아서 괜찮다고 말하는데 왜 아니라는 거야!" 하고 외치고 싶었다. 사오일 만에 그날을 다시 꺼내고 보니 진정 어린 위로와 공감이 얼마나 어려운 일인지 다시금 와 닿았다. 그동안 내가 다른 이에게 내 나름대로 가늠한 생각을 공감이라 착각하고 있지는 않았는지, 무조건적인 옹호를 위로랍시고 한 적은 없는지 샅샅이 되짚었다. 그럴수록 자꾸 고개가 수그러져 혼났다. 생각을 정리하듯 허브 밑단을 가지런히 결을 따라 맞추다보니 그사이 통 하나가 가득 찼다. 나란히 정리된 푸른 것들이 보기 좋아 손끝으로 허브를 슬쩍 눌러본다. 상쾌한 향이 폴폴 올라온다. 손끝에도 향이 다 배었다.

문득 위로나 공감은 구구절절 많은 말을 필요로 하지 않는 게 아닐까 생각했다. 은은하게 올라오는 로즈메리 향처럼 잔잔하게 와 닿으면 그만인 것이었다.

**봄이 전하는 말**

과일과 허브를 함께 넣어 워터팩을 만들면 심심한 맛도 채우고 부족할 수 있는 비타민을 함께 섭취할 수 있다.

자몽+로즈메리: 달콤 쌉싸름한 맛으로 다 마시고 난 후에도 입이 텁텁하지 않다. 안티에이징에 도움이 된다.

오렌지+히비스커스: 비타민 함량이 많은 히비스커스와 달콤한 오렌지가 만나 맛을 부드럽게 해준다. 몸을 생기 있게 만들어준다.

레몬+민트: 청량하고 시원해 입안이 깔끔해진다. 두통에 도움이 된다.

사과+시나몬+진저: 달콤하고 시나몬 고유의 향이 잘 어우러진다. 체온을 유지하는데 도움이 된다.

**향긋한 로즈메리 솔트**

허브솔트를 사용하면 허브에 들어있는 상쾌한 향이 재료의 비린내를 잡아주거나 음식의 풍미를 돋울 수 있다.

재료 말린 로즈메리 2~3줄기, 소금 1컵

조리순서 ❶ 소금을 준비해 약불로 연한 갈색이 될 때까지 볶아준다. ❷ 로즈메리 줄기에서 잎을 떼고 1의 소금에 넣어 잔열로 볶는다. ❸ 완전히 식힌 후 물기가 없는 용기에 옮겨 보관한다. 취향에 따라 절구나 블랜더를 이용해 곱게 갈아주면 더 진한 풍미를 즐길 수 있다.

## 함께하고 싶은 날은 전골
봄동 전골과 겉절이

스웨터 사이로 뾰족한 바람 대신 둥글게 깎인 바람이 스밀 때면 바짝 가까워진 봄의 거리를 실감한다. 봄은 희한하게 마음을 살랑살랑 흔드는 생기가 있다. 지난 것을 홀홀 털어버리고 새로이 마음을 고쳐먹으면 무엇이든 할 수 있다고 격려한다. 언 땅의 틈바구니에서 빼꼼히 돋아난 여린 싹이나 나뭇가지 끝에 맺힌 봉오리, 활발한 새 울음 소리에서 생명이 다시 사는 힘을 느낀다. 혹독한 겨울을 지나 무더운 여름이 되기 전까지 느낄 수 있는 설레는 생동감이다. 나도 모르게 새로 오는 봄을 맞이하고 싶어 묵은 물건을 정리하고 출발선을 재정비하고 싶은 욕구에 사로잡힌다. 마치 시험공부를 하기 전 책상 위를 정리하거나, 무언가를 하기로 결심했을 때 노트나 펜, 책을 사는 불필요해 보이지만 꼭 필요한 준비운동인 셈이다. 창문을 활짝 열고 두서없이 정리된 옷들을 꺼내 정리한다. 방 이곳저곳 늘어진 물건들도 제자리를 찾아준다. 욕심을 내 이불을 빨고 냉장고 속까지 마저 손을 대고 나니 봄을 맞을 채비가 끝났다. 모든 일이 마무리될 때쯤 한숨을 돌리고 나니 배꼽이 운다.

아침부터 부지런히 몸을 움직였더니 급격하게 허기가 진다. 냉장고를 비워내 먹을 것도 마땅치 않은데 찬장에 있던 라면도 하필 똑 떨어졌다. 하는 수 없이 장바구니 하나만 덜렁 둘러메고 집을 나섰다. 횡단보도에 서서 정반대 방향인 시장과 마트 중 어디로 갈까 생각하며 신호를 기다리는데, 나도 모르게 발걸음은 이미 시장을 향해 걷고 있었다. 시장에 들어서니 사람들이 미어터진다. 오고 가는 계절을 알아채는 건 살아 있는 것들의 본능인 것일까. 봄의 활력을 만끽하는 이들을 보니 눈앞에 펼쳐진 시장 풍경이 다시금 새롭게 느껴진다.

푸성귀들 사이에 봄동이 보인다. "우와! 봄동이잖아!" 봄동은 꽃샘추위가 물러가기도 전인 이른 봄에 나와 계절의 시작을 가장 먼저 알리는 채소다. 아니 겨울의 끝을 알리는 채소라고 표현하는 게 더 맞을지도 모르겠다. 봄동은 겨우내 노지에서 보낸 배추를 말한다. 찬 기운에 속이 차지 않아 잎이 납작하게 옆으로 퍼져 활짝 핀 모양을 하고 있는데 그 모양이 꼭 치어리더의 붐비나(응원수술)를 닮았다. 묵직하고 동그랗게 속이 찬 배추와 달리 큰 꽃망울처럼 보이는 봄의 꽃은 맛 또한 기가 막히다. 겨우내 언 땅에서 눈비를 맞으며 묵묵히 버텨낸 덕택에 일반 배추에 비해 잎은 두꺼워 보이지만 연하고 달짝지근한 맛이 좋다. 씹는 맛까지 아삭아삭하니 식감 또한 일품이다. 겨울과 봄 사이의 계절, 딱 이때만 맛볼 수 있는 초봄의 맛이다.

박스 '귀때기'를 찢어 매직으로 어설프게 '봄똥'이라고 적힌 이름표가 귀여워 푸성귀를 늘어놓고 파는 상점 앞으로 갔다. 한 포기에 이천 원. 무엇을 해 먹을지 세워 놓은 계획은 없지만 이때를 놓치면 일 년을 기다려야 하니 조바심이 나서 우선 한 포기를 샀다. "사장님, 여기 봄동 한 포기 가져갈게요" 하고 활짝 펼

처진 배추를 꾸역꾸역 오므려 장바구니에 쑤셔 넣었다. 부러진 봄동 잎에서 나는 싱그러운 풋내 덕분에 기분이 좋아졌다. "똥 중에 먹을 수 있는 건 봄똥밖에 없어." 가게 사장님이 잔돈을 건네며 농을 건넨다. 하하하 웃으셨지만 내 표정이 영 시원찮았는지 말을 덧붙인다. "이거 원래 이름이 봄똥이거든."

한껏 장을 보고 집으로 돌아가는 길에 뜬금없이 '봄동'의 뜻이 궁금해졌다. 장바구니를 어깨에 짊어지고 휴대폰을 켰다. 몇몇 사이트에 봄동을 검색했다. 그런데 어디에서도 이름에 대한 시원한 어원을 밝히지 못했다. 다들 짐작만 할 뿐이었는데 겨울에서 봄까지 버텨낸 배추라는 설명이 가장 가능성이 커 보였다. 그때 가게 사장님이 했던 얘기가 떠올라 봄똥이라 검색하니 아까와 달리 더 구체적인 내용들이 보였다. 봄의 들녘에 소똥처럼 자라는 푸성귀니 사람들이 봄똥이라 불렀으나, 사람이 먹는 것인데 똥이라는 표현을 하는 것이 좋지 못해 봄동으로 굳어졌다는 얘기다. 지금까지 봄똥이라 불리는 것을 볼 때 설득력이 없지는 않았다.

일단 이름에 대한 호기심은 뒤로하고 허기진 배를 채우기 위해 서둘러 늦은 점심을 차렸다. 봄동은 저녁을 위해 아껴두었다. 먹은 그릇을 옆으로 쭉 밀어두고 식탁에 그대로 앉아 점심에 사온 봄동으로 저녁은 뭘 해 먹을까 생각했다. 그러다 불현듯 지키지 못한 약속이 떠올랐다. 작년 봄 이사를 하고 난 후 지인들을 초대해 맛있는 밥 한 끼를 대접하기로 했는데, 이런저런 이유로 미루다 보니 벌써 한 해가 지났다. 마침 청소도 했으니, 지인들이 모여 있는 메시지 창에 운을 뗐다. "오늘 우리 집에서 저녁 먹을래요? 메뉴는 봄동 전골이에요!" 세 사람이 손을 들었다.
약속을 잡고 서둘러 육수를 냈다. 큰 솥에 물을 반 정도 담아 불
에 올렸다. 솥에 손질한 다시마와 멸치, 대파와 양파도 큼직하
게 썰어 넣었다. 봄동은 벌어진 잎들을 오므려 밑동을 잘라내
고 흐르는 물에 두세 번 씻어 물기를 빼준다. 팽이버섯도 밑동
은 자르고 두부도 넓직하게 썰었다. 고기가 없어 부랴부랴 샤부
샤부용 고기와 봄동 한 포기를 더 사 왔다. 벽에 붙어 있는 식탁
을 빼 네 명이 앉을 수 있도록 자리를 만들고 휴대용 가스버너
를 꺼냈다. 전골냄비에 육수를 붓고 된장 한 큰술, 마늘 한 큰술
을 풀었다.

지인들이 도착했다. 반가운 얼굴들을 마주하니 신이 났다. 버
너에 불을 켜고 전골냄비에 손질한 봄동과 버섯, 두부를 넣었다.
고기는 접시에 나누어 담아 식탁에 놓고 추가로 산 봄동은 맵지
않게 무쳐 겉절이를 만들었다. 육수에 살짝 흔들어 익힌 고기와
봄동이 잘 어울린다. 겉절이도 곁들이니 봄 배추의 맛이 입안을
가득 채운다. 전골은 시간이 갈수록 고기에서 우러나온 깊은 맛
이 더해져 감칠맛이 돈다. 혼자서는 선뜻 누리기 어려운 맛이다.
그러고 보면 함께할 때 흥이 나는 요리가 있다. 삼삼오오 모여
앉아 오래 끓여가며 먹는 전골이 그런 요리 중 하나다. 오랜만
에 누군가를 초대해 음식을 준비하고 함께 한 식탁을 나누다 보
니 생기가 돈다. 이렇게 식탁에도 마음에도 봄이 오나 보다.

**봄이 전하는 말**

봄동 겉절이를 할 때에는 소금에 절이지 않아야 아삭거리는 봄동 특유의 식감과 맛을 충분히 느낄 수 있다. 봄동은 무치기 직전에 썰어서 바로 무쳐내야 풋내가 덜하다.

**봄 내음 가득 봄동 전골**

봄동 전골은 육수만 있으면 만들기가 간단하다. 철에 따라 알배기 배추를 사용해도 좋다.

재료 육수 : 물 2L, 멸치 한 줌, 다시다 한 조각, 양파 1/2개, 대파 2대, 다진 마늘 1큰술, 간장 1큰술, 된장 1큰술
전골 : 봄동 1포기, 팽이버섯 1봉지, 느타리버섯 한 줌, 두부 한 모, 샤부샤부용 쇠고기 2인분

조리순서 ❶ 멸치는 내장을 제거하고 마른 팬에 살짝 볶는다. ❷ 육수용 재료를 모두 넣고 20~30분 정도 뭉근히 끓인다. ❸ 육수에 다진 마늘, 된장, 간장을 넣어 잘 풀어준 후 한 김 식힌다. ❹ 냄비에 손질한 봄동, 팽이버섯, 느타리버섯, 두부를 넣고 한 김 식힌 육수를 넣는다. ❺ 간장과 겨자를 섞어 소스를 만들어 고기에 곁들인다.

오차즈케 한 그릇에 녹아 있는 것
시원하고 고소하고 짭조름한 밥

일요일 밤, 주말이 그대로 지나가는 게 못내 아쉽다. 잘 쉬어도 늘 일요일 밤이면 섭섭하다. 우울한 기분을 잠시 누그러뜨리려 영화를 한 편 보기로 했다. 오늘 고른 영화는 「달팽이 식당」. 워낙 '먹는 것'에 대한 관심이 많아 영화 제목에 '식당'이 들어가는 걸 보고 고민 없이 선택했다.

달팽이 식당이라는 이름의 작은 레스토랑을 운영하는 주인공 린코. 도시에서 사랑하는 이로부터 상처받아 그 충격으로 목소리마저 잃었다. 여러 이유로 고향에 내려가 자그마한 식당을 차리며 '달팽이 식당'이라 이름을 붙인다. 뭘 파는지 가게 이름만 봐서는 감도 안 오는데 이름만큼 콘셉트도 독특하다. 정해진 메뉴도 없고, 손님도 하루에 단 한 팀만 받는다. 대신 사전에 손님의 취향을 확인해 그에 맞는 요리를 준비하고 소박하게 내놓을 뿐이다.

영화를 보다 시선이 멈춘 음식이 있다. 물에 밥을 말아 먹는 요리. 이 영화를 통해 오차즈케お茶漬け라는 음식의 존재를 알게 됐다. 오만하고 무례한 한 남성에게 내어준 소박한 한 그릇이 오차즈케였다. 먹어본 적은 없지만, 왠지 알 것만 같은 음식이다. 사람은 자신이 먹어본 음식에 기대 새 음식의 맛을 유추하기 마

런이다. 보리차에 밥을 말아 묵은지나 굴비를 얹어 먹는 것과 크게 다르지 않아 보였다. 한식과 달리 일본 음식은 국에 밥을 말아 먹는 문화가 일반적이지 않다 보니 밥을 물에 말아 먹는 오차즈케의 모양새가 꽤 인상 깊었다. 영화를 다 보고 난 후 그 요리의 정체가 궁금해 검색 창을 켰다. 그 음식, 이름이 뭐였지? 개인적으로는 생소해 음식의 이름을 가늠할 만한 한 글자도 기억나질 않았다. 이미 다 봤던 부분이지만 이름을 알아내기 위해 영화를 꾸역꾸역 다시 돌렸다. 찾았다. 오차즈케다.

오차즈케는 단어 그대로 녹차 우린 물에 밥을 말아 먹는 음식이다. 에도 중기 이후 서민들이 빠르게 밥 한 끼를 먹기 위해서 시작했다는 설이 있다. 차를 사용하기에 이름에도 '차'가 들어 있다. 밥 위에는 보통 절임 음식이 놓인다. 우리는 흔히 입맛이 없을 때 보리차나 물에 밥을 말아 먹지만 오차즈케는 다른 분위기면서도 분명 비슷한 점도 있다. 일본 사람들이 어떻게 먹는지 궁금해 좀 더 찾았다. 가쓰오부시 국물이나 구수한 맛이 나는 호지차를 사용하기도 한다. 고명으로 다시마조림, 우메보시, 명란젓, 김 등도 취향껏 올린다. 아무래도 고명을 얹어 먹으면 단조로운 맛을 보완할 수 있다.

기본 오차즈케에 다른 레시피를 섞어 독특한 오차즈케를 만들기도 한다. 구운 오니기리에 녹차를 붓기도 하고, 지역별로 특산물을 얹어 팔기도 한다. 자연산 송이나 구운 도미, 참치회를 올리면 소박한 오차즈케가 고급 요리로 변신하기도 한다. 삿포로에선 오징어나 관자같이 해산물을 얹은 오차즈케를 팔기도 한다. 그만큼 먹기도 편하고 두루 사랑받는 음식이다. 드라마와 영화로도 만들어진 일본 만화 「심야식당」에서 오차즈케 시스터스는 명란젓이나 연어, 우메보시 등 자신이 좋아하는 토핑을 얹어 취향을 드러낸다. 대략 어떤 음식인진 알았는데 어떤 음식인지 함부로 가늠할 수가 없었다. 호기심에 한 번은 꼭 만들어 먹어봐야지 하고 머릿속에 저장해두었다.

얼마 지나지 않아 우연히 오차즈케의 맛을 경험할 수 있게 됐다. 일이 늦게 끝나 피곤했는지 밥이 먹히질 않는 날이었다. 너무 피곤해서 입안이 꺼끌꺼끌했는데 굳이 밥을 챙겨 먹어야겠다고 자꾸 생각이 드는 건 몸뚱이의 못마땅한 신호 때문이었다. "이렇게 일을 시켜 놓고 굶길 셈이냐!" 몸이 계속 말을 걸어오는 것만 같았다. 집에서 밥을 먹는 건 시간이 너무 늦을 뿐 아니라 그럴 기력도 없었다. 아예 밥을 먹고 집에 들어가기로 했다. 동료와 함께 상수역에 있는 한 식당을 찾았다. 식당에 들어서자 뱃속에서 더 강한 신호를 보내기 시작했다. 따뜻한 차를 한 잔씩 나눠 마시고는 눈으로 메뉴를 재빠르게 훑었다.

"쇼가야키(생강을 얹은 돼지고기 덮밥)랑 아부라소바가 맨 위에 자리 잡은 걸 보니 이 집이 이걸로 유명한가 봐."
"그럴 수도 있겠다. 근데 언니는 뭐 먹을 거야? 나는 딱히 당기는 게 없네."
"그러게. 사실 나도 그래."

두 사람 다 딱히 당기는 메뉴가 없어 시원하게 고르지 못하고 애매하게 메뉴판을 앞뒤로 뒤적거리며 주변을 두리번거렸다.

그때 운명처럼 옆 테이블에서 오차즈케 먹는 모습을 봤다. 어? 여기 오차즈케 파나 봐! 언젠간 꼭 먹어봐야지 생각만 했는데 기회가 드디어 왔다는 생각에 기뻤다. 메뉴판을 찬찬히 살펴보니 '명란 오차즈케'가 있다. 많이 배고프지 않지만 대충 때우고 싶진 않을 때, 딱 오늘 같은 날 잘 어울리는 음식일 거라고 직감했다.

"나 이거 먹어 보고 싶었는데. 나는 명란 오차즈케 먹을래."

조리과정이 복잡한 음식이 아니다 보니 주문한 지 얼마 지나지 않아 음식이 나왔다. 우묵하게 깊은 대접 한가운데 봉긋하게 흰 쌀밥이 섬처럼 놓여 있고 얇은 껍질을 벗겨낸 붉은 명란젓이 소복이 그 위에 얹혀 있다. 길게 잘라낸 김채가 명란젓 위에 들쭉날쭉 올라 있다. 영화에서 봤던 그 모양 그대로다. 더 반가운 마음이 인다. 따로 우린 다음 내어준 녹찻물을 조심스럽게 대접 가장자리에 졸졸졸 부었다. 점점 물이 차올라 밥이 반쯤 잠겼다. 진짜로 섬 같았다. 섬 한쪽을 조심스레 허물어 명란젓과 함께 떠 넣었다.

편안한 맛이다. 상상한 대로 담백하고 깔끔한 맛이다. 단순히 담백하고 깔끔하다고 하기엔 오차즈케의 맛을 그대로 표현한 것 같지 않다. 뭐라고 해야 할까. 정확한 맛의 단서를 찾아가며 섬을 조금씩 허물었다. 자칫 섬이 무너져 명란이 물에 후루룩하고 풀어질까 봐 숟가락을 넣으면서도 신중을 기했다. 와르르 무너뜨려 먹어도 그만이지만 깨끗한 찻물을 흐리고 싶지 않았다.

한 그릇을 다 비워낼 때쯤 「달팽이 식당」의 한 장면이 떠올랐다. 주인공 린코는 무례한 손님에게 오차즈케를 내주었다. 음식을 마주한 그는 겨우 오차즈케를 내어놓느냐며 비아냥거렸다. 마지못해 그릇을 입에 가져다 대고 젓가락질을 시작하는데 린코의 예상과 달리 그는 한 그릇을 서둘러 완전히 비웠다. 그리고는 예상치 못한 무언가를 깨달은 듯 한결 편안해진 얼굴로 조용히 식당 밖을 나선다. 맛있는 오차즈케를 먹어보고 나니 나도 그의 표정이 이해가 된다. 이제야 그 장면이 무엇을 말하고 싶었는지 알 것 같았다. 구구절절 표현하지 않아도 오차즈케의 맛을 아는 이들이라면 이해할 수 있는 장면이었다.

맛이 전하는 의미를 새삼 경험하고 나니 먹는 것, 즉 음식이 또하나의 언어였음을 깨달았다. 몰랐던 맛의 의미를 찾아서였을까, 식사를 마치고 식당 문을 닫고 나오는 우리의 표정도 한결 편안했다.

**봄이 전하는 말**

오차즈케는 늦은 밤 가볍게 허기를 달래기 좋은 야식이다. 카페인이 들어 있는 차는 잠을 방해할 수 있으니 보리차, 메밀차와 같은 곡물차를 활용하자.

**짭조름한 명란 오차즈케**

쌀밥과 녹차가 기본이지만 시판되는 후리가케나 원하는 고명으로 다양한 맛을 낼 수 있다. 말차처럼 맛과 향, 색이 진한 차는 찻물로 적합하지 않지만 메밀차, 현미차, 보리차와 같은 곡물차는 구수한 풍미를 가지고 있어 오차즈케와 잘 어울린다.

재료 흰 쌀밥 1공기, 녹차 티백 2개, 쪽파 1대,, 명란젓 1개, 후리가케, 참기름 약간

조리순서 ❶ 따뜻한 물에 녹차 티백을 우린다. ❷ 팬에 참기름을 살짝 두르고 명란젓을 굽는다. ❸ 우묵한 그릇에 밥을 담고 후리가케, 구운 명란, 쏭쏭 썬 쪽파를 올린다. ❹ 가장자리에 녹찻물을 부어주며 즐긴다.

등굣길 한 그릇
나풀나풀 고소한 계란밥

　　알람이 울어댄다. 가뿐한 컨디션으로 아침을 맞는 날이
몇이나 될까 싶을 만큼 이기지 못할 잠을 아침마다 꾸역꾸역 떨
쳐낸다. 혼자 산 기간이 길어도 행여 알람 소리를 듣지 못할까
하는 걱정에 알람을 대여섯 개씩 맞춰 놓고서야 안심한다. 오
분 간격, 십 분 간격으로 말이다. 징글맞게 미련 떠는 꼴이 너무
싫지만 만약을 생각하면 마냥 쿨할 수가 없다. 어른이 되면 거
뜬히 아침을 맞이할 수 있을 줄 알았건만 오늘도 겨우 취한 잠
을 떨치며 빠듯한 하루를 시작한다.

아침잠이 퍽 많다 보니 학창 시절에도 오늘 아침 풍경과 별반
다르지 않았다. 버스가 단 두 대뿐인 시골에서 학교를 다녔는
데, 유일한 등교수단인 시내버스를 놓칠까 봐 늘 분주했다. 그
런데 조급한 건 엄마였지 나는 아니었던 것 같다.

"지금 안 일어나면 지각이야!" 엄마의 잔소리에 마지못해 일어
나는 척하다가도 기회만 되면 잠을 못 이겨 이불 속으로 파고
들었다. 따뜻하고 포근한 이불 속에 몸을 작게 말아 웅크리고
있으면 저절로 행복이란 단어가 떠올랐다. 이 행복이 영영 지
속됐으면 좋겠다고 간절히 바랄 때쯤 어김없이 몇 분 내로 등
짝 스매싱이 날아왔다. "아침마다 진짜 이럴 거면 차라리 학교

에 가지 마!"

엄마의 언성이 점점 높아지다 화를 내는 타이밍이 돼서야 적반하장으로 짜증을 내며 일어났다. "일어나려고 했어!" 꾸물거리다 버스라도 놓치면 삼십 분을 더 기다려야 하는 건 나인데도 말이다. 그런데 버스를 놓칠까 그 정신없는 아침에도 꼬박꼬박 아침밥을 챙겨 먹었다. 화장실에서 거실로, 거실에서 내 방으로, 이 방 저 방 두루 들고 다니며 먹을 수 있도록 엄마가 '한 그릇 밥'을 준비해준 덕분이다.

나는 그중 푹 익은 깍두기와 먹는 소복한 계란밥을 제일 좋아했다. 나풀나풀하게 볶아낸 계란밥과 잘 익은 깍두기는 정말이지 무엇으로도 대체할 수 없는 최고의 짝꿍이다. 고소하지만 어딘가 허전한 계란밥에 푹 익은 깍두기는 독보적인 존재감을 드러낸다. 맛의 정점을 찍어주는 느낌이랄까. 그래서 가끔은 깍두기를 먹으려고 계란밥을 먹는 게 아닌가 싶을 때도 있다. 나풀나풀한 계란밥을 크게 한 입 채우고 이 방 저 방을 돌아다니다 보면 금세 등교 준비도, 아침 식사도 끝나곤 했다. 한 그릇으로 든든해졌고 활력이 생겼다. 십 분 남짓 걸어야 하는 버스정류장까지 삼 분 만에 뛰는 일은 언뜻 불가능해 보이지만, 아침마다 그 불가능한 일을 해내다 보니 어느 순간부터는 밥을 먹기 위해 달리는 기분이 들었다. 아니면 아침밥 덕에 달릴 수 있었거나.

며칠 전 아침마다 이토록 미련 떠는 게 싫어 알람시계를 샀다. 알람시계를 고르며 스스로에게 다짐도 해뒀다. "기회는 단 한 번뿐이야. 알람이 울리는 그때 깔끔하게 자리를 박차고 일어나지 않으면 무조건 지각이야"라고 중얼거렸다. 고작 알람시계 하나를 사면서 너무 비장하게 각오한 내 모습이 우스워 순간 주변 눈치를 봤다.

오 분, 십 분 간격으로 나를 흔들어 깨워주던 휴대폰 알람은 끄고 낮에 산 알람시계만 켜 두고 잘 생각이다. 배터리를 끼워 넣고 시간을 맞췄다. 평소보다 오 분 빠르게. 수면시간이 짧아 너무 깊은 잠에 들면 한 번뿐인 기회를 놓칠까 염려돼 평소보다 일찍 잠자리에 누웠다. 아침을 기약해 부지런을 떠는 대신 밤을 꼬박 지새우더라도 매듭을 짓는 편을 선택해 살아온 패턴도 이참에 바꿔볼 계획이다. 다시 한번 시험 삼아 알람을 울려 잘 작동하는지 확인했다. 띠디디딕- 띠디디딕-. 뭉뚝한 전자음이다. 어쩐지 작은 소리가 못 미더워 볼륨도 최대로 키웠다. 그래도 확신이 들질 않아, 더 잘 들을 수 있도록 알람시계를 머리맡 가까이 두고 다시 누웠다. 괜히 못 일어날까 긴장되어 한참을 엎치락뒤치락했다.

햇빛이 눈에 닿는다고 생각한 순간 눈이 저절로 떠졌다. 날이 밝아 있었다. 시간이 멈춘 듯 공기의 결이 고요하다. 어째 오래 푹 잔 듯 개운하기도 하다. 그것도 잠시, 뒤따라 불안한 기운이 밀려왔다. 정신을 바짝 차리고 알람시계부터 찾았다. 갑자기 열이 오르고 심장 박동 수가 요동쳤다.

"뭐야! 역시 알람 소리가 작다 했어. 지금 몇 시지? 지각인가?"

다행히도 알람이 울리기 전에 일어난 거였다. 아무래도 바짝 긴장했던 모양이다. 나도 모르게 한숨이 토해졌다. 아, 아직 오전 일곱 시도 안 됐잖아! 안도감에 다시 벌러덩 누워 이불을 파고드는 데 이참에 그냥 일어날까 싶었다. 일찍 일어난 김에 밥이라도 챙겨 먹고 나가야겠다고 생각하며 여유로운 아침을 누리기로 했다. 몸을 길게 쭉 늘여 이리 비틀고 저리 비틀다 벌떡 일어났다. 습관처럼 냉장고부터 열었다. 뭘 해 먹으면 좋을지 머릿속으로 레시피를, 눈으로 냉장고 안을 스캔했다. 냉장실 한 번, 냉동실 한 번, 뭔가 마땅치 않아 다시 냉장실을 열어 재료를 훑어보았다. 장 본 지가 언제인지 냉장고 안엔 김치, 우유, 계란뿐이다. '뭘 해 먹을까' 하는 고민이 갑자기 쓸데없게 느껴졌다. 우유를 꺼내 식탁 위에 빨래집게로 봉해놓은 시리얼을 열어 컵에 탈탈 털어 넣었다. 눅눅한 시리얼이 싫어 두어 번 떠먹을 만큼만 덜어 우유를 부었다. 입안이 뻣뻣해 부어놓은 것까지만 먹고 다시 시리얼을 돌돌 말아 식탁 끝에 던져 놓았다. 아무래도 아쉬워 냉장고를 다시 훑었다.

"퇴근할 때 장 좀 봐야겠다. 진짜 먹을 게 하나도 없네. 냉장고 청소도 해야 하는데."

속으로 장 볼 리스트를 생각했다. 채소 칸에 시들어 빠진 몇몇 채소와 바닥을 드러낸 반찬통들을 보니 괜한 짜증이 나 구시렁거렸다. 혼자 산 이후로 채소를 끝까지 제대로 먹은 적이 없다. 무르거나 썩어서 버리는 일이 반드시 생긴다. 특히 대파, 양파는 냉장고에서 오래 지낼수록 바짝 마르거나 물러서 곰팡이가 피는 지경에 이른다. 고추나 파, 마늘은 어슷 썰거나 다져 냉동실에 보관하는데 아쉬운 대로 편리하다. 아니, 실은 정말 편리하다.

그러다 갑자기 어릴 때 자주 먹었던 계란밥이 생각났다. 만들기 쉽고 영양 만점인 요리! 자리를 박차고 일어났다. 계란 두 개를 꺼내 잘 풀어 실온에 잠깐 둔다. 우묵한 팬에 식용유를 넉넉히 두르고 옅은 아지랑이가 올라올 때쯤 쫑쫑 썰어 얼려놓았던 파를 볶았다. 파가 옅은 갈색으로 노릇해질 때까지 잘 저어주며 볶는다. 요령은 센 불로 후다닥 볶다가 얼추 흐물흐물하게 익었을 때 불을 확 줄인다. 그래야 파가 홀랑 다 타버려 매운 연기가 나는 걸 막을 수 있다. 파 기름 냄새가 진동한다. 허기지고 군침이 돈다.

파 기름을 만든 다음 계란을 붓고 프라이팬을 들어 이리저리 돌려 넓게 편다. 이미 팬이 달궈져 있어 밑면이 금세 익는다. 몽글한 스크럼블 대신 지단을 붙여낸다는 생각으로 넓게 펴 익힌 계란을 젓가락으로 찢어준다. 얇은 계란 지단을 찢어내듯 흩트려 익힌 계란밥을 제일 좋아하는데 그래야 색도 맛도 더 좋다고 생각한다. 이건 엄마의 계란밥이 익숙한 탓이다.

계란 물을 부을 때도 요령이 있다. 달궈진 팬에 우선 계란 물 반을 먼저 붓고 프라이팬을 들어 이리저리 돌려 넓게 편다. 그 사이 계란 아래는 익고 윗면은 아직 덜 익었을 때 젓가락으로 흔들어 찢어주면 된다. 찢어 익힌 계란 지단을 다른 접시에 옮겨놓고, 남은 계란 물로 이 과정을 한 번 더 반복한다.

파 기름을 한 번 더 내고 밥을 볶는데 이때 젓가락으로 밥을 살살 풀어가면서 볶아야 한다. 급한 마음에 주걱으로 꾹꾹 눌러 볶다가는 나풀나풀 계란밥이 아니라 찰진 계란 떡이 되는 수가 있다. 밥이 기름 코팅이 되어 고슬고슬해질 때쯤 아까 익혀두었던 계란을 다시 넣어 가볍게 섞는다. 불을 끄고 참기름, 소금, 후추, 깨소금을 한 꼬집씩 뿌려 마무리한다. 깨소금을 뿌릴 때 손가락에 힘을 꽉 주고 비틀어 뿌리면 으스러진 깨에서 고소한 맛이 더해진다.

계란밥은 역시 작은 그릇보다는 큰 그릇이 더 어울린다. 국그릇에 가볍게 계란밥을 담고 작은 종지에 깍두기도 담아낸다. 벌써 깍두기도 바닥을 드러내고 있다. 몇 개 안 되는 깍두기 때문에 흥이 깨질까 싶어 종지에 빨간 국물도 졸졸 부어 놓았다. 깍두기 냄새를 맡으니 갑자기 식욕이 확 당긴다. 근사한 아침 식사가 완성됐다. 오늘은 왠지 집밖을 나서면 등굣길 아침 풍경이 펼쳐질 것만 같다.

## 봄이 전하는 말

제철 채소를 챙겨두기란 여간 번거로운 일이 아니다. 하지만 향신채라 불리는 파, 마늘 그리고 고추는 얼려두어도 맛과 모양이 크게 달라지지 않아 미리 손질해 보관해두면 편리하다. 마늘은 다져 얼음 틀에 넣어 얼려두면 한 알씩 꺼내 쓰기 좋다. 파와 고추는 썻어 수분을 충분히 털어주고 어슷 썰어 밀폐 용기에 넣어 보관했다가 필요한 만큼 꺼내 사용한다. 이때 해동을 하지 않고 바로 조리를 해야 무르지 않고 물이 덜 생긴다.

## 나풀나풀 고소한 계란밥

냉장고에 마땅한 재료가 없어도 계란, 파, 밥만 있다면 손쉽게 할 수 있는 계란밥. 찬밥밖에 없어도 고민하지 말자. 찬밥으로 볶음밥을 하면 고슬고슬한 식감을 즐길 수 있어 좋다.

재료 계란 2개, 밥 1공기, 대파, 식용유, 소금, 후추, 깨 약간

조리순서 ❶ 계란 2개를 잘 풀어 실온에 잠깐 둔다. ❷ 식용유를 넉넉히 두르고 파를 볶는다. ❸ 그 위에 계란 물을 부어 휘휘 저어 익히고 따로 담아둔다. ❹ 기름 두른 팬에 밥을 넣어 볶은 다음 부쳐낸 계란을 넣고 한 번 더 가볍게 볶는다. ❺ 우묵한 그릇에 담고 소금과 후추, 깨를 취향껏 뿌린다.

살아 있는 것들은 광합성이 필요해

오늘의 쌈밥

생경하게도 앓아본 적 없는 병에 걸려 며칠째 고통의 밤을 보내고 있다. 제대로 못 잔 지 일주일이 다 되어간다. 불면증은 잘 때도 괴롭고 깨어 있을 때도 괴롭다. 모두가 하나같이 깊이 잠든 이 시간에 홀로 깨어 있다는 건 생각보다 외로운 일이다. 심장은 원래 이리 세게 그리고 빨리 뛰었던가. 쿵쿵거리는 심장 진동이 달팽이관을 자꾸 흔들어 정신을 깨운다. 미세한 떨림이 손끝까지 전해진다. 처음엔 스트레스나 커피 때문일 거라 짐작해 나름의 조치를 취해보았다. 하지만 깊은 밤에 길들여지지 못하고 일곱 번째 아침을 맞았다. 출근길에 병원을 찾았다. 갑상샘항진증일 수 있겠다며 걱정을 더했던 지인들의 말처럼 의사 역시 항진증이 의심된다고 했다.

"눈을 감고 손을 앞으로 쭉 뻗어서 숨을 참고 있어 봐요. 음… 떨림이 심하진 않네. 혈압 한번 재 봅시다."

의사는 검사 결과를 쭉 내려 보더니 항진증은 아니라고 한다. 안도감에 "다행이네요" 하니 "원인을 알아야 다행인 거죠"라고 의사가 말한다. 원인을 시원히 찾기 위해 몇 가지 검사를 더 해

보기로 했다. 두세 가지 간단한 검사를 더 받았다.

"검사 결과는 내일 나오니까, 내일 편할 때 들러요. 그때 결과에 맞게 처방을 해봅시다."

그러고는 며칠이 꼬박 흘러 버렸다. 일이다 뭐다 빠듯한 일정에 치여 병원을 차일피일 미루다가 결국 잊어버리고 만 것이다. 그 사이 적응을 한 건지, 나아진 건지 모르겠지만 견딜만 해졌다. 하지만 병은 소리 없이 어느 날 갑자기 다시 온다 했던가. 이유 없는 불면증이 다시 시작됐고 증상은 지난번보다 점점 심해져 몸까지 으슬으슬 떨리기 시작했다. 그때 결과를 듣지 않은 자신 을 자책하면서 병원에 갔다. 다행히 결과는 좀 단순했다. 비타 민D 결핍이라고 한다. 정상인 수치의 10퍼센트를 겨우 웃도는 상태라고 했다. 부쩍 피로하다 느끼기 시작한 이유가 여기 있었 다. 큰 병이 아닐까 하고 내심 긴장했는데 원인을 알고 나니 한 결 시원하다. 치우지 못한 무거운 상자 하나를 덜어낸 기분이다.

"햇볕 쬐면서 합성되는 비타민D요?"
"요즘 사람들이 사무실처럼 햇빛이 잘 들지 않는 곳에서 일하다 보니까 비타민D 결핍이 쉽게 생겨요. 저도 마찬가지고요. 비타 민D 수치를 올리려면 시간이 좀 필요하니 삼 개월에 한 번씩 주 사 맞고 가세요. 한낮에 산책도 좀 하시면 좋아요. 살아 있는 것 들은 원래 광합성이 필요해요."

회사로 돌아와 볕이 온몸 구석구석에 스밀 수 있도록 마당에 몸을 널어 두었다. 눈을 감고 팔다리를 벌려 기지개를 켜고 허리를 좌우로 비틀며 가볍게 스트레칭도 했다. "아~~~~~" 찌뿌둥한 기운을 소리에 실어 뱉었다. 작정을 하고 식물처럼 볕을 정통으로 맞고 있자니 뜬금없이 내가 살아 있는 존재라는 걸 돌이키게 된다. 그사이 햇볕이 어찌나 뜨거운지 금세 콧잔등에 땀이 송골송골 맺혔다. 빛줄기를 맞으며 한바탕 빛 샤워를 하고 나니 습하고 어두웠던 그늘진 마음 곳곳이 '고실고실' 바싹 마르는 것 같다. 깊숙이 드리운 볕의 힘을 새삼 감각한 날이다.

안도감이 밀려오자 슬슬 배가 고프다. 살 만해졌다는 신호다. 큰 병일까 은근히 마음을 졸였던지라 그동안 통 입맛이 없었다. 그래서인지 배고픔이 희소식처럼 느껴진다. 엄마가 차려준 집밥이 어느 때보다 그립다. 아플 땐 유독 더 그렇다. 광합성을 해야 한다는 의사의 말이 꽤 인상 깊었는지 싱그러운 잎채소들이 구미를 당긴다. 때우다시피 하던 저녁 식사를 점심부터 고민하며 퇴근을 기다렸다.

퇴근 후 시장에 들러 청상추, 깻잎, 치커리, 근대, 케일을 섞어 한 봉지 샀다. 오이, 풋고추도 천 원어치씩 샀다. 송이버섯도 한 봉지 사고 두부도 한 모 사고 나니 장바구니가 꽤 묵직해졌다. 당분간 대여섯 끼는 쌈밥만 먹어야 할 지경이다.

집에 도착하자마자 장 본 식재료를 정리했다. 잎채소는 먹을 만큼만 꺼내 찬물에 푹 잠기게 담그고 현미도 두세 번 씻은 다음 불려두었다. 버섯은 밑단을 손질한 후 먹기 좋은 크기로 잘랐다. 두부도 반 모만 넓적하게 잘랐다. 밥이 제일 오래 걸리므로 불리는 시늉만 하고 서둘러 불에 올렸다. 그 사이 잎채소를 흐르는 물에 두어 번 씻는다. 잎채소는 뒷면을 꼼꼼히 씻어야 한다. 귀찮다고 대충 씻었다가는 뜻밖의 타이밍에 반갑지 않은 존재를 마주하게 될지도 모른다. 잘 씻은 잎채소는 물기를 탈탈 털어 채반에 담아둔다. 오이랑 풋고추도 잘 씻어서 잎채소와 함께 얹는다. 오이는 작은 칼로 껍질을 대강 벗기고 세 토막으로 나눈다. 열십(十) 자로 잘라 다시 채반에 담는다. 이제 준비 완료. 잠깐 밥 익는 시간을 확인한 다음, 간단하게 집 정리도 하고 벗어 던진 옷도 잘 걸어놓는다. 대략 시간을 가늠해서 팬을 달구고 기름을 살짝 둘러 잘라둔 버섯과 두부부터 가볍게 구웠다. 노릇노릇 반질하게 구워진 모양새가 군침을 자극했다.

퇴근 후 출출함에 볶아치는 마음이 밥솥에 그대로 담겨 있다. 밥이 됐다는 소리에 냉큼 뚜껑을 열었더니 덜 퍼져 꼬들꼬들하다. 그래도 그럭저럭 나쁘진 않다. 식탁에 쌈 채소와 구운 버섯과 두부, 현미밥이 올랐다. 식탁에 채소가 한가득인데 뭔가 빠진 것 같아 한참 바라봤다. 아! 고추장이 빠졌다. 고소하고 달큼한 약고추장이면 좋겠지만 아쉬운 대로 시판 고추장에 참기름 한두 방울, 깨소금 한 꼬집을 넣어 장을 준비했다. 청상추에 치커리를 겹쳐 현미밥 조금, 버섯과 두부 조금, 고추장을 젓가락 끝으로 살짝 떠 얹어 쌈을 오므렸다. 입을 크게 벌려 한 번에 몰아넣었다. 채소과 밥맛이 자연스럽게 어우러진다.

무엇을 먹느냐에 따라 안팎의 모양이 달라진다. 먹는 것에만 해당하는 얘기는 아닐 것이다. 왜 제철 해산물과 과채소를 챙기고 때때로 선한 마음을 먹어야 하는지 우물거리다 보니 알 것 같다. 푸른 채소로 한 끼를 든든히 채우고 나니 사나워진 몸과 마음이 누그러진다. 따스한 에너지가 결을 따라 타이르는 기분이 든다. 그동안 너무 쉽게 사나운 것들을 먹고, 빛 한 줌 누릴 여유 없이 살아온 건 아닌지 나를 돌이켜 보았다. 우리는 모두 빛 한 줌, 푸른 한 끼의 처방이 필요하다.

## 봄이 전하는 말

잎채소는 빨리 무르니 구입과 동시에 빨리 먹는 게 좋고, 나누어 먹어야 할 때는 젖은 신문지에 싸 밀폐 용기에 넣어 채소 칸에 보관한다. 씻어 보관하면 금방 무르기 때문에 먹기 전에 씻는다.

## 만만한 통조림햄 고추장

쌈밥을 해먹을 요량으로 채소를 사 두면 생각보다 양이 많아 남는다. 이럴 땐 통조림햄을 이용한 고추장을 만들어 쌈 채소를 다양하게 즐겨보자.

재료 통조림햄 150g, 대파 1대, 고추장 3큰술, 매실액 2큰술, 참기름, 깨소금 약간

조리순서 ❶ 햄과 대파는 다져 준비한다. ❷ 팬에 기름을 두르고 달군 후 대파를 볶다 햄을 넣는다. ❸ 고추장, 매실액을 섞은 후 팬에 부어 뭉근히 조려준다. 이때 바닥에 눋지 않도록 주걱으로 긁어가며 저어준다. ❹ 불을 끄고 참기름과 깨소금을 뿌려 마저 저어 준 후 보관 용기에 옮겨 담아 식힌다. ❺ 큰 볼에 밥 한 그릇, 계란 프라이, 남은 채소를 손으로 숭덩숭덩 뜯어 넣고 양념장을 넣어 비벼 먹는다.

너의 안부가 궁금한 날엔
이야기보다 깊어지는 와인 치즈 안주

둘째 여동생이 지난가을 결혼했다. 나보다 먼저 결혼할
것 같다며 입버릇처럼 농담을 던지더니 정말 먼저 어른이 되(어
보이)는 그 길을 선택했다. 동생의 결혼이 결정되던 날, 미묘한
감정이 뒤섞여 마음이 일렁였다. 쓸데없는 오지랖인 걸 알면서
도 앞서는 서운한 감정을 감출 길이 없었다. 퇴근 후 둘이 앉아
두런두런 얘기를 주고받고 보니 자연스럽게 섭섭했던 각자의
속마음을 꺼냈다. 하지만 감정의 골은 더 깊어졌고 결국 적막만
남았다.
적막해진 공기는 생각보다 견고해서 누군가 자처해 깨려 노력
하지 않으면 쉽게 깨지지 않는다. 다시 입을 떼는 게 영 멋쩍고
쉬운 일은 아니지만 대개 이런 적막은 하루 이틀 내에 풀어진다.
손바닥만 한 집에서 서로 꽁한 채 산다는 게 쉬운 일이 아니니
까. 견고한 적막을 톡톡 건드려 본다.

"이따 자기 전에 창고 한 번 털까?"

창고라 함은 이름하여 술 창고. 사실 창고라 부를 만큼 대단한
양이 수집된 건 아니다. 선물을 받았거나 여행을 하면서 칠 년

동안 하나씩 모으다 보니 제법, 우리 동네 사투리로 '솔찬히' 모인 정도다. 동생의 오랜 취미다. 엄마는 우리 자매의 집에 머물 때마다 "가시네들이 별스럽네. 나중에 술 창고를 만들지 그래?"라며 늘어나는 술병들을 못마땅해했다. 그 말이 재미있어 아예 진열장을 술 창고라 부르기 시작했다. 결국 엄마가 이름을 지어준 셈이다.

"뭐 마실래?"
"일본 여행했을 때 사 온 복숭아 모양 술 있잖아. 이번엔 그거 마셔볼까?"
"그건 안 돼! 다시 구하기 힘들 수도 있으니까 다른 거."
"아 뭐야! 그럼 와인 마실까?"
"그래, 그럼 저번에 선물 받은 거. 그걸로 하자."

냉장고를 뒤적여 와인과 구색을 맞출 만한 곁들임 음식이 뭐가 좋을까 훑었다. 주 종목을 와인으로 정했으니 치즈가 딱 좋은데 지금 있는 거라곤 슬라이스 치즈뿐이다. 마트를 다녀오긴 귀찮고 1층에 있는 편의점에 내려갔지만 마땅한 게 없다. 크래커 하나만 덜렁 사 들고 올라와 되는 대로 카나페를 만들기로 했다. 사각 플레인 맛 크래커 위에 꿀을 조금 떠 올리고 작은 삼각형으로 썬 슬라이스 치즈를 그 위에 얹는다. 그리고 아몬드 한 개씩을 꾹 눌러주면 끝! 모양은 어설퍼도 달콤 짭조름하고, 고소한 맛이 어우러져 나름 맛은 훌륭하다. 나무 도마에 카나페를 보기 좋게 담아내고, 와인 잔은 따로 없으므로 투명한 유리잔

하나, 머그 하나, 와인 한 병을 꺼내 자리를 잡았다. 꽤 그럴듯
하다. 처음 말을 꺼낼 때와는 다르게 준비를 하다 보니 저절로
분위기가 말랑해진다. 꼴꼴꼴 와인 따르는 소리가 좋다. 한결
편안해진 분위기 속에서 두서없이 미처 정리하지 못한 마음을
다시 꺼냈다. 한 모금씩 가볍게 마시는 와인이 이야기 끝에 갈
라지는 목을 축였다.

사실 와인 맛을, 넓게 보면 모든 술의 맛을 잘 아는 건 아니다.
그저 술마다 달리 풍겨지는 뉘앙스를 고려해 때에 따라 어울
리는 것으로 선택할 뿐이다. 오늘도 마찬가지다. 와인을 한 모
금 넘길 때마다 순간적으로 맛과 향에 집중하게 된다. 알 듯 말
듯한 맛과 향을 쫓다보면 콧속을 도는 잔향에 또 한 번 집중하
게 된다. 그 사이 생각할 수 있는 시간이 생긴다. 여유가 생긴다.
급한 마음에 무심코 내뱉을 뻔한 말들을 아낄 수 있게 된다. 더
불어 취하지 않고도 기분을 내는 데 충분하다. 적당히 몸이 따
뜻해지면 잔뜩 들어간 힘이 사르르 풀어진다.

얘기하다 보면 장르가 다양해진다. 가족이라 꺼낼 수 있는 오래
묵은 이야기와 솔직한 속내가 오가다 보면 엉엉 눈물 바람을 하
기도 하고 그 꼴이 우스워 깔깔깔 배꼽을 잡기도 한다. 동생이
오늘은 먼저 속내를 드러낸다.

"언니, 나 걱정 많이 되지?"

"걱정되지. 동생인데."

"걱정하지 마! 언니 말대로 후회할 수도 있지. 그런데 아직 안 살
아 봤잖아. 그리고 후회 없는 선택이 어디 있겠어? 안 그래? 행

복하게 잘 살게. 그리고 지금 나 진짜 행복해!"

걱정이 앞서 내 행복의 기준을 꾸역꾸역 동생의 삶에 들이밀고, 해보지도 않은 일을 가늠해 넘겨짚어 단정해버린 내가 부끄러웠다. 오랜 시간 타지에서 함께 살면서 종종 서로의 생각과 안부가 궁금해질 때면 식탁을 두고 마주 앉았던 우리였다. 서로가 서로의 대나무 숲이 되어주었다. 한 발 앞선 지나친 잔소리와 걱정에 서로 삐끗할 때도 있지만 가족이니 그러려니 한 지도 오래 됐다. 이제 결혼하고 나면 쉽게 마주할 수 없다는 게 못내 아쉽지만 앞으론 서운한 속내를 드러내지 않기로 마음먹었다. 그리고 모자람 없이 그 행복을 응원할 것이다.

## 봄이 전하는 말

와인은 한 번 열면 보관하기가 쉽지 않다. 빛, 온도, 습도에 따라 쉽게 맛과 향이 변질되기 때문이다. 만약 제대로 보관하기 어렵다면 뱅쇼나 샹그리아를 만들어 음료로 즐기거나 요리에 활용해 보자.

## 3분 카나페

카나페는 만들기 쉽고 다양한 식재료로 응용이 가능해 쓸모가 많다. 크래커 대신 빵을 베이스로 사용하면 식사 대용으로 손색이 없다. 채소나 과일을 바로 얹으면 빵이 금방 눅눅해지니 마요네즈나 치즈 등을 빵 위에 먼저 얹고 난 다음 과채소를 얹는다.

재료 크래커 또는 식빵, 치즈, 견과류와 건과일, 꿀

조리순서 ❶ 식빵을 준비했다면 4등분해 팬에 살짝 굽는다. ❷ 크래커 또는 식빵 위에 준비한 치즈를 원하는 모양으로 잘라 올린다. ❸ 꿀을 조금씩 떠 올리고 그 위에 견과류와 건과일을 작게 잘라 올린다. ❹ 접시에 단정하게 담아낸다.

위트가 필요한 날, 카레에 마음을 숨겨요

따끈따끈 카레라이스 한 숟가락

동경하는 사람들이 있다. 그들에게는 위트가 넘친다는 공통점이 있다. 순간적으로 기지를 발휘하는 사람들을 보면 나도 모르게 감탄하고 만다. 지나치지 않은, 적당한 수준의 뼈 있는 농담을 건네는 건 생각보다 쉬운 일이 아니다.

위트 있는 사람은 실타래를 풀듯 경직된 상황을 풀어나가는 탁월한 능력이 있다. 어렵고 불편한 상황을 더 심각하게 만들지도 않고 무거운 공기에 쉽게 휩쓸리지도 않는다. 위트는 개그와는 달라, 상황을 바로 파악하고 나보다 타인을 헤아릴 줄 아는 진심이 있어야 진짜 농이 될 수 있다. 자기 자신에 초점을 맞춰 농을 치면 자칫, 마냥 웃을 수 없는 웃픈 개그가 되고 누군가를 향해 농을 던지면 그것은 화살이 되어 꽂히기 마련이다. 꽂힌 화살은 어떤 식으로든 관계에 상처를 남긴다. 모두가 함께 웃을 수 있는 게 진짜 위트다. 이러니 위트 있는 사람이 되는 건 보통 어려운 일이 아니다. 상황에 매몰되지 않을 만큼의 내공이 있거나 혹은 그 상황을 극복할 때 가능한 일이지 싶다. 그래서 이따금씩 무거운 공기 속에서 만난 위트 있는 이들은 나를 구하러 온 히어로가 아닐까 생각하곤 한다.

그렇다고 늘 히어로의 등장을 기다리고만 있을 수는 없다. 위트는 없지만 낙담할 필요가 없다. '이가 없으면 잇몸으로' 내게는 위트 넘치는 레시피가 있다. 누구나 비장의 카드 하나쯤은 가지고 있기 마련이니까. 내 비장의 레시피는 카레. 위로가 필요한 친구가 갑자기 찾아왔거나, 통 풀어지지 않는 감정을 기필코 풀어내고 싶은 날. 꽁한 마음이 풀어지지 않아 혼자 마음을 앓을 때처럼 위트 있는 음식이 필요한 날은 생각보다 불쑥 그리고 자주 찾아온다. 이런 날엔 고민할 것 없이 카레를 끓인다.

인도의 '커리'도 좋지만 개인적으로는 일본식 카레를 더 좋아한다. 된장찌개만큼 만만하고 응용할 수 있는 레시피도 무궁무진하다. 카레는 모든 식재료를 묵묵히 품어 하나의 요리로 완성해낸다. 어중간히 남아 쓸모를 찾기 어려운 자투리 채소도 카레에는 부족함이 없다. 그러니 재료는 크게 중요하지 않다. 어떤 것이든 카레는 넉넉하게 수용할 준비가 되어 있으니까. 눈에 보이는 재료를 그냥 썰어 넣고 끓이면 되는, 실은 꽤나 쿨한 요리다. 내 맘대로, 내 멋대로 해도 카레는 다 괜찮다 한다. 그 와중에 참여한 식재료들의 고유의 맛을 살려주는 여유까지 있다. 카레에도 인격이 있다면 분명 대인배일 것이다.

내가 할 수 있는 건 이런 카레의 넉넉한 품을 빌려 맛을 숨기는 것이다. 전체적으로 맛을 끌어올리는 데 나만의 조미료와 향신료를 찾는 게 관건이다. 다양한 시도를 수어 번 반복하다 보면 비로소 자신에게 흡족한 부가 재료를 찾아낼 수 있다. 내가 찾은 '나만의 킥'은 요거트, 사과주스, 콩가루 등이 있다. 이 조미료들이 내 위트의 재료다.

동의하지 않는 사람도 있겠지만 개인적으로 요리에 정답은 없다고 생각한다. 맛은 지극히 주관적인 감각이라 믿고 누적된 경험이 맛의 질을 결정한다고 확신한다. 내게는 익숙하고 편안한 맛일지라도 다른 이에게는 그렇지 못할 수 있으므로 절대적일 수도 없다. 기본적인 조리 규칙과 식재료에 대한 이해가 결과에 영향을 미치는 건 사실이지만 먹고살다 보면 딱 그만큼, 먹고살 만큼 자연히 알게 되는 것으로도 충분하다.

오늘도 '위트 넘치는 카레'가 필요한 날이다. 냉장고를 뒤적거려 가능한 재료를 추려본다. 그리고 나름의 조합을 머릿속으로 먼저 가늠해 본다. 냉장고에 있는 재료를 꺼내 무엇을 만들지, 어떤 조합이 좋을지 궁리를 할 때면 마치 서술형 빈 시험지를 마주하고 있는 기분이다. 된장찌개를 끓이고 남은 애호박 반 토막과 두부, 늘 냉장고 한 쪽에 자리하는 대파와 양파, 다진 마늘 그리고 계란이 있다. 며칠 전 친구가 나눠준 닭 가슴살 한 봉지와 소시지도 있다. 채소만으로도 충분히 맛있는 카레를 만들 수 있지만 카레를 만들려고 생각했을 때 고기가 있다는 건 분명 좋은 일이다.

나름 정한 순서대로 요리를 시작한다. 우선 재료 손질이 먼저다. 카레에 넣으려는 재료들을 한입 크기보다 약간 크게 썰어서 둔다. 입안에 쏙 들어가는 크기도 좋지만 약간 넉넉한 느낌이 좋다. 재료가 준비되면 팬에 기름을 두르고 채 썬 대파와 양파, 마늘을 넣고 달달달 볶는다. 양파는 기름에 투명해지고 진한 갈색이 될 때까지 계속 볶는다. 팬의 종류와 불의 세기에 따라 다르겠지만 볶는 시간이 길어질수록 깊은 단맛이 우러난다. 꼬숩고, 담백한 향이 부엌에 진동을 한다. 채소가 얼추 익었다 싶으면 그 위에 닭 가슴살을 넣고 한 번 더 빠르게 볶아준다.

채소와 고기가 죄다 익은 걸 확인한 다음에 물과 고체형 카레를 넣어준다. 처음부터 물을 너무 많이 잡으면 점도를 맞추는 데 시간이 오래 걸려 애태우기 십상이다. 차라리 적다 싶을 만큼 넣었다가 너무 되직하다 싶을 때 물을 조금씩 추가하는 게 낫다. 이런 회생의 여지를 남겨두는 게 중요하다는 건 나이를 한 살 더 먹고 알게 됐다.

십 분 정도 끓이면 점도가 생긴다. 이때 반달 모양으로 자른 애호박을 넣고 나만의 카드를 꺼낸다. 카레에 넣은 재료들을 찬찬히 나열해본다. 전반적으로 담백하다. 살짝 부드러운 재료가 있으면 어떨까 생각해본다. 크리미한 재료를 넣었다가는 자칫 느끼해질 수 있겠단 계산이 선다. 그때 내심, "그래도 모르는 일이잖아, 도전해볼까" 하고 호기심이 고개를 빼꼼히 내민다. 냉장고를 보니 크림으로 쓸 만한 재료라곤 우유뿐이다. 나도 모르게 혼잣말이 툭 튀어나왔다. "에이 이건 재미없지." 우유를 넣을 바에야 그냥 마무리 짓자는 마음으로 카레를 마저 뒤적거렸다.

"아! 아이스크림?"

번뜩 바닐라 아이스크림이 떠올랐다. 냉장고 구석에서 꽁꽁 언 새하얀 아이스크림을 꺼냈다. 과감히 한 스푼을 떠 용암처럼 요동치는 카레에 풍덩 넣었다. 희한한 쾌감이 느껴졌다. 휘휘 저을 것도 없이 아이스크림은 눈 깜짝할 사이에 사르르 녹아 사라졌다. 겉으로 보아선 무엇을 품고 있는지 알 길이 없었다.

옴폭한 그릇에 밥을 반 정도 담은 다음, 밥 옆에는 구워낸 두부를 펼쳐 담았다. 그리고 그 위에 오늘의 카레를 국자로 크게 떠 담는다. 노른자를 살린 계란 프라이까지 얹어내면 제법 그럴듯하다. 자리에 앉아 (사진을 찍는 것도 잊지 않는다) 카레를 물끄러미 바라본다. 정갈하고 단아하다.

숟가락으로 카레를 떠서 밥과 살살 비벼 한 입 떴다. 입을 촵촵거리며 카레 속에서 바닐라 아이스크림 맛을 찾았다. 약간의 달콤함과 부드러움이 느껴진다. "오, 괜찮다!" 복잡한 카레 맛에 아이스크림이 꼭꼭 잘 숨어 있다. 자기를 온전히 드러내지 않은 채 조화롭게 어울려 있다. 한 입 꾹꾹 씹을 때마다 희미한 바닐라 향이 콧구멍을 타고 올라온다. 맛을 숨겨낸 재미에 웃음이 난다. 내 카레에는 위트가 있다.

## 봄이 전하는 말

유독 봄철에는 잎채소가 풍성하다. 카레에 잎채소를 넣을 땐 오래 끓이면 잎채소가 녹아 식감이 좋지 못하니 맨 마지막에 넣어준다.

## 나만의 위트 있는 카레 만들기

일본식 카레는 바로 만들어서 먹는 것보다 하루 또는 반나절 정도 숙성한 후 먹는 게 맛이 더 좋다. 홀토마토를 조금 넣어주면 더 진하고 감칠맛 나는 카레를 만들 수 있다.

재료 고형카레 1/2개, 양파 1개, 당근 1개, 감자 1개, 쇠고기 200g, 치킨스톡 1개, 물 1L

조리순서 ❶ 채 썬 양파를 기름을 둘러 팬에 볶아준다. 이때 완전히 갈색이 날 때까지 약불에 충분히 볶는다. ❷ 다른 팬에 식용유를 살짝 두르고 쇠고기를 굽는다. ❸ 쇠고기를 접시에 옮겨 담고 2번 팬에 그대로 깍둑 썬 당근과 감자를 넣고 볶아낸다. ❹ 3번 팬에 익힌 쇠고기와 볶은 양파를 넣고 물 1L와 분량의 고형카레, 치킨스톡도 넣는다. ❺ 뭉근히 끓여내다 점도가 생기면 불을 끈다. 이때 바닥이 눋지 않도록 약불로 두고 바닥을 긁어가며 저어준다.

## 낯설고 불편한 맛
## 손에 쥔 아보카도의 그 감촉

'세 살 버릇 여든까지'라는 말을 새삼 실감하게 된 것은 초등학교 아이들에게 식습관 교육을 시작하면서부터였다. 나는 푸드스타일리스트 어시스턴트 생활을 그만둔 후에 식습관 교육 강사로 전향했다. 어떤 사명감보다는 갖고 있는 재주를 살려 그럭저럭 먹고살 만한 방편으로 선택한 직업이었지만 꽤 보람이 큰 일이었다. 식습관 교육은 요리 활동을 통해 다양한 식재료를 경험할 수 있도록 기회를 만들어주는 것에 가장 큰 목적을 두고 있다. 대개 자녀들은 함께 사는 어른들의 식성을 닮아간다. 나를 돌아봐도 상황이나 때에 따라 떠올리는 음식들이 부모님의 입맛과 비슷하다. 식탁의 구성을 결정하는 건 어른의 몫이니 이는 자연스러운 일이다. 그러다 보니 자연스럽게 집안 어른들이 선택한 음식을 먹고 자라며 맛을 학습하게 된다. 이렇게 형성된 식성은 한번 고착되면 바꾸기가 쉽지 않은데, 스스로 식단을 선택할 수 있는 어른이 되면 더 노골적으로 익숙한 맛을 찾기 때문이다. 익숙한 맛을 찾는 데는 저마다의 이유가 있겠지만 말이다.

생각해보면 한 번도 먹어 본 적 없는 음식들은 사회생활을 하면서 처음 접해본 경우가 많았다. 그렇게 접한 대표적인 음식은 매생이였다. 생긴 것만 보아도 미끌미끌하고 이끼가 떠오르는 모양새라 처음 보고 적잖이 놀랐다. 푸드스타일리스트 어시스턴트를 하던 때, 상사가 겨울이면 꼭 찾는 음식이 매생이 굴 국밥이었다. 그때 처음 매생이의 존재를 알았다. 상사는 겨울 별미라며 매생이 굴 국밥을 권했고, 영 비위에 맞지 않았지만 선택권이 없던 막내 시절이라 별 수 없이 먹어야 했다. 겨우내 먹다 보니 맛은 어지간히 적응했지만 미끌한 식감과 이에 엉기는 모양새는 여전히 거역스러웠다. 일 년 후 퇴사를 하면서 동시에 매생이와도 이별했다.

이렇게 영영 이별한 음식이 있는가 하면 몰랐던 맛에 이제야 눈이 뜨여 때마다 찾는 음식도 있다. 이 말 끝에 번뜩 아보카도가 떠오른다. 십여 년 전 요리 실습시간에 아보카도의 존재를 처음 알았다. 이름이며 생김새는 딱 보아도 이국적인 뉘앙스가 물씬 풍겼다. 교수님의 긴 설명이 끝나고 아보카도 살을 조금 떠 맛을 보았다. "아, 이거 무슨 맛이야! 웩." 부드러운 식감과 오묘한 기름 맛이 엉켜 나도 모르게 그만 구역질을 하고 말았다. 가만, 이거 어디서 먹어봤던 맛이다. 미뢰에 저장된 더 오래전 일을 떠올렸다. 휴학을 하고 한창 카페에서 아르바이트를 하던 때의 일이다. 일을 마치고 같은 건물인 영어 학원에 다녔는데, 동갑내기인 외국인 강사와 친구가 되었다. "글리! 친구들이랑 크리스마스 파티할 건데 올래?" 영어 실력이 출중하지 못해 은근히 부담되는 초대였지만 그녀를 믿고 가기로 약속했다. 바로 그날이다. 파티는 각자 음식을 조금씩 준비해 가져와 나누어 먹었다. 준비한 음식들을 테이블 위에 깔아두고 모여 앉아 자신이 준비한 음식에 대해 돌아가며 소개했다.

한 친구가 과카몰리를 준비했다며 소개했는데 모두 맥주에 딱이라며 좋아했다. 따로 부연설명은 없었다. 처음 본 과카몰리는 꼭 파란 바나나를 껍질째 으깨 놓은 것처럼 요상하게 생겼다고 생각했다. 눈에 물음표를 달고 동그랗게 쳐다보니 나초에 과카몰리를 푹 찍어 나에게 줬다. 별로 당기지 않은 모양새에 거절하고 싶었지만 차마 그럴 수 없어 그것을 받아 한 입 베어 무는데, 역시 익숙지 않은 식감과 맛에 나도 모르게 헛구역질을 하고 말았다. 친구들은 이해한다며 웃으며 넘겼지만 몹시 미안한 순간이었다.

"그때 먹었던 게 아보카도였구나." 그것이 아보카도라는 사실을 혀가 기억하고 있었다. 때때로 잊힌 기억을 소환하는 혀의 능력이 놀라울 따름이다. 두 번의 도전이었지만 아보카도 맛의 진가를 찾을 수 없게 되자 수업을 끝으로 아보카도와 이별하게 됐다. "어? 아보카도잖아?" 시장에 가보니 채소와 함께 아보카도가 자리하고 있다. 시장에 아보카도라니. 세 개에 오천 원. 십 년 만에 다시 마주한 아보카도 맛은 가물가물하다. 새로운 것에 대한 호기심이 크면서도 입맛은 퍽 보수적인 편이라 자꾸 아는 맛, 짐작할 만한 맛만 골라 찾는다. 아무래도 자취를 시작하고 나서 원하는 것을 쉽게 골라 먹기도 하고 실패할 음식은 미리부터 배제하다 보니 편식이 더 심해진 것 같다. 좌판을 지나는데 하나에 팔천 원 하던 아보카도 가격이 꽤 저렴해진 것을 보고 한 바구니 사볼까 하는 마음이 들었다. 아무래도 며칠 전 책에서 본 얘기가 적잖이 자극이 됐던 모양이다. 그 책은 창의력은 낯선 경험에서 길러진다는 내용이었다. 새로운 공간을 걷고, 나와 다른 사람을 만나고, 익숙지 않은 맛에서 느끼는 불편함이 새로운 생각에 물꼬를 튼다기에 그리 살기로 마음먹었다. 그런데 의식하지 않으면 뻔한 선택지 안에 갇히게 된다. 마음을 가다듬고 아보카도를 사기로 결심했다. 직접 사는 건 처음이라 휴대폰으로 검색창을 켜 '아보카도 잘 고르는 방법'을 찾아보았다. 껍질의 색이 거무스름한 녹색을 띠고 손으로 쥐어 봐서 탄력이 조금 느껴지는 것으로 고르라 했다. 손으로 쥐어가며 아보카도 세 개를 고르는데 내 모습에 뜬금없이 실소가 났다. 새로운 것을 손으로 직접 만져보니 묘한 쾌감이 일었다.

집으로 와 대학 시절 요리 실습 때 만들었던 오픈 샌드위치를 만들어보기로 했다. 아보카도를 반으로 갈라 씨에 칼을 툭 찍어 돌리니 씨가 쉽게 빠진다. 껍질과 속살 사이에 숟가락을 넣어 둘을 분리하고 먹기 좋은 크기로 잘랐다. 접시에 양상추를 뚝뚝 뜯어 올리고 아보카도를 얹었다. 견과류도 한 봉지 뜯어 뿌리고 드레싱을 뿌려 완성했다. 빵에 아보카도 샐러드를 얹었다. 잘 먹을 수 있을까? 내심 손에 진땀이 났다. 심호흡을 크게 하고 용기를 내 크게 한입 베어 물었다. "어라, 생각보다 괜찮네!"

그 사이 입맛이 변한 건지 시시할 만큼 금세 접시를 비웠다. 불편한 기억으로 남은 맛의 기록을 다시 쓰게 되는 순간이었다. 그동안 몰랐던, 이제는 알게 된 아보카도의 맛은 닫힌 문을 열고 나를 새로운 방으로 안내했다. 맛으로 환기를 경험하는 뜻밖의 경험이었다. 때때로 직면한 문제를 풀지 못하고 웅덩이에 갇힌 날들이 이어질 때면 새로운 맛을 찾아 용기를 낸다. 특히 만드는 방법이나 모양새로 지레짐작해 거부했던 음식을 용기 내

막상 맛보면 짐작과 달라 놀랄 때가 많다. 스스로 만든 고정관념에 갇혀 모르고 사는 세상이 얼마나 클지 문밖을 은밀히 상상하게 하는 맛이었다.

아보카도를 고르려 손에 살짝 쥐고 있으면 처음 느꼈던 낯선 촉감이 더불어 생생해진다. 반복되는 일상이 어쩐지 지겹다 느껴진다면 새로운 맛, 불편한 맛을 찾아 용기를 내보는 건 어떨까.

## 봄이 전하는 말

아보카도는 검푸른 색을 띠고 손가락으로 살짝 눌렀을 때 모양이 그대로 남아 있으면 잘 익었다는 신호다. 호리병처럼 꼭지 부분이 움푹 들어간 것보다 둥글고 균일한 모양이 좋다. 덜 익은 아보카도를 샀다면 하루 이틀 정도 실온에 보관해 후숙하는 게 좋다. 지방 함량이 높아 너무 오래 두면 금방 상하기 십상이다. 반면 잘 익은 아보카도를 샀다면 신문지에 말아 밀폐 용기에 넣은 다음 냉장 보관한다. 수분에 쉽게 변질되므로 신문지에 싸는 것만으로도 효과가 크다.

## 아보카도 오픈 샌드위치

향신료를 적게 사용할수록 아보카도의 고소한 맛을 제대로 느낄 수 있다. 소금으로도 부족함이 없으나 기호에 따라 머스터드, 발사믹 소스를 사용해도 좋다.

재료 삶은 계란 1개, 아보카도 1/2개, 호밀빵, 올리브 오일, 소금 약간

조리순서 ❶ 호밀빵은 살짝 마른 팬에 구워준다. 너무 바삭하지 않게 가볍게만 구워준다. ❷ 아보카도를 으깨 호밀빵에 바른다. ❸ 삶은 계란을 편으로 썰어 올리고 올리브 오일과 소금을 약간 뿌린다.

눈부신 햇살 같은,

얼음의 맛

## 홀가분한 맛, 짭조름하고 촉촉한 야키교자와
## 얼어붙을 만큼 시원한 생맥주

　　오랜만에 도쿄에 갔다. 여행이 즐거웠는지 가보고 싶었던 곳들을 바쁜 걸음으로 둘러보았다. 정신없이 구경할 땐 몰랐는데 오늘치 일정을 마쳤다고 생각하니 갑자기 발의 피로가 몰려온다. 시간을 보니 아홉 시가 훌쩍 넘었다. 역을 빠져나와 숙소로 걸어 들어가는데 돌아가야 할 날이 정해져 있는 여행자의 마음이 그렇듯, 늦은 시간임에도 숙소로 곧장 들어가는 것이 못내 아쉬웠다. "저기 앞 사거리까지만 걷다 올까? 오는 길에 마트도 들르고!" 아쉬움과 출출해진 허기를 달래기 위해 숙소 앞을 지나쳐 걸어 내려갔다. 번화가에서 한참 떨어진 동네라 그런지 작은 가게 두어 군데만 빼놓고는 불이 진즉에 다 꺼졌다. 그래서인지 밝힌 가게에서 새어나오는 빛이 도심의 네온사인보다 더 또렷하게 느껴졌다. 도로를 따라 내려 걷다 보니 어느새 사거리 끝에 섰다. 모퉁이 식당에서 맛있는 기름 냄새가 진동한다.

"언니! 여기 어때?"
"도전해 볼래?"

노렌을 걷고 미닫이 문을 밀어 열어보니 자리가 꽉 차 있었다. 드르륵. 옛 미닫이 문 소리가 경쾌하다. 불쑥 들어와 정보라고 는 하나도 없지만 맛집이구나 하고 확신했다. 별다른 정보가 없 는 상황에선 손님의 수를 신뢰할 수밖에 없다.

뿌연 수증기 때문에 자세히 보이지는 않지만 한창 바쁜 주방의 풍경이 설핏 들어왔다. 노란 불빛 아래 삼삼오오 모여 앉은 사 람들은 무척 즐거워보였다. 일본 영화의 한 장면이 연상됐다. 관광객을 대상으로 운영하는 가게는 아닌 것 같고 퇴근길에 오 가며 들르는 동네의 작은 심야 식당이었다. 이들 사이에 끼어 밥을 먹고 싶다는 마음과, 그래도 되나 하는 마음 사이에서 괜 스레 주저했다. 여행자로선 식당에 들어가는 일마저도 낯선 것 에 대한 도전이 된다.

이미 노렌을 걷었기에 용기를 내 빈자리를 찾아 앉았다. 고소한 기름 냄새와 일본어 특유의 하이 톤 뉘앙스, 아늑하게 느껴지는 온도. 노란 불빛 아래 열기가 후끈한 식당. 작아서일까, 아늑하 다. 상상했던 모습이 그대로 눈앞에 펼쳐지니 오히려 내가 당황 할 정도다. 주방을 바라볼 수 있는 바 테이블에 자리를 잡았다. 워낙 좁아 의자를 당겨 바에 배를 바짝 붙이고 앉아야 했다. 가 방을 발밑에 두고 잠깐 숨을 고르며 대체 이 집은 무엇을 파는 지 메뉴판과 옆 테이블 위를 번갈아 본다. 메뉴를 보니 일본식 군만두인 야키교자 집이다. 가볍게 맥주 한잔할 요량이었는데 메뉴가 딱 적당해 안도했다. 야키교자와 생맥주를 주문했다. 메 뉴판을 가리키는 손가락과 얼기설기 아는 단어를 조합하면 웬 만한 뜻은 통했다.

"これ…ください。(이거… 주세요)"
"ビール two!(맥주 둘!)"

어설픈 일본어지만 맥주와 야키교자를 일단 주문하고 나니 마음이 놓인다. 메뉴를 기다리는 동안 영화 속 한 장면을 바라보듯 야키교자와 맥주를 즐기는 사람들을 곁눈질했다. 누군가에겐 고된 하루였을 테고, 어떤 이는 어제와 다르지 않은 오늘 아니었을까. 만약 그들이 주인공인 다큐멘터리라면 이 장면은 어떻게 보일까. 나는 [등장인물 8] 혹은 [외국에서 온 여행자 1]쯤으로 이곳에 등장한 것 아닐까. 누군가의 삶에 주변인으로 등장해 있다는 사실이 꽤 흥미로웠다. 일상과 일탈 사이의 종잇장 같은 경계를 아슬아슬하게 넘나드는 기분이 들었다.

쓸데없는 생각에 빠져 있는 사이 생맥주가 먼저 나왔다. 찬 맥주가 눈에 들어오자 참을 수 없는 갈증을 느꼈다. 가볍게 잔을 부딪치며 "오늘도 무사히!"를 외치며 오늘에 감사했다. 벌컥벌컥 서너 모금을 연달아 들이키고 나니 단박에 갈증이 달아나는 듯했다. 홀가분한 맛 그 자체였다.

연달아 야키교자가 나왔다. 노릇하게 구워진 만두들이 나란히 열 맞춰 하늘을 보고 있다. 한 줄에 여섯 개씩 두 줄, 단출한 듯 단정하게 담겨 있다. 교자를 하나 떼어 한 입에 쏙 집어넣었다. 찐만두처럼 촉촉한 동시에 한쪽 면은 구워진 전분물 때문에 바삭했다. 맛있다! 소리가 절로 나온다. 적당히 짭쪼름해 자꾸 맥주를 불렀다. 결국 그 자리에서 야키교자 열두 개와 맥주 한 잔을 더 마시고야 말았다.

그렇게 숙소로 돌아가는 매일 밤 그 야키교자 집에 들렀다. 갈 때마다 그들의 일상에 내가 잘 버무려진 기분을 느꼈다. 그래봤자 고작 네 번뿐이었지만 어느 순간부턴 직원들도 우리를 알아보는 듯했다. 짧았지만 내게도 진짜 단골집 하나가 생긴 것 같았다. 그래서인지 이 동네가 더 살갑게 느껴진다.

그래서일까. 늦게 퇴근하는 날이면 맥주와 야키교자가 당긴다. 그날의 홀가분한 맛이 오늘의 고됨을 씻어줄 것만 같은 마음이 든다. 이럴 땐 주저 없이 편의점에 들러 냉동 만두 하나, 차가운 맥주 한 캔을 집어 든다. 집에 오자마자 맥주는 잠깐 냉동실에 넣어둔다. 그래야 띵하게 차가운, 맛있을 첫 모금을 사수할 수 있으니까. 개운하게 씻고난 뒤 편한 옷으로 갈아입고 목덜미에 수건 한 장 두른 채 만두를 바로 굽는다. 출출해서 나도 모르게 손이 빨라진다.

먼저 프라이팬에 오일을 조금 두르고 만두를 먹을 만큼 올린다. 이때 판판한 만두 한쪽 면이 팬에 닿을 수 있도록 자리를 잡아준다. 가급적 두 줄로 짝이 맞도록 굽는다. 더 먹고 싶은 날엔 짝수로 만두를 늘리는데, 이건 나름의 소신이다. 안정적인 모양으로 기억된 야키교자의 그 첫인상을 깨고 싶지 않아서다. 그 다음엔 팬에 자박하게 물을 붓고 뚜껑을 닫아 만두 속을 익힌다. 이때 물이 너무 많으면 만두에 물이 지나치게 스며들어 만두피가 물러 찢어지고 만다. 수증기로 찐다는 생각으로 최소한의 물을 넣는 게 포인트다.

만두피가 투명해지면 뚜껑을 열어 수분을 충분히 증발시켜준다. 만두피가 탱탱해지고 살짝 꼬들꼬들 마르는 게 보이면 전분

물을 만들어 팬에 부어준다. 전분의 수분이 증발되면서 만두 한 쪽 면이 노릇하게 구워지면 완성이다. 천장을 보고 벌러덩 누운 만두의 모양새를 살려 접시에 담아주면 된다. 생각보다 간단하다. 팬 크기에 맞는 접시를 뚜껑처럼 덮고 한 번에 뒤집어 주면 쉽게 담을 수 있다.

맥주도 준비 완료! 선풍기 앞에 자리 잡고 앉아 본격적으로 야식을 시작했다. 냉동실에서 막 꺼낸 맥주 한 모금에 만두 한 입을 번갈아 먹는다. 여행 중에 맛본 야키교자 맛에 비할 수야 없겠지만 지금 이 만두도 그날의 교자 못지않다. 만두를 우물거리다보면 마치 영화 속 한 장면 같았던 그곳이 떠오른다. 한 접시를 다 비우고 나니 오늘 하루도 다 지나갔구나 실감이 난다. 후련하기도 홀가분하기도 하다. '하루'에 맛이 있다면 그날 야키교자의 맛이 아닐까. 이제와 그들이 왜 퇴근길 모퉁이 작은 야키교자를 파는 식당으로 모여들었는지 알 것 같다.

**여름이 전하는 말**

군만두는 양배추, 당근, 양파를 얇게 채 썰어 비빔 라면에 넣어 곁들이면 입맛을 책임질 한 끼 식사가 된다.

**바삭바삭 촉촉한 야키교자 굽기**

속은 촉촉하고 겉은 바삭바삭한 야키교자는 아랫부분은 기름에 굽고 윗부분은 증기로 찌는 것이라 생각하면 쉽다.

재료  냉동만두 10개, 전분물(생수 반 컵, 전분 1큰술)

조리순서 ❶ 만두를 2줄로 열 맞춰 자리 잡아둔 뒤 식용유를 한 바퀴 둘러 바닥면에 스미도록 뿌려준다. ❷ 바닥면이 노릇해질 때까지 중불로 굽는다. ❸ 전분물을 넣고 프라이팬 뚜껑을 덮어준다. ❹ 전분물이 증발해 바삭 노릇하게 구워지면 접시에 낸다.

퍼즐 조각처럼 맞춰지는 그날의 추억

상큼하고 고소한 콩국수

　　퇴근 시간이 가까워질 무렵, 근처 시장에 들렀다. 내일 작업실에서 쓸 과일을 준비해 두어야 해서 퇴근 시간보다 조금 미리 나섰다. 급하게 처리해야 할 일을 정신없이 처리하고 보니 뒷목이 뻣뻣해지다 못해 멀미가 났다. 잠시 산책 삼아 바람을 좀 쐬면 나아질까 싶어 장바구니를 챙겨 들고 동료와 함께 시장에 나왔다.

확실히 여름 시장은 생기가 있다. 과일이며 푸성귀들이 싸고 맛있으니 천국이 따로 없다. 여기저기 기웃거리며 내일 작업실에서 쓸 과일을 사면서, 오늘 저녁으로는 뭘 먹으면 좋을까도 같이 궁리해본다. 머릿속으로 시장에 나온 식재료와 우리 집 냉장고 속을 동시에 생각하며 이리저리 조합을 만들어본다. 관심을 다른 곳으로 돌리니 적잖이 환기가 됐다. 두통도 좀 가시고 묵직했던 뒷목도 한결 가벼워졌다.

미리 적어온 것들을 사기 위해 이 집 저 집을 비교하며 돌아다니다 보니 금세 허기가 올라왔다. 저녁 시간이 가까워오다 보니 시장기가 밀려온다. 서둘러 시장을 빠져나오는 데 아이스박스 속 얼음물에 담겨 있는 콩 국물이 눈에 들어왔다. 습한 여름 초저녁에 만난 콩 국물을 보니 고소하고 달큰한 콩국수가 생각나

식욕을 당겼다.

"오늘 저녁 콩국수 어때?"
"오, 좋은데요?"

콩 국물이 담긴 아이스박스 앞에 서서 우물쭈물하고 있으니 나이 지긋한 주인 할머니가 자리를 털고 일어나셨다. "콩 국물 뭘로 줘요?" 1.5리터 크기를 가리키며 되물었다.

"이 콩 국물은 몇 인분 치예요?"
"몇 명이 먹을 건데? 둘이면 이거 작은 병 하나 가져가면 되고, 더 먹을 거면 그 큰 놈으로 가져가면 돼."
"큰 걸로 주세요. 생면도 두 봉지 가져갈게요!"

아쉬운 것보다 넉넉히 먹고 싶은 날이 있는데 오늘이 그런 날이다. 아무래도 단단히 허기가 졌나 보다. 여름인 줄은 알았지만 새삼 콩국수를 만나고서야 한 해가 벌써 반년이나 지났다는 걸 체감했다. 1.5리터 플라스틱 병에 가득 든 콩 국물과 직접 기계에서 뽑아낸 생면의 무게가 꽤 묵직하다. 넉넉하게 잘 산 것 같아 만족스러웠다. 배도 고프고 살 것도 얼추 샀다 싶어 발걸음을 재촉하다 아차 싶었다. "아! 열무김치! 콩국수엔 열무김치지!" 시장을 나가기 전 불현듯 이 타이밍에 열무를 떠올렸다는 게 천만다행이라 생각했다. 하마터면 콩국수 한 그릇을 제대로 완주하지 못했을지도 모른다. 텁텁함을 가시게 할 찬으로 열무만 한 게 없기 때문이다.

식성이 비슷한 동료와 죽이 척척 맞자 저녁 분위기가 한껏 고조
됐다. 종종 들르는 반찬가게에서 열무김치 반 근을 샀다. "맛 좀
볼래요?" 반찬가게 사장님이 막 무쳐낸 열못대 하나를 집어 주
셨다. 아삭아삭, 줄기에서 여름 풋내가 뿜어져 나온다. 그야말
로 여름 맛이다. '느른했던' 기운이 싹 가신다.

다시 작업실로 돌아오자마자 냄비에 물을 올렸다. 입이 넓은 냄
비에 물을 넉넉히 끓여야 나중에 전분 때문에 물이 되직해지는
것을 막을 수 있다. 작은 냄비에 꾸역꾸역 면을 삶으면 십중팔
구 전분 물이 넘쳐 뜻밖의 청소를 하게 될 것이다.

생면을 삶을 땐 가장 먼저 생면에 묻어 있는 덧가루를 물로 가
볍게 씻어주어야 한다. 행여 이 과정이 번거로워 생략해버리면
면끼리 엉겨 붙고, 바닥도 눌어붙는 난감한 상황이 벌어지고 만
다. 대략 오 분이 지나면 면이 살짝 투명해지는 데 이때 면을 건
져 찬물에 가볍게 헹궈 맛본다. 맛보는 것만큼 정확한 것도 없
다. 다 익은 면은 바로 얼음물로 직행! 온도를 확 낮춰주어야 쫀
득한 면의 탄성을 지켜낼 수 있다. 채반에 면을 담고 흐르는 물
에 두세 번 비벼 전분을 마저 씻어준다. 그리고 물기를 빼 준비
하면 어려운, 아니 번거로운 준비 과정은 끝이다.

그릇에 먹을 만큼 면을 나누어 담고 오자마자 냉동실에 넣어
둔 콩 국물을 위아래로 열심히 흔들어 부어준다. 면을 담을 때
는 평소 먹는 국수 양의 삼 분의 이 정도만 담는 게 좋다. 자칫
면 욕심을 부렸다가 초반전부터 배가 불러 콩 국물을 다 남기는
사태가 벌어질 수도 있다. 콩국수의 핵심은 콩 국물이라는 것을

잊으면 안 된다. 진한 콩 국물을 좋아해 일부러 물을 타지 않고 얼음 몇 개만 동동 띄웠다. 콩국수 위에 무엇을 얹느냐는 자유지만 주로 계란이나 채 썬 오이, 방울토마토가 일반적이다. 마침 남은 방울토마토가 있어 반으로 갈라 얹고 흑임자를 솔솔 뿌려주었다. 완성!

"어서들 와요! 먹고 해요!"
"어? 언니는 설탕 넣어 먹어요?"
"응, 초는?"
"저는 소금 파죠! 혹시 전라도 스타일?"
"응! 콩국수를 아빠한테 배워서 나는 남도식으로!"

내 국수를 가리키며 한 번 먹어보라고 눈치를 했더니 초는 입을 앙다물고 고개를 절레절레 흔들었다. 설탕은 숟가락을 살살 흔들어 흩뿌려주면 좋다. 그래야 단맛이 고루 스며들어 끝까지 공평한 단맛을 낸다. 간혹 설탕을 넣었는데도 단맛이 부족하게 느껴질 때가 있다. 이럴 땐 소금을 넣어주는 게 좋다. 짠맛을 기둥 삼아 단맛이 더 선명해진다. 후루룩 소리 내며 대접째 들고 뽀얀 콩 국물을 들이켰다. 밀도 높은 진득한 국물에 고소한 향이 가득하다.

지나간 초여름의 공기가 피부에 와 닿았다. 선풍기 사이를 빠져나온 미지근한 바람, 살짝 눅눅한 공기, 아무 일도 일어나지 않을 것 같은 나른함과 창과 창 사이를 오가는 풀냄새, 그리고 평상에 둘러앉아 먹는 콩국수 맛. 어느새 나를 지난 그날의 초여름으로 데려다주었다.

신기하게도 맛의 첫인상은 본질적인 혀의 감각보다 누구와 어떻게 먹게 되었는지에따라 결정된다. 그날, 함께한 누군가와 나누었던 분위기, 느꼈던 기분들이 퍼즐조각처럼 맞춰지면 하나의 맛으로 기억된다. 아마도 이 과정들이 모여 또 하나의 삶의 가닥을 만들어 내는 게 아닐까. 그래서인지 같은 퍼즐을 나눈 이들과는 마음이 잘 통한다. 음식을 표현하는 말투나 단어, 그리고 나름의 철학까지 닮은 구석을 심심찮게 발견할 수 있다. '식구'라는 말이 더 끈끈하게 느껴지는 이유가 여기 있음을 알아챘다. 담백한 콩국수든 달콤한 콩국수든 자기가 기억하는 정든 맛의 모양대로 한 그릇을 다 비워냈다. 그리고 또 하나의 새로운 퍼즐 조각을 나누어 갖게 됐다.

## 여름이 전하는 말

지역마다 음식 맛을 완성하는 조
미료가 달리 쓰이는데 내가 살던
동네에서는 대개 소금으로 맛을
잡는다. 하지만 남도 식성인 아빠
덕에 설탕으로 낸 맛이 익숙하다.
콩국수나 팥죽, 감자를 찍어먹을
때도 설탕을 찾는다. 소금을 뿌려
먹었던 게 익숙하다면 이번엔 설
탕을 넣은 콩국수를 추천해본다.
고소함과 단맛이 의외로 잘 어울
린다.

## 달짝고소 콩국수

생면일 경우 뜨거운 물에 넣기 전
에 덧가루를 탈탈 털어줘야 텁텁
하지 않은 면을 맛볼 수 있다. 콩
국물 때문에 금세 양이 많아지므
로 국수는 평소 먹는 양보다 조금
삶는다.

재료 중면 100g, 콩 국물 250ml,
방울토마토 3개, 소금 또는 설탕
약간, 콩가루 또는 흑임자 가루 취
향껏

조리순서 ❶ 넓은 냄비에 물을 끓인
다. 면이 넘치지 않도록 냄비는 큰
것을 준비한다. ❷ 중면 또는 소면
을 뜨거운 물에 5~7분 정도 삶은
후 얼음물에 헹군다. ❸ 면을 끓이
는 동안 콩 국물은 잠시 냉동실에
넣어 시원하게 얼려둔다. ❹ 방울
토마토를 반 갈라 취향대로 올려
먹는다. ❺ 여름의 맛, 열무와 함
께 먹으면 완성!

동네 친구가 필요해

든든하고 건강한 가지 샌드위치

반복되는 일상에서 계절의 변화를 느끼며 살기란 참 여의치가 않다. 과일 만지는 일을 하면서도 자꾸 이 계절 어디쯤 내가 서 있는지 망각하게 되니 말이다. 평소 하는 일이 과일을 만져 청을 만들어 내는 일이니 제철 과일에 따라 변하는 계절을 금세 알아챌 것 같지만 이 또한 일상이 되면 무뎌지기 마련이다. 그래서 과일청을 만드는 내내 하나의 바람을 깊이 품는다. 나를 찾아주는 모든 이들이 지금 이 계절을 충분히 누렸으면 좋겠다고.

매일 나의 하루는 이 자그마한 작업실 안에서 펼쳐진다. 재료를 손질하고 청을 담그고 음식을 조리다 보면 흘러가는 계절을 따라 삶도 어물쩍 흘러간다. 솥 안에는 시간을 빨아들이는 블랙홀이 있어 과일을 조리기 위해 휘휘 젓고 서 있으면 그 시간이 솥 안으로 고스란히 휩쓸려 들어간다. 과일의 정해진 수명을 늘리기 위해 내 수명과 맞바꾸는 것 같다. 그 대가를 치워내야만 계절의 단맛을 봉인할 수 있다. 돌이켜보니 올해로, 솥 앞에 제물로 바친 시간이 칠 년이 되었다. 그사이 시간 빈곤자가 되었다. 친구들 사이에선 나는 늘 '바쁜 애'였고 누군가에겐 무심한 사람이 되어버렸다. 하지만 솥에 쏟아부은 시간이 절대 아깝지 않다.

그 시간의 가치를 알아채 주는 이들이 있으니 말이다. 갑자기 반가운 손님이 왔다.

"굿모닝! 가지랑 토마토 샐러드랑 남은 자투리 채소를 넣어서 샌드위치를 좀 싸 봤어요. 좋은 식재료라도 빨리 먹지 않으면 금방 상하니까요. 그럴 바엔 넉넉히 만들어 나눠 먹는 게 낫지."

이따금 열지 않은 작업실 문을, 조심스레 똑똑똑 두드려주는 이웃이 있다. 카페 초창기 단골손님으로 만나 어느새 서로의 끼니를 챙길 만큼 부쩍 가까워졌다. 이웃이 생기고 보니 팍팍한 서울살이도 정 붙일 만한 구석이 있구나 싶어 한시름 마음이 놓인다. 그녀는 음식을 건넬 때면 늘 법랑 그릇에 담아 초록색 천으로 싸 온다. 별이 총총 박혀 더 귀여운 초록색 손수건을 풀고 흰 법랑 통을 열어보니 노릇하게 구워진 삼각 포켓 샌드위치가 담겨 있다. 갈색 오일페이퍼로 구획을 나눠 담긴 샐러드도 있다. 얼마나 예쁘던지 나도 모르게 절로 탄성과 웃음이 새어 나왔다. 누구든지 나를 위해 준비한 요리 앞에서는 무장해제되기 마련이다. 만든 이의 시간과 사랑이 고스란히 녹아든 음식에는 그런 힘이 있다. "언니, 같이 먹어요!" 팔을 잡아끌었다. 자리를 펴고 동료들과 함께 둘러앉았다.

"이건 가지랑 토마토로 만든 샐러드예요. 살짝 볶아서 발사믹 소스를 뿌려 먹으면 은근한 감칠맛이 돌아서 새콤달콤 맛있어요. 아, 여기에 그대들이 만든 파인애플 식초도 조금 넣었어! 어때요?"

샐러드를 포크로 푹 찔러 한 입 크게 먹어본다. 경쾌한 계절이 담겨 있다. 그녀가 만든 요리에는 늘 상식을 깨는 한 수가 숨어 있다. 그녀의 한 수는 대개 이런 식이다. 쌈밥에 스모크 치즈를 넣는다거나, 된장찌개에 방울토마토를 넣어 푹 끓인다거나, 햄 치즈 샌드위치에 볶은 가지를 얹는 식이다. 오늘 맛본 가지 샐러드에 들어간 파인애플 식초처럼 말이다. 생각해보지 못한 재료들이 섞이지만 늘 기막히게 어울린다. 그녀의 음식을 먹고 있으면 절로 환기가 된다. 마치 고인 물에 물길이 터지는 기분이랄까. 게다가 타고난 감각인 건지, 오랜 유학 끝에 터득하게 된 건지는 모르겠지만 흔한 식재료를 근사한 요리로 완성해내는 능력이 탁월하다. 덕분에 뜻밖의 식재료의 조합을 경험하고 맛보면서 나도 모르게 생긴 편견과 공식을 좀 내려놓고 자유롭게 생각할 수 있었다.

곧 작업실 오픈 시간이라 테이블 위로 손이 바쁘다. 그사이 몸과 마음이 채워져서인지 활력이 생긴다. 기쁨을 나누면 배가 된다 했던가. 음식도 마찬가지인 듯하다. 문득 이 행복을 아는 그녀는 '요리 베테랑'일 거라고 감히 짐작했다. 이렇게 요리의 진가를 구현해내는 능력은 대체 어디서 오는 걸까.

"언니 요리는 진짜 재밌어요. 어떻게 이런 생각을 하지 싶어 늘 놀라곤 한다니까요?"
"아, 그래요? 재밌잖아요? 이렇게 나눠 먹으면 더 맛있고요."

그녀의 요리를 보니 갑자기 요리가 하고 싶어졌다. 시간이 없다는 이유로 무심했던 누군가에게 음식을 대접하고 싶었다. 몇몇 얼굴이 떠올랐고, 하고 싶은 요리도 가볍게 스쳤다. 계절을 봉인하기 위해 시간이 필요하듯 마음을 전하는 데에도 시간이 필요하다는, 이 당연한 이치가 이제야 와 닿는다. 결국 먹고살려고 시작한 일 아닌가. 퇴근 후 요리를 해야겠다.

**여름이 전하는 말**

샌드위치를 만들 때는 채소에 물이 생기지 않게 해주는 게 좋다. 제일 쉬운 건 먹기 직전에 바로 만들어 먹는 것인데 기왕 쓰고 싶다면 생채소는 물기를 탈탈 털어 사용하거나, 절임 채소를 사용하는 것도 방법이다. 그리고 빵 안쪽 면에 마요네즈를 발라 두면 물이 스미는 것을 막아주는 코팅제 역할을 한다.

**초간단 가지 포켓 샌드위치**

포켓 샌드위치는 남은 음식을 간단히 처리할 수 있는 요리다. 먹고 남은 치킨을 발라 넣어도 좋고 자투리 채소를 볶아 넣어도 좋다. 기호에 따라 다양하게 시도해보면 나만의 레시피가 뚝딱 완성된다.

재료 식빵 2장, 가지 1/2개, 양파 1/4개, 모차렐라 치즈 약간, 소금, 후추 약간, 버터 약간

조리순서 ❶ 오일을 두른 달궈진 팬에 채썬 양파를 볶다가 동그랗게 썬 가지를 화르륵 볶는다. 이때 가지에 물이 생길 수 있으니 센 불에 빠르게 볶아 수분을 날려주고 소금과 후추로 간을 한다. ❷ 식빵 모서리를 자르고 볶은 채소와 모차렐라 치즈를 얹어준 후 남은 식빵으로 덮어준다. ❸ 포크로 모서리를 꾹꾹 눌러 봉해준다. ❹ 팬에 버터를 녹인 후 3을 노릇하게 구워주면 완성.

## 우리 엄마 복숭아 닮았네
## 한여름의 복숭아

군산행 기차에 올랐다. 먹고사느라 바쁘다는 핑계로 서너 달 만이다. 반찬이 떨어질 때쯤을 가늠해 한 번씩 엄마가 올라오지만 짬을 내 부모님을 만나러 가는 건 오랜만이다. 용산역에서 열차가 출발한다. 기차가 덜컹거리기 시작하면서 뭉근한 긴장감이 느껴진다. 집에 가는 길이 여행인 것처럼 설렌다. 등 뒤로 사라지는 창밖의 서울을 오래도록 멍하니 응시했다. 장마전선에 갇혀 제 색을 잃은 도시의 건물들이 잔뜩 머금은 습기 때문인지 그날따라 유독 그 규모만큼 무거워 보였다. 잿빛 도시가 마저 사라지기도 전에 까무룩 잠에 빠졌다.

"… 우리 열차는 곧 군산역에 도착합니다. 잊으신 물건이 없는지 확인하여 주시고, 안녕히 가십시오." 경쾌한 음악과 함께 흘러나오는 안내 방송에 잠이 깼다. 햇빛을 가린다고 당겨두었던 차창 커튼을 걷었다. 출발할 때와는 다른 풍경이 펼쳐져 있다. 무채색으로 변해버린 서울의 모습이 꿈인 듯 흐릿해졌다. 모내기를 끝낸 논은 아득하리만큼 푸르게 펼쳐져 있고 그 끝에, 산 능선을 따라 녹음이 짙게 우거져 있다. 부드럽게 굴러가는 산 등성이도 정겹다. 푸른 것들을 보니 집에 가까웠구나 실감했다. 살짝 한기가 느껴져 덮고 잤던 카디건을 짐 가방에 착착 접어 넣고 내릴 준비를 했다. 역 앞에 부모님이 마중 나와 있었다. 아담하게 줄어든 두 사람의 몸집이 한눈에 들어왔다. 지나간 그들의 세월이 실감 나 갑자기 코끝이 시큰해졌다. 그들의 젊음을, 좋았던 한창을 내가 다 집어삼킨 건 아닌지 싶어 괜한 유난을 떨었다.

삼 일간 머물면서 그간 못했던 딸 노릇을 하기로 마음먹었는데, 사실 내가 해드릴 수 있는 게 많지 않았다. 나이 서른이 되면 큼지막이 부모님의 필요를 채워드릴 수 있을 줄 알았건만 그렇게 살지 못하는 서른의 나는 무탈하게 잘 지내는 것으로 딸 노릇을 대신했다. 이미 서너 번은 들었던 같은 내용의 이야기도 처음 듣는 것처럼 맞장구치며 들어주고, 내가 얼마나 즐겁게 잘살고 있는지도 조금 부풀려 얘기해드렸다.

별일도 없이 사흘이 지나 어느새 올라가는 날 아침을 맞았다. 휴대폰 알람 소리에 못 이겨 겨우 정신을 차리고 보니 문 바깥으로 압력밥솥 김 빼는 소리, 된장찌개 냄새가 방문 틈을 타고 들어온다. 그 냄새를 맡고 있자니 보지 않아도 엄마의 분주한 뒷모습이 선하게 그려진다. 엄마의 모습이 자꾸 마음을 당겼다. "아, 진짜 짐 싸서 내려와 엄마랑 살고 싶다" 하면서도 출발 시간이 가까워진 걸 보고 벌떡 일어나 짐을 쌌다. 내 말을 들었는지 엄마가 한마디 한다. "여기 내려와서 뭐할 건데, 쓸데없는 소리." 엄마의 한마디가 마음에 내처 남는다.

자취를 시작하면서는 아침을 챙겨 먹은 일이 거의 없다. 그 시간에 조금 더 자는 쪽을 선택했다. 그렇게 산 지 십 년이 다 돼 간다. 이젠 아침을 챙겨 먹는 일이 되레 부담스럽다. 그래도 엄마가 차려주는 아침밥 한 그릇은 꼭 다 비우려 한다. 올라가면 못 먹고 사는 줄 아는 당신의 걱정을 다 먹어 해치운다는 생각으로. 집을 나설 때까지도 떠나는 나보다 엄마가 더 분주하다. 짐은 다 챙겼는지, 더 챙겨줄 건 없는지 확인하시며 자꾸 냉장고 문을 열었다 닫았다 하신다.

"엄마, 서울에도 다 있어. 필요할 때 거기서 사면 되는데 뭘 그렇게 챙겨. 가지고 올라가는 게 더 힘들어."

"아이고, 알았다. 복숭아 좀 깎아서 넣었으니까 올라가는 길에 먹어. 위도 안 좋은 애가 괜히 과자 같은 것만 사 먹지 말고. 과일이 속도 편하고, 갈증도 안 나고 좋아."

열차에 올라 엄마가 흔드는 손 인사에 어서 들어가라고 손짓했다. 엄마는 고개를 끄덕였고 몇 번을 더 손을 흔들다가 도착하면 전화하라는 제스처를 했다. 열차가 출발한다. 헤어지는 순간의 먹먹함은 언제쯤 적응하게 될는지, 과연 적응하는 때가 오기는 하는지 싶은 순간이었다.

이것저것 반찬이 가득 담긴 종이가방이 묵직하다. 맨 위, 비닐에 싸여 있는 사각 반찬통을 꺼냈다. 은색 과일 포크도 함께 들어 있다. 부스럭거리며 묶인 비닐을 푸는데, 주책맞게 눈물이 뚝뚝 떨어진다. 반팔 티셔츠 소매로 눈을 꾹꾹 눌러 눈물을 훔쳐보아도 소용없다. 울지 않으려 하면 할수록 더 세차게 눈물이 흘렀다. 뚜껑을 여니 향긋한 단내가 폴폴 올라왔다. '부운홍' 빛을 자랑하는 복숭아 껍질을 깎은 다음 칼집을 넣어 조각조각 자른 모양새가 참 예쁘다. 무른 데 하나 없이 담겨 있는 뽀얀 복숭아를 보고 있자니 나를 생각하는 엄마의 마음을 마주한 듯했다.

"아, 우리 엄마 복숭아 닮았네."

## 여름이 전하는 말

보통 마트나 시장에서 만나는 복
숭아는 백도 또는 황도 정도지만
알고 보면 복숭아는 다양한 품종
을 가지고 있다. 복숭아는 7월 하
순부터 출하되는데 그레이트(백
도)와 용택골드(황도), 8월 초에
는 단단한 마도카(백도)가, 8월 중
순에는 말랑한 백도인 애천중도와
천중도, 그리고 역시 말랑한 황도
종인 하황도와 단금도가 출하된
다. 9월 초순에는 다시 단단한 백
도인 유명이 출하되고 마지막으로
9월 중순경에 장호원 황도를 마지
막으로 한 해 복숭아 농사가 마무
리된다.

## 복숭아 절임

병조림은 식감과 당도가 맛을 좌
우한다. 너무 오래 끓이면 너무 물
러져 흐물흐물해지고 너무 일찍
불을 끄면 단단해서 식감이 아쉽
다. 당도는 기호에 따라 조절할 수
있지만 기본 비율을 물과 설탕을
1:1비율로 맞춰야 복숭아를 오래
보존할 수 있다.

재료 복숭아 5개, 설탕 300g, 생수
250g, 화이트 와인 50g, 타임 약
간, 레몬즙 약간

조리순서 ❶ 복숭아는 껍질을 깎아
큼직하게 자른 후 갈변을 막기 위
해 레몬즙에 버무려 둔다. ❷ 냄비
에 분량의 물과 설탕을 넣고 약불
에 올린다. 이때 설탕이 다 녹을 때
까지 젓지 않는다. ❸ 다 녹으면 화
이트 와인을 넣는다. ❹ 잘라둔 복
숭아를 넣고 30초~1분 정도 끓인
다. ❺ 병입 후에도 잔열로 복숭아
가 익기 때문에 아삭함이 남아 있
을 때 꺼내 병에 담는다. ❻ 타임
을 한두 줄기 넣어 준 후 뚜껑을 닫
고 뒤집어 진공상태를 만든다.

여름의 괜찮은 구석

수박화채

"어느 계절을 제일 좋아해?"

"여름만 아니면 다 괜찮아!"

아스팔트마저 진득하게 녹일 듯, 푹푹 찌는 공기, 누군가와 맞
닿기라도 하면 '척' 하고 들러붙을 것 같은 끈끈한 습도가 불편
하다. 지나치게 모든 것들이 선명해지는 여름이지만 생각만으
로도 달갑지 않은 것 투성이다. 그나마 시원한 수박을 여한 없
이 먹을 수 있다는 위안, 그것뿐이다.

날이 한참이나 밝은 여름엔 퇴근 후 곧장 집에 가는 일이 거의
없다. 하루 스물네 시간이 길어진 해를 따라 늘어날 리 만무하
지만 하루를 정리하기엔 이르다 싶은 기분 탓이다. 집을 지나쳐
사거리를 건너 오르면 망원시장이 나온다. 산책 겸 구경도 하고,
저녁 찬거리들도 사 가려고 시장 가는 길을 따라 걸었다. 때마다
과채소며 해산물이 달리 나오니 계절마다 시장 분위기가 바뀌어
지루할 틈이 없다. 여기저기 푸릇한 채소가 풍년이다. 늦은 밤
궁금한 입을 달랠 요량으로 셀러리 한 대와 만만한 풋고추 한 봉
지를 샀다. 생채소의 풋내가 잘 어울리는 계절이다. 과일 가게엔
단연 수박이 주인공이다. 가장 넓은 자리를 차지해 존재감을 드

러낸다. 좌판 위 수박을 보고 있으니 여름의 절정에 접어들었구나 싶었다. 반을 갈라놓은 빠알간 수박 속살이 먹음직하다. 냉장고에 차게 두어 한 입 먹으면 갈증이 싹 가실 것 같다. "사장님 수박 반 통짜리로 하나 주세요!" 노끈으로 엮은 수박을 들고 돌아가는 데 얼핏 힘들었던 그날의 수박 맛이 생각났다.

밤낮으로 일했지만 주머니 사정이 여의치 않았던 푸드스타일리스트 어시스턴트 시절, 한여름 감기로 지독하게 고생했던 적이 있다. 홀로 자취하며 아무도 모르게 아프려니 서러운 마음에 자꾸 눈물이 났다. 뙤약볕 한여름 날씨에 몸까지 펄펄 끓으니 어지러운 와중에도 내가 이러다 곧 증발해 사라지는 건 아닐까 하고 생각했다. 입이 바싹바싹 말라 연신 물을 들이켰다. 다 녹은 아이스크림처럼 이불에 푹 흡수된 것 같은 하루를 보냈다. 그 기분의 무게 탓에 도무지 뭔가를 더 할 여력이 나질 않았다. 이런 나와는 달리 창밖에 매미는 더 세차에 울어댔고 정적만 흐르는 공간엔 뜨뜻미지근한 바람만 조용히 넘나들었다. 그해 여름은 유난히 더웠다.

계속 누워 있으려니 허리가 아파 반쯤 벽에 기대어 텔레비전을 켰다. 초점이 죄다 날아간 사진을 보듯 눈에 잘 들어오지도 않는 화면을 멍하니 바라보며 습관적으로 채널을 돌렸다. 그러다 한 곳에 시선이 멈췄다.

츄르르르찹! 음식 소리가 경쾌하다. 갑자기 흐릿한 초점이 밝아지며 시선이 화면에 고정된다. 한 예능 프로그램에서는 마침 수박 먹는 게임이 한창이다. 수박을 크게 썰어 양손에 쥐고 누가 먼저 먹는지 내기를 한다. 어찌나 시원하게 먹는지 소리만 들어도 갈증이 단박에 날아가는 것 같았다. 갑자기 수박이 먹고 싶었다. 몸이 무거웠지만 주섬주섬 일어나 땀에 젖은 잠옷을 벗어 던지고 청바지에 보송한 티셔츠로 갈아입었다. 옷만 바꿔 입어도 벌써 느낌이 달랐다. 오아시스를 찾기라도 한 듯 서둘러 마트로 갔다. 다른 것들엔 눈길도 주지 않고 확고하게 수박 코너 앞에 섰다. 그런데 생각보다 수박은 크고, 가격은 셌다.

"하, 비싸다. 무슨 수박이 한 통에 이만 원이나 하니."

빠듯한 주머니 사정에 수박 코너 앞에 서서 수박에게 푸념하며 살지 말지 한참 고민했다. "아 몰라, 어차피 다 먹고살자고 하는 일인데, 사자." 결심했는데도 쉽사리 손이 가질 않는다. 수박 코너를 뱅글뱅글 돌다 고민 끝에 한 통 대신 사 분의 일로 나뉜 수박을 사서 돌아왔다. 오자마자 수박을 손질했다. 먹기 좋게 빨간 수박 속살을 살뜰히 발라냈다. 일단 겉껍질에서 속 알맹이를 분리한 다음에는 한입에 먹기 좋게 깍둑썰기를 했다. 어릴 적 엄마가 해준 것처럼 까만 씨도 꼼꼼히 빼 두었다. 넉넉한 용기에 옮긴 다음 냉장고에 넣었다. 더위가 쩽하고 깨질 만큼, 너무 차가워 머리가 땡할 만큼 수박이 시원해지기를 기다렸다.

감기약을 먹기 위해 저녁을 꾸역꾸역 먹고 약까지 털어 넣은 다음에야 수박을 꺼냈다. 예쁘게 담아 먹어도 좋지만 뚜껑을 열자마자 젓가락으로 쿡 찔러 먹을 때 가장 맛있다. 시원한 단물이 입안에 그득하다. 상쾌하고 달콤하고 시원했다. 어찌나 달던지

나도 모르게 게 눈 감추듯 한 통을 비웠다. 이날의 수박 맛이 얼마나 좋았던지, 싫은 것 투성이인 여름이지만 나름 괜찮은 구석도 있구나 싶었다.

**여름이 전하는 말**

수박은 꼭지가 곧고 진한 것이 적
당한 온도에서 잘 자란 것으로 당
도가 더 높다. 그리고 수박 아래에
있는 배꼽은 작을수록 과육이 알차
고 달콤하다. 자른 수박 표면에 레
몬즙을 뿌리면 살균 효과가 있어
세균 번식을 비교적 늦출 수 있지
만 가급적 빠르게 먹는 게 좋다.

**맹맹한 수박으로 만드는 달콤한 수박화채**

우유나 연유가 들어간 레시피도
별미지만 깔끔하고 단정한 맛을
원한다면 추천한다. 기호에 따라
과일청을 가감할 수 있고 탄산수
대신 과일향이 들어간 탄산음료로
대체해도 좋다.

재료 수박 1/4통, 탄산수 500ml, 오
미자청 5큰술, 얼음 약간
조리순서 ❶ 수박을 큼직하게 자르고
씨를 정리해 준비한다. ❷ 볼에 수
박을 넣고 탄산수와 오미자청, 얼
음을 넣어 섞어준다.

마음을 졸이며 퓌레를 졸인다
복숭아와 살구 퓌레

작업실에서 여름 메뉴로 가키고리<sup>かき氷</sup>를 만들기 시작했다. 일본 여행에서 처음 맛본 이후로 작업실을 열면 꼭 선보이겠노라 다짐에 붙여두었던 디저트다. 가키고리는 얼음과 깎는다는 단어를 조합해 만든 이름처럼 곱게 간 얼음에 시럽을 뿌려먹는 일본식 빙과류다. 마치 한여름 빙수와 얼핏 비슷해 보이지만 얼음을 가는 방식이나 올리는 토핑, 사용하는 시럽이 조금씩 다르다.

빙질이 좋은 얼음을 곱게 갈아 그 위에 시럽이나 퓌레로 맛을 내는 가키고리는 토핑으로 얹는 과일이 주인공이다. 그러나 과일이 주인공으로 등극하려면 퓌레를 만드는 과정이 필요하다. 그리고 퓌레를 만드는 일은 생각보다 큰 공을 필요로 한다. 퓌레는 프랑스 요리에서 유래한 요리 방식인데 꼭 과일에만 해당하는 것은 아니다. 채소나 콩 등을 체에 걸러서 페이스트 형태로 만들기도 한다. 일반적으로 과일의 경우엔 설탕에 절인 과일을 약한 불에서 서서히 졸인다. 방식만 보면 잼과 흡사하지만 설탕의 양이나 점도가 잼보다는 확실히 약하다. 그래서 얼음 위에 뿌렸을 때 부담 없이 섞어 먹기 좋다. 때문에 더운 여름을 보내며 제 몸을 꼭꼭 여닫아 단맛을 채우는 여름 과일이 나오기를 오매불망 기다릴 수밖에 없다. 한여름 불 앞을 지키고 서는 것 역시 여간 어려운 일이 아니지만 깔끔하고 단정한 가키고리의 뒷맛을 사수하기 위해서라면 피할 수 없는 과정이다.

여름 시장의 활기는 다른 계절과는 확연히 다르다. 노골적일 정도로 진한 단내가 시장 전체에 진동한다. 형형색색 과일 때문인지 공기의 결마저 경쾌하다. 내리쬐는 뙤약볕만큼 열정적인 상인들을 마주하고 있으니 절로 힘이 나는 것 같다. 가키고리에 올릴 시럽과 퓌레를 만들기 위해 보송한 살구와 불그스레한 천도복숭아, 검붉은 캠벨 포도를 몇 송이 샀다. 포도로는 시럽을 만들고 천도복숭아와 살구로는 퓌레를 만들 참이다.

포도는 깨끗이 씻어 채반에 담아 물기를 바짝 말려준다. 자고로 저장식품과 수분은 멀리하면 멀리할수록 좋은 법이다. 잘 마른 포도는 넉넉한 냄비에 껍질째 알알이 떼어 넣고 과일의 20퍼센트만큼 설탕을 넣는다. 넘칠 것을 고려해 포도가 냄비의 반 이상 채워지지 않도록 가능한 넉넉한 냄비를 고르는 게 좋다. 골고루 섞일 수 있도록 뒤적뒤적해준다. 그런 다음 충분히 설탕이 녹을 때까지 약한 불에서 뭉근히 끓여준다. 포도가 익어가며 즙이 충분히 나오면 레몬즙을 넣어 산도를 취향껏 조절한 후 채반에 걸러 맑은 시럽을 만든다. 한 김 식힌 다음 용기에 담아 냉장고에 보관한다.

살구나 천도복숭아는 세로로 칼집을 넣어 또각또각 과육을 씨에서 분리하고 깍둑썰기를 한다. 과일 무게의 30퍼센트만큼 설탕을 넣고 믹서에 곱게 갈아준다. 설탕과 함께 갈아주어야 갈변이 덜하다. 잘 갈린 과일을 냄비에 넣어 삼 분의 이가량 졸이고 역시나 레몬즙을 넣어 산도를 조절해준다. 알맞게 졸아진 퓌레를 뜨거울 때 병에 담아 꽉 닫는다. 물론 그사이에 병도 소독해두어야 한다. 입구를 닫자마자 바로 뒤집어 식혀주면 병 안은 진공 상태가 된다. 병뚜껑이 안으로 쏙 들어가 있는 진공상태라야 시간이 지나도 변질되지 않고 본래의 맛을 유지할 수 있다.

여름 과일로 만드는 저장식품들은 (복잡하게 썼지만) 의외로 과정이 단순하고 맛이 찬 과일에 기댈 수 있어 생각보다 훌륭한 결과가 나온다. 과일이 좋으면 실패할 확률이 낮다. 하지만 과일의 상태에 따라 산도와 당도를 적절히 조절해야 하는 난제가 남았다. 비가 많이 온 날 수확한 과일은 수분이 많고 상대적으로 당도가 낮은 편이다. 쉽게 무르고 상하기 십상이다. 장마철에 수확한 과일을 사용하게 된다면 평소보다 설탕 양을 10퍼센트 가량 늘려주면 된다. 그래야 곰팡이가 피지 않고 오래 보관해 먹을 수 있다.

이런 사실을 잘 알면서도 안일해질 때가 있다. 이날이 그랬던 것 같다. 퇴근 전 빨리 퓌레를 만들어 둘 요량으로 서둘러 살구 손질을 시작했다. 마침 어제 만들어둔 살구 퓌레가 바닥을 드러내자 조바심이 났다. 졸이는 시간이 워낙 오래 걸리다 보니 평소보다 센 불로 졸여 시간을 줄였다. 예상대로 점도가 빠르게 나왔다. 융통성이 높은 효율을 가져다준 것 같아 뿌듯했다. 냉장고에 미리 넣어 차갑게 식힌 접시에 퓌레를 조금 떨어트렸다. 잼이나 퓌레처럼 가열한 다음 저장하는 식품은 차가울 때 정확한 점도와 맛을 체크할 수 있다. 차가워진 퓌레를 숟가락으로 딱딱 긁어모아 맛을 보았다. 같이 일하는 동료에게도 퓌레의 맛

이 어떤지 물었다. 한 입 먹은 동료의 표정을 보니 나와 다르지
않다.

"아… 어떡하지. 이번 퓌레는 망한 것 같아. 맛 좀 다시 봐."
"그러게, 살구 맛은 없고 너무 달기만 하네."

첫입에 피어올라야 하는 살구 고유의 향은 사라지고 인위적인
단맛만 느껴진다. 본래의 맛조차 분간할 수 없게 되었다. 엉망
이 된 퓌레를 보고 있으니 속이 상했다. 퓌레 냄비를 바라보며,
그 자리에 곧게 서서 망친 이유를 따져보았다. 의심할 만한 순
간들이 머릿속을 스쳤다. 원래 살구가 덜 영글었거나, 혹은 당
도 높은 살구에 설탕 양을 조절하지 않았던 것이 문제일 수도
있겠다. 하지만 급한 마음에 본래 살구 맛을 보지 않았으니 이
건 확인할 길이 없다. 약한 불로 뭉근히 졸이지 않고 센 불로 졸
인 것도 문제다. 센 불로 졸이다보면 자꾸 바닥이 눌러 색이 점
점 누렇게 되고 군맛이 난다. 몰랐던 사실도 아닌데 시간을 단
축하겠다는 성긴 융통성과 불성실한 잔꾀에 내가 당하는 순간
이었다. 아깝지만 별 도리 없어서 버리기로 했다.
이 잔꾀를 손님들에게 들킬까 봐 퓌레를 서둘러 싱크대에 부어
내보냈다. 물을 틀어 놓고 자잘한 흔적이 사라질 때까지 손으로
휘휘 저었다. 마음을 다하지 않고 여름의 맛에 기대려던 내가
부끄러웠다. 대개 중요한 것들은 눈에 잘 보이지 않는다. 그래
서 자꾸 보이지 않는 것이 실재하는지 의심하고, 종종 잊고 산
다. 노골적인 설탕의 단맛만 남은 퓌레에서 진심의 부재를 경험

하고, 그 존재를 확인받았다.

진심의 존재를 알아채 주는 이가 있길 바라며 다시 살구를 맛보
고 손질했다. 그리고 그날 늦은 밤까지 마음을 졸이며 퓌레를
천천히 졸였다.

**여름이 전하는 말**

병조림을 할 때는 병을 반드시 소독해야 한다. 병을 소독하기 위해서는 넓은 냄비에 행주를 깔고 물을 채운다. 그다음 병을 넣고 끓인다. 달궈진 병은 수증기가 증발될 수 있도록 병 입구가 하늘을 보도록 세워 말린다. 거꾸로 놓고 말리면 수증기가 하늘로 올라가 이슬이 맺힌다.

**살구(복숭아) 퓌레**

퓌레에서 단맛이 은은하게 나게 하려면, 중불 이하에서 오래 끓여야 한다. 센 불로 수분을 날릴 경우, 바닥이 눌러 색이 누렇게 되고 군맛이 돈다. 퓌레에는 뭉근한 시간이 필요하다. 조급한 마음을 내려두고 고유의 단맛이 진해질 때를 잠잠히 기다리자.

재료 살구 15개(천도복숭아 5개), 설탕 과육 무게의 30%, 레몬 1개

조리순서 ❶ 살구(또는 천도복숭아)는 과육과 씨를 분리하고 깍둑썰기 한다. ❷ 과일 무게의 30% 정도의 설탕을 넣고 함께 믹서에 갈아준다. ❸ 냄비에 넣고 약불로 2/3가량까지 뭉근히 졸인다. ❹ 점도가 생기면 레몬 한 개를 짜 넣고, 뜨거울 때 병입한다.

## 네 여자의 일본
## 진짜 가키고리

하는 일도, 취향도 다른 네 여자가 함께 같은 비행기에 올랐다. 떠나는 날로부터 한 달 반쯤 전에 생긴 일이다. 업무로 만났는데 뜻이 맞아 얘기가 길어졌다. 그 대화 끝에 각자 경험한 여행 에피소드를 꽤 흥미롭게 나눴다. 세상에 존재하는 사람 수만큼 여행하는 방법이 존재하듯 여행 이야기를 통해 자연스럽게 그들의 취향과 성향을 짐작할 수 있었다. 그사이 조금은 흥분된 상태로 이야기의 클라이맥스를 향해 달렸다.

"같이 일본에 갈래요?" 누군가 가볍지만 결코 가볍지 않은 말투로 여행을 제안했다. 그러자 다른 이가 말 나온 김에 날짜를 정하자며 추진력을 보탰다. 날짜를 정하고 나니 모든 게 확정된 듯 보였다. 허투루 혹은 인사치레로 던진 밥 한번 먹자 식의 약속과는 사뭇 다른 약속다운 약속이 우리 관계를 단단히 했다. 놀라운 것은 오늘이 겨우 세 번째 만남이라는 것이다. 그렇게 꽃 하는 여자, 글 쓰는 여자, 과일 하는 두 여자는 나리타 행 비행기에 함께 올랐고 지금 그곳을 향해 가고 있다. 최고이거나 최악이거나 그저 그런 밋밋한 여행으로 평생을 곱씹을 수도 있겠다. 하지만 미리 속단하기엔 이르다. 떠나지 않는다면 이 여행의 끝이 어떨지 아무도 모를 일이니.

번화가와는 조금 거리가 있는 니시오기쿠보<sup>西荻窪</sup>에 숙소를 구했다. 큰 마당이 딸린 이 층 단독 주택이었다. 호스트 정보에 독일인이라고 적힌 설명을 보고, 그런 줄만 알고 기다리고 있었는데 뜻밖에 일본인 노부부가 방을 안내했다. 궁금한 마음에 예약 사이트에서 응대해준 그는 누구냐 물었다. 노부부는 그 독일인이 자신들의 사위라고 말했다. 일본어에 능통한 일행 덕에 주고받는 사담에 다 함께 웃을 수 있었다.

짐을 풀고서야 다음 일정을 어찌할지 의견을 주고받았다. 계획 없이 무턱대고 왔지만 어째 다들 조급한 기색 하나 없었다. 별일 없는 일상을 벗어나 낯선 곳에 와 있다는 것만으로도 충분한 듯 보였다.

다음 날은 아홉 시쯤 일어나 가볍게 아침 겸 점심을 해 먹고 오후 한 시가 다 돼서 집을 나섰다. 시내로 가려면 여러모로 버스를 타는 게 낫지만 동네 구경을 핑계로 조금 걷기로 했다. 십오 분쯤 걸었을까 작은 상가들이 드문드문 보이기 시작했다. 강렬한 칠월 뙤약볕에 등짝에 땀이 스몄다. 열 걸음 앞에 얼음[氷]이라 쓰여 있는 파란 깃발이 펄럭였다. 시선 끝을 그 상점에 두고 살피며 지나는 데 빙수집이었다. 여기 한 번 가볼까? 다들 더위에 진이 빠진 터라 반가운 기색으로 반응했다. '타니시도우 킷사츠<sup>田螺堂喫茶室</sup>'라 쓰여 있는 상점이었다. 드르륵 소리를 내는 나무 미닫이 문을 조심스레 열고 들어가니 커트머리 여주인이 담담하게 인사를 건넸다. 작은 공간이었지만 단정하고 쾌적했다. 작은 주방을 중심으로 바 형태로 되어 있고 안쪽 다다미 방에 4인 상이 놓여 있다. 안내를 받아 다다미로 올라갔다. 메뉴를 보

니 커피와 가키고리가 있다. 일본어를 잘하는 동행 덕에 포도
연유와 팥 말차 가키고리를 주문했다. 카키고리는 우리 빙수와
닮은 듯 다른 일본식 빙수다.

가키고리를 기다리는 동안 다양한 손님들이 들렀다 나갔다. 혼
자 또는 두셋이 들러 조용히 커피 한 잔씩 시키고 소곤소곤 얘
기하다 돌아갔다. 주인과 나누는 소소한 얘기에 웃는 손님들의
모습이 편안하고 다정해 보였다. 주인은 냉장고에서 납작한 원
통 기둥 모양의 얼음덩이를 꺼내 제빙기 위에 고정시켰다. 제빙
기 아래쪽엔 그릇을 두고 윗부분의 손잡이를 돌리자 원통형 얼
음이 뱅글뱅글 돌며 고운 얼음이 우수수 떨어졌다. 주인은 능숙
하게 오른손으로는 손잡이를 돌리고 왼손으로는 그릇을 돌려가
며 얼음을 담았다. 수북이 쌓인 얼음 위에 보라색 시럽과 연유
시럽을 뿌려 가져다주었다. 별다른 고명 없이 시럽만 뿌려진 모
양이 생소했다. 궁금함을 참을 수 없어 서둘러 숟가락을 들었다.
고명이 없어 섞을 것도 없이 숟가락을 푹 넣어 얼음을 떴다. 얼
음 사이로 스며든 진한 포도 맛이 놀라웠다. 인공적인 맛이 아
닌 진짜 얼린 포도를 먹는 기분이었다. 더불어 연유의 부드럽고
고소한 맛이 꽤 조화롭게 어우러졌다.

곁눈질로 우리의 반응을 살피던 주인이 우리의 탄성을 듣더니
마저 팥 말차 가키고리를 만들어 가져다주며 입을 뗐다. 보라색
시럽은 신선한 포도를 직접 불에 졸여 만들었다고 했다. 과일
가키고리 중에서는 가장 자부심을 느끼는 시럽이라고 덧붙였
다. 농축액으로 만든 시럽인 줄 알았는데 직접 불에 조려낸 것
이라니. 당장에라도 이 레시피를 전수해 달라 사정하고 싶었지

만 그저 마음뿐, 꾹 참았다.

팥 말차 가키고리엔 곱게 간 얼음 위에 물과 설탕만 졸여 만든 시럽인 미조레ﾐﾞﾚ 시럽이 뿌려져 있다. 그 위로 얼음을 조금 더 쌓아 연유와 말차 가루가 뿌려져 있다. 만년설 대신 봉우리에 초원이 펼쳐져 있는 듯 아름다웠다. 제일 위에 콩조림처럼 보이는 조그만 알맹이가 서너 개 드문드문 올라 있었다. 고명이 생소해 작은 콩을 하나씩 집어 먹었다. 젤리 같은 식감인데 모양은 콩이다. 쫀득한데 고소하고 동시에 달았다. 다들 먹고서도 뭔지 잘 모르겠다는 얼굴이다. 주인에게 물었더니 직접 곁으로 오셔서 사뭇 진지하게 설명을 한다. 당장 무슨 말인지 알아듣지는 못했지만 그녀의 태도에서 장인정신과 같은 비슷한 것을 느꼈다. 일본어를 할 줄 아는 일행이 대신 꼼꼼하게 설명했다.

"낫토를 만들 때 쓰는 콩이 있는데, 그것을 직접 조려서 만드셨대. 하나씩 씹으면 달짝지근하고 고소하고 쫀득해서 별미라고 하네. 이런 식감을 내는 게 어려운 거라는데 자부심이 대단한 것 같아."

콩을 설탕에 조리고 으깨 만든 앙금 대신 콩 모양을 그대로 살려 사용했다는 사실이 놀라웠다. 작은 콩 한 알이 어찌 이리 쫀득할 수 있을까. 조리 방법에 따라 식재료의 맛과 모양이 달라지기 때문에 만드는 이가 얼마나 많은 고민을 하고 음식을 내었는지 알고 있다. 존경하는 마음을 담아 눈을 크게 뜨고 주인을 쳐다봤다. 그녀는 내 반응이 만족스러운지 흐뭇한 웃음으로 대답해줬다.

처음 마주한 맛을 음미하다 보니 단단히 고착된 맛의 영역과 생각이 스트레칭하듯 쭉 늘어났다. 진짜 과일 맛을 온전히 경험할 수 있는 깔끔한 맛의 매력에 매료될 때쯤 생각했다. 나중에 카페를 열게 된다면 꼭 이 메뉴를 선보여야지 하고 말이다.

그땐 이 년 후 카페를 열고 진짜 가키고리를 준비하게 될 줄 꿈에도 몰랐지.

**여름이 전하는 말**

가키고리는 무려 천 년 넘은 간식
이다. 보통 메론, 딸기, 레몬 맛을
기본으로 하지만 지역 특산물도 많
이 올린다. 팥 앙금을 올리면 긴토
키金時, 말차 시럽과 팥 앙금, 찹쌀
떡을 올리면 무지 긴토키宇治金時라
고 한다.

**도쿄 가키고리 맛집**

아사쿠사, 나니와야
여러 가지 과일 빙수가 대표 메뉴.

아사쿠사, 차쿠라
텐넨고오리 카키고리 킨쇼 맛차
킨토키를 추천.

오모테산도, ICE MONSTER
아몬드가 든 젤리 두부인 안닌 가
키고리 인기 메뉴.

오모테산도, PABLO
맛차 가키고리가 유명.

성실하게 마음을 먹다

달콤한 여름 과자

계절을 기억하는 방식은 저마다 다를 것이다. 내게는 한 해의 빛, 바람을 버텨낸 열매만큼 계절을 잘 담아낼 수 있는 게 또 있을까 싶다. 계절은 삶과 비슷한 구석이 많다. 매일 똑같아 보이지만 지나고 보면 같은 날이 한 날도 없듯 영원히 변치 않을 것 같은 자연이지만 매년 계절의 모양도, 열매의 맛도 달라진다. 나는 이런 열매를 병에 담아 계절을 기록하며 먹고산다.

회사를 인천에서 서울로 이전하면서 카페를 함께 준비했다. 20평 남짓한 공간이었지만 알뜰히 쪼개고 구획을 나눠 제조와 택배도 가능하도록 꾸몄다. 이후 많은 사람을 만났다. 지난날을 함께해준 손님들의 이야기도 직접 마주해 들을 수 있었다. 그해의 계절은 유독 빨리 흘렀고 카페 문을 연 지도 금세 일 년이 되었다. 그 시점에 고민 하나가 있었는데, 작업실과 함께 카페 운영을 겸하다 보니 제품에 자연히 소홀해져 마음이 늘 편치 않았다. 종일 가게에 상주해 손님을 맞고 서비스를 제공해야 하다 보니 업무의 효율이 좋지 못했다. 어쩔 수 없다며 합리화했지만 그러다 보니 어영부영 일 년이 지났다.

고민 끝에 카페 영업은 종료하고 다양한 계절 과일을 경험할 수 있는 '계절 상점'으로 재정비했다. 무엇이 옳은 선택인 것인지 아직도 모를 일이지만 제품에 대해 더 많이 시도하고 깊이 고민하는 일이 내 본분에 가까운 일이라 결론지었다. 상점 이름은 그날의 계절을 붙여주자고 했다. 즉, 여름에는 '여름 상점'이라는 이름으로 작업실을 연다. 가을에는 '가을 상점', 겨울에는 '겨울 상점', 봄에는 '봄의 상점'이 되겠지. 사계절을 따라 자연스럽고도 당연하게 흘러가기로 했다.

여름 상점에 출근하면 서둘러 자리를 정리하고 과자를 만들기 시작한다. 시간도 오래 걸리고 공도 꽤 드는 작업이라서 오픈 시간에 맞춰 과자를 선보이려면 늘 서둘러야 한다. 출근하기 무섭게 냉장고로 달려간다. 전날 휴지시킨 과자 반죽을 꺼내 상태를 확인한다. 작업대 위에 덧가루를 뿌리고 반죽을 올려놓은 다음 밀대로 알맞은 두께만큼 균일하게 밀어준다. 그리고 모양틀을 규칙적으로 찍어 한 판을 채운다. 한 번 더 같은 과정을 반복하고 우묵하게 잼이 들어갈 자리를 마련하기 위해 이번엔 동그란 모양틀로 가운데에 구멍을 낸다.

이 과자는 잼이 주인공이다. 그래서 맛있는 과일을 골라 제대로 조려 잼을 만들어야 그 맛이 산다. 아예 과자 이름도 '여름 과자'라고 붙여주었다. 무르거나 시간이 한참 지나 과숙된 과일은 특유의 묵은 단맛이 강해 경쾌한 맛을 구현하기 어렵다. 그러기에 한 번에 많은 양을 만드는 것도 금물이다. 과일이 맛없으면 설탕을 많이 넣게 되고, 설탕을 많이 넣다 보면 과일 본래의 맛을 잃고 단맛이 노골적으로 변한다.

이번 여름 과자에는 지금 한창인 살구랑 산딸기 잼을 넣기로 했다. 살구와 산딸기를 사와 상태를 확인했다. 꼭 모양이 예쁠 필요는 없다. 홈집이 나 있거나 혹은 꼭지가 없어도 상관없다. 싱그러운 이 과일이 뜨거운 볕을, 부는 비바람을 묵묵히 버텨냈는지가 과일 맛을 결정한다. 과일을 깨끗이 씻어 각각 잘 손질한 다음 뭉근한 불에 졸였다. 잼 졸이는 시간은 퓌레나 시럽보다 길다. 빠르게 만들고 싶은 마음이 들 때도 있었지만 조급한 만큼 맛이 엉성해져 불을 키워 올려봐야 소용없단 걸 안다. 얼추 잼 농도가 나온 것을 확인하고 불에서 내렸다. 쿠키에 얹어 내야 하니 충분히 식혀야 한다. 잼 온도를 체크하면서 티스푼 끝으로 살짝 떠 맛을 봤다. '음, 맛있다!' 잘 여문 완전한 열매라야 낼 수 있는 맛이다. 하루아침에 얻어지는 맛이 아니다. 성실한 맛이다.

몇 년 전 한 식품업체 대표와의 식사 자리가 있었다. 사업을 시작하고 힘에 부치던 어느 날이었다. 사업은 점점 악화일로를 걷고 있었다. 매일 아등바등하고 있었는데 문제가 해결될 기미가 통 보이지 않았다. 식구들에게도 이야기할 수 없었고, 친구들에게 조언을 구해도 위로 이상의 도움을 받기는 힘들었다. 타개책이 보이지 않아 끙끙 앓던 그 시기에, 지푸라기라도 잡는 심정으로 이야기를 나누어주십사 청했다. 그는 사업하는 사람의 마음을 누구보다 잘 이해하는 사업가였다. 그의 사무실 근처에 있는 한식당에 마주 앉았다. 처음 뵌 자리라 마음이 좀 어렵기도 했지만 흔한 기회가 아니므로 차분하게 이야기를 풀어냈다. 그는 공감 어린 눈빛과 제스처로 말을 이어갈 수 있도록 호응했다. 알아준다는 것이 어찌나 위로되던지 눈물샘이 툭 터져 그렁그렁 눈물이 차올랐다.

가끔 잼을 졸이다 보면 팔팔 끓어오르는 동태탕을 앞에 두고 펑 펑 눈물을 쏟던 그날이 어제 일처럼 생생해진다.

"정 대표! 흔히 성실하다고 말하잖나. 성실이 뭐라고 생각하나?"

"성실이요? 최선, 노력, 정직 그런 것 아닌가요…."

"맞아. 성실하다는 단어를 쓸 때 보면 정성 성誠에 열매 실實 자 를 쓴다네. 정성을 들여 열매를 맺기 위해 노력한다는 말이네. 그런데 이 성실이라는 말을 또 다른 의미로도 쓰는데 혹시 들어 본 적 있는가?"

"아니요…."

"잘 여문 열매도 성실이라고 불러. 이룰 성成에 열매 실實. 정 대 표 많이 힘들지? 그 마음 내 알지. 나도 이 일을 올해 십오 년째 하고 있거든? 그런데도 처음과 똑같이 힘들어. 오히려 시간이 가면 갈수록 더 거센 비바람이 불고, 버티기 괴로울 만큼 볕도 더 뜨거워지더라고. 어째 이 과정이 성실, 즉 좋은 열매를 맺는 과정 같지 않나? 자네가 하는 사업이 결국은 잘 안 될 수도 있 어. 결국 다른 길을 찾아갈 수도 있고. 인생을 길게 늘어트려 놓 고 보면 이 길 끝에 어떤 성실을 맺을 것인지 말 것인지는 하루 아침에 결정되는 문제가 아니야. 볕이 너무 세고 바람에 흔들려 부러질 것 같아도 더 달고 단단한 열매를 맺기 위한 하나의 과 정이니 이 긴 시간 조급해 말고 끝까지 버텨내길 바라네."

이날 이후로 나도 삶의 끝에 성실을 맺고 싶다고, 인생의 단맛 을 아는 어른이 되고 싶다고 다부지게 마음먹었다. 물론, 아이

러니하게도 알면서도 자꾸 잊는다. 과정이 아닌 이대로 끝을 향
하고 있는 것 같아 조바심이 들기도 한다.

계절이 바뀔 때마다 성실하게 자란 열매를 맛보며 처음 사업을
시작할 때 다짐했던 것들을 다시 떠올린다. 마음만 먹는다고 다
되는 건 아니지만. 마음먹기가 제일 어렵단 말이 있듯 오늘, 이
어려운 걸 해냈으니 꽤 달달한 삶을 기대해 볼 만하다.

인생에도 맛이 있다면 성실의 맛 아닐까.

### 여름이 전하는 말

오래 두고 먹을 잼이라면 설탕은 물과 1:1로 맞춰야 저장성이 좋다. 하지만 단맛이 강하면 과일 고유의 맛과 향을 즐기는 데 아쉬움이 남는다. 이럴 때는 설탕을 줄이고 한 달 동안 먹을 만큼 만드는 것을 추천한다. 설탕은 30%로 맞추고 졸이는 시간도 1시간 내외로 줄인다. 과숙된 과일일 경우 레몬즙을 넣어 산도를 조절해주면 단맛이 줄어들고 풍미가 훨씬 좋아진다.

### 초여름 햇살 같은 살구 산딸기 쿠키

과일 잼에 비정제 설탕을 사용하면 사탕수수의 향에 본래 과일의 맛과 향이 가려진다. 꿀과 올리고당은 수분이 많아 적합하지 않다. 당 섭취가 걱정된다면 자일로스 설탕을 사용한다.

재료 잼: 살구 100g, 산딸기 200g, 설탕 200g, 레몬즙 약간
쿠키 반죽: 버터 60g, 설탕 30g, 계란 노른자 1개, 박력분 120g, 소금 한꼬집
조리순서 잼 만들기: ❶ 살구는 껍질을 제거한 후 딸기와 설탕을 넣어 재운다. ❷ 뭉근한 불에서 바닥에 달라붙지 않게 졸여주고 2/3만큼 졸아지면 얼음물에 떨어트려 점도를 확인한다.
쿠키 만들기: ❶ 박력분에 버터, 소금을 섞어 잘게 부숴 섞어 준 후 계란 노른자를 넣어 덩어리로 만든다. ❷ 비닐에 넣어 얇게 편 후 냉장고에서 2시간 이상 휴지시킨다. 이때 밀봉을 제대로 안 하면 반죽이 마르니 주의한다. ❸ 반죽을 떼어 동글하게 빚고 가운데를 움푹하게 눌러 잼을 올릴 공간을 만들어 준다. ❹ 잼을 얹고 180℃에서 10~13분 굽는다.

행복은 작다

오백 원짜리 '모자란' 샌드위치

내가 다녔던 중학교 앞 분식집에서는 샌드위치를 오백 원에 팔았다. 만드는 법도 제법 간단해 보였다. 식빵 세 장을 겹쳐 만드는 데 그사이 한 층에는 오이가 든 마요네즈 스프레드, 다른 층에는 딸기잼을 바른 다음 반으로 잘라 삼각형 모양으로 만들어 팔았다. 한참 잘 먹을 때여서인지 늘 양이 모자라 아쉬운 기분으로 샌드위치를 사곤 했다. 한 번은 큰맘 먹고 천 원어치를 샀다. 사장님이 샌드위치를 반으로 자르려고 칼을 들기에 다급히 "사장님 자르지 말고 주세요!" 하고 칼질을 말렸다. 늘 아쉬웠던 샌드위치의 반쪽을 찾아주기 위함이었다. 은박 포일에 싸주신 사각 샌드위치를 가방에 넣고 집으로 가는 버스에 올랐다. 버스 안에서도 온통 머릿속은 샌드위치 생각뿐이었다. 천 원어치의 행복은 샌드위치 크기만큼 컸다.

버스에서 내려 집으로 걸어가는 길, 논길을 가로질러 난 아스팔트 길을 걸으며 샌드위치를 꺼냈다. 군것질하며 걸으니 평소 멀게 느껴지던 거리가 전혀 지루하지 않았다. 자르지 않고 먹을 수 있다니, 맛보다 그 풍족함에 더 기뻤다.

반쯤 먹었을까. 그때부터 슬슬 샌드위치가 물리기 시작했다. 배도 얼추 부르고 그만 먹고 싶어졌다. 한두 입을 남기고 결국 다시 포일에 싸 교복 주머니에 쑤셔 넣었다. 넉넉한 사각 샌드위치의 맛은 생각과 달리 실망스러웠다. 마지막 한 입의 여운이 이 샌드위치의 비밀 레시피였던 모양이다. 그것을 감히 포기해 버렸더니 마지막 한 입의 행복도 없었다. 크건 작건, 어떤 모양이든 간에 행복은 적당히 부족할 때 충분히 채워지는 것이라는 걸 알게 된 순간이었다. 그리고 이날 이후부터 다시는 욕심을 내지 않았다. 마지막 한 입의 기쁨이 얼마나 큰지 알게 되었으니 말이다.

행복보다 불행의 이유가 더 많아진 어리석은 어른이 되고 보니 오백 원 샌드위치의 마지막 한 입이 너무 그립다. 그 맛을 잊을 수 없다. 행복을 가르쳐 준 맛을 말이다. 그래서 대학생이 되었을 때도 종종 샌드위치가 먹고 싶어 동창들과 모여 분식집을 찾았다. 그런데 어느 날 갑자기 주인이 바뀌며 우리가 먹던 샌드위치가 종적 없이 사라졌다. 이제 마지막 한 입을 다시 맛볼 수 없다니. 맛을 잃은 상실감은 그때로 다시 돌아갈 수 없음을 확인시켜 주는 것 같아 씁쓸했다.

영영 사라질 맛, 잊힐 맛이라 생각하니 더 늦기 전에 그 맛을 찾아내고 싶었다. 혀뿌리에 기대 얻어낸 단서를 모으듯 재료를 샀다. 스프레드 재료는 오이와 햄, 마요네즈, 소금, 설탕이 전부였고 관건은 어떻게 재료를 손질해 섞어내느냐는 것이었다. 처음 만들 땐 무작정 오이를 곱게 다져 마요네즈와 섞어 냈더니 오이에서 수분이 배어 나와 물이 한참이나 고였다. 이런 방법을 두세 번 반복하며 오이는 소금에 절여 수분을 충분히 빼야 하고 오이와 햄은 정말 곱게 다져야 한다는 것을 알았다. 하마터면 사라질 뻔한 '지혜네 분식' 오백 원 샌드위치 레시피가 완성됐다. 다시 맛보게 된다니 다행이다 싶었다.

만드는 방법은 간단하다. 오이를 돌려 깎아 채썬 후 소금물에 절인다. 소금에 절이면 식감이 꼬들꼬들해지고 물기가 생기지 않아 비교적 오래 보관할 수 있다. 절여진 오이는 물기를 꽉 짠 후 곱게 다진다. 햄도 오이 크기만큼 곱게 다진다. 볼에 마요네즈 다섯 큰술, 다진 오이와 마요네즈, 소금 한 꼬집, 설탕 반 큰술을 넣고 고루 섞어준다. 언제까지 섞어야 하냐고? 설탕이 잘 녹을 때까지!

이제 샌드만 만들면 완성이다. 식빵에 얇게 햄 오이 스프레드를 바르고 빵을 덮어준다. 그리고 그 위에 딸기잼을 얇고 고르게 바른다. 그리고 다시 식빵 한 장을 쌓아준다. 빵칼로 대각선으로 썰어주면 끝이다. 미리 만들어 랩이나 유산지에 싸 냉장고에 두었다 먹으면 고루 촉촉해져 훨씬 맛있다.

가끔 행복의 조건이 너무 커 불행하단 생각이 들 때면 손을 재촉해 샌드위치를 만든다. 벌써부터 마지막 한 입이 당긴다. 잊고 있던 행복이 점점 가까워지고 있다.

**여름이 전하는 말**

오이를 큼직하게 잘라서 절이면 오이가 소금에 닿는 부분이 적기 때문에 간이 빨리 배지 않는다. 오이를 잘게 썰어서 절이면 시간도 단축하고 꼬들꼬들한 식감을 느낄 수 있다. 소금에 절인 오이는 물에 살짝 헹궈서 먹는다.

**오백 원 샌드위치**

조금 더 든든하게 먹고 싶다면 오이에 크래미를 살짝 찢어 넣어도 좋다. 감칠맛에는 역시 토마토가 제격이고, 고전적으로 계란 프라이는 언제나 옳다. 뭐든 넣어 먹을 수 있는 게 샌드위치의 미덕이다.

재료  오이 1/2개, 햄 5장, 딸기잼, 마요네즈 5큰술, 설탕 0.5큰술, 소금 약간

조리순서  ❶ 채썬 오이는 소금을 뿌리고 10분 뒤 흐르는 물에 살짝 헹구고 물을 꼭 짜낸다. ❷ 절인 오이와 햄을 곱게 다진다. ❸ 큰 볼에 오이, 햄, 마요네즈, 소금, 설탕을 넣고 설탕이 녹을 때까지 섞는다. ❹ 식빵 한 면에 만들어 놓은 속을 바른다. ❺ 다른 면에는 딸기잼을 바른 다음 덮어 누른 후 먹기 좋게 이 등분한다.

## 가지는 서른의 맛
### 기름 잘 먹은 가지볶음

　　오랜만에 만난 고교 친구들과의 식사 자리였다. 친구의
결혼 소식을 전해 듣기 위해 오랜만에 한 식탁에 모였다. 퇴근
후 모인 탓인지 다들 피곤해하는 기색이 역력했지만 큰일을 명
분 삼아 한자리에 모이고 보니 반가운 마음이 커 금세 소란스러
워졌다. 그때 반찬들이 먼저 나왔다. 계절이 느껴지는 나물 반
찬들이 식욕을 돋웠다. 아직 본 식사가 나오기 전이지만 퇴근
후 몰려온 허기짐에 기다렸다는 듯이 다들 젓가락을 들었다.

"나는 요새 이런 나물들이 그렇게 맛있더라."
"식성 변하는 거 보면 내가 나이를 먹고 있구나 싶어."
"당연하지. 고등학교 졸업한 지 벌써 몇 년 지난 지 알아?"

몰랐던 사실을 이제 막 알게 된 것처럼 나이 얘기에 질린 표정
을 하고는 낄낄거리며 웃어넘겼다. 문득 학창 시절, 같은 공간
에 앉아 함께 삼 년의 시간을 보냈던 그날의 우리와 오늘이 한
참 멀어져 있음을 느꼈다. 기본 찬으로 나온 가지나물을 먹다
깨달았다. 어릴 땐 먹지 않았지만 이젠 거리낌 없이 먹게 된 것
들이 꽤나 많아졌다는 걸. 나이가 들면서 저절로 알게 되는 맛

이 있나 보다. 꼬릿한 냄새에 도통 먹을 엄두를 못 냈던 청국장, 비릿한 젓갈, 안 익은 김치, 식감 못지않게 맛도 생경했던 셀러리, 특유의 향이 코를 찔렀던 미나리의 진가를 이제 와 알아차리게 된 것이다. 그중에서 평생 먹지 않을 것 같았던 음식은 단연 가지였다.

대충 그려도 진보랏빛으로 컬러를 채워내고 나면 단박에 알아차릴 수 있을 만큼 정체성 확실한 가지는 나에게 그저 눈으로만 먹을 수 있는 문턱 높은 채소였다. 팍팍하고 뻣뻣한 데다 맛도 잘 잡히지 않는 스펀지 같은 녀석을 기름에 볶거나, 데쳐 무치면 이내 보랏빛의 싱그러움은 사라지고 칙칙한 풀죽이 되어버리기 일쑤다. 하물며 물컹거리며 씹을 것도 없이 녹아버리는 식감이 여간 비위를 건드는 것이 아니었다. 그런데 언제부터 이리 맛있게 먹기 시작한 것인가! 도무지 알 길이 없다.

여름 가지는 제철이면 무려 세 개 혹은 다섯 개에 천 원이라는 말도 안 되는 가격표를 달고 시장 좌판에 오른다. 이런 기회에 반색하면서도 너무 싸게 과채소를 살 때면 마음이 조금 따가워진다. 대강 셈을 해보아도 수확한 농부들의 대가에 제값이 매겨지지 못했다는 걸 알게 되기 때문이다. 그래도 다섯 개에 천 원이라니 혼자 사는 사람에겐 분명 이득이다. 이런 두 가지 마음이 오가면 참 어렵다.

가지는 덮밥이나 구이 반찬을 주로 해 먹는다. 이 두 가지 요리법은 자주 다니는 식당에서 곁눈질로 배워두었다. 덮밥은 주로 구운 가지에 매콤한 마파두부 소스를 끼얹어 먹는다. 바쁜 날에는 인스턴트로 나온 마파두부 소스를 활용하는 데 제법 그럴싸하다. 덮밥을 할 땐 가지를 세로로 길게 잘라 팬에 굽는다. 길게 잘라두면 비록 덮밥이지만 스테이크처럼 '나이프'로 잘라가며 먹는 재미가 있다. 기름을 살짝 두르고 달궈진 팬에 가지를 앞 뒤로 굽는다. 허연 속살 조직이 부드러워지면 토치를 활용해 가볍게 불 향을 내준다. 그리고 나서 조금 오목한 넓은 접시에 밥, 구운 가지, 마파두부 소스를 순서대로 끼얹으면 된다.

가지구이는 밥 대신 맥주와 함께 야식 메뉴로 자주 해먹는 메뉴다. 가지를 가로로 동글동글한 모양이 나오게끔 썬 다음 기름 두른 팬에 앞뒤로 구워 가볍게 익힌다. 다 익힌 가지 위에 간장으로 양념해 볶아 놓은 고기를 얹어주고 다시 그 위에 모차렐라 치즈를 얹는다. 잠깐 팬 뚜껑을 닫아 놓으면 치즈가 금방 녹는데 가스 토치가 있다면 직화로 한 번 더 노릇하게 구워주면 맛도 모양도 그럴싸해진다. 친구들이 불쑥 놀러 와도 쉽고 빠르게 내기 좋은 요리다.

가지를 우물거리며 생각했다. 맛의 반경이 넓어졌구나하고 말이다. 어른이 되면 알아지는 맛, 그 맛을 음미하다 보면 진짜 어른이 된 기분에 사로잡힌다. 친구들과 오랜만에 둘러앉아 먹고 사는 이야기를 하다 보니 식탁 위, 반찬 개수만큼 참으로 다양한 이야기가 오갔다. 같은 세상에 살고 있지만 각자 다른 나름의 삶을 잘 꾸려가고 있구나 싶어 든든해졌다. 어쩌면 어쩌다 알게 된 가지의 맛처럼 우리는 잘 살아낸 어제만큼, 딱 그만큼 알게 된 삶의 맛을 음미하고 있는지도 모르겠다. 오늘따라 유독 가지나물 끝에 도는 단맛이 깊다.

**여름이 전하는 말**

가지를 볶을 땐 오일을 두르고 충분히 달궈진 팬에 볶는 게 좋다. 얼추 양념이 잘 뱄다면 불을 끄고 잠시 뚜껑을 닫아둔다. 이때 잔열로 속살이 촉촉하게 익어 먹기 좋게 부드러워진다. 불 위에서 너무 익히면 잔열로 인해 흐물흐물 해지니 완전히 익기 전에 불에서 내리자.

**초간단 가지 덮밥**

가지를 좋아하지 않는 분들도 맛있게 먹을 수 있는 메뉴다. 좋아하는 소스를 데우거나 만든 다음 매력 만점인 가지를 올려보자. 계란프라이도 함께 얹어 먹으면 좋다.

재료  가지 1개, 밥 1공기, 마파두부 소스 또는 3분 카레, 간장 2큰술, 다진 마늘 0.5큰술, 설탕 1작은술, 깨, 쪽파 약간

조리순서  ❶ 가지는 반으로 길게 자르고 속에 비스듬하게 칼집을 넣는다. ❷ 오일을 두르고 달군 팬에 가지를 노릇하게 굽는다. ❸ 구운 가지에 간장 양념을 얇게 발라 가볍게 한 번 더 굽는다. ❹ 그릇에 밥, 데운 소스, 가지를 올리고 난 후 송송 썬 쪽파를 뿌려낸다.

생각보다 맛있다
구판장 빙수

초등학생 때 얘기다. 둘째 동생이 친구 집에 놀러 갔다
오더니 갑자기 빙수를 만들어 먹자며 엄마에게 떼를 썼다. 엄마
는 알겠다며 동생과 새끼손가락을 걸고 도장까지 찍어놓고서
는 몇 번이고 '다음 번'에 먹자며 약속을 미뤘다. 작게라도 얼음
가는 기계를 들이면 쉽게 해결될 일이었지만 엄마는 가정용 빙
수기를 사는 것을 꽤 주저했다. 실제 몇 번이나 사용할까 싶은
마음이 앞섰을 것이다. 그런데 어느 날, 마트에서 돌아온 엄마
의 손에 빙수용 찹쌀떡과 팥 통조림, 후르츠칵테일, 딸기 시럽
이 들려 있었다. 장바구니를 뒤적이던 동생은 우리도 드디어 빙
수를 만들어 먹느냐며 신난 얼굴로 방실방실 점프를 해댔다. 나
도 내심 빙수를 직접 만들어 보고 싶었던 터라 덩달아 신이 났
다. 엄마는 장 본 것을 마저 정리하고 난 후 반찬통에 물을 반쯤
담더니 냉동실에 넣어두었다.

설레는 다음 날. "다들 나와 봐. 빙수 만들자." 엄마의 한마디에
쪼르르 삼 남매가 달려 나왔다. 다들 기대에 차 엄마를 거들었
다. 그때 둘째가 물었다.

"엄마! 그런데 얼음 가는 건 어디 있어?"

"없어도 만들 수 있어."

엄마는 전날 얼린 얼음을 꺼내 비닐에 겹겹이 싸더니 그것을 갑자기 고무장갑에 넣고 다시 행주로 한 번 감쌌다. 그러고는 절구 방망이로 얼음을 잘게 부수기 시작했다. 손잡이를 돌리면 사그락 사그락 얼음이 나오는 걸 상상했던 동생은 "엄마 이게 뭐야!"라며 잔뜩 실망한 기색을 뿜어냈다. 그러거나 말거나 엄마는 "이렇게 해도 빙수가 된다니까" 하고 심통 난 동생을 안심시켰다. 쾅, 쾅, 쾅. 집안에 얼음 부수는 소리가 마당까지 새어나갔다. 이렇게 잘게 부서진 얼음을 스테인리스 볼에 담은 다음 우유, 팥, 후르츠칵테일, 딸기 시럽을 순서대로 넣었다. 나름 구색을 맞춰 완성하고 보니 그럴듯한 빙수가 완성됐다. 그런데 웬걸. 작은 얼음은 금세 녹아 물이 된 데다가, 큰 얼음은 덩어리째 둥둥 떠다니는 게 아닌가. 마치 빙하가 떠 있는 모양새와 비슷했다. 이것을 무엇이라 불러야 할지 모를 얼굴로 넷 다 벙벙해하다가 이내 웃음이 터져버렸다. 맛이나 보자며 엄마가 숟가락을 들자 다들 말간 팥 국물을 떴다. "엄마, 얼음이 안 씹히잖아." 보란 듯이 사탕처럼 큰 얼음을 볼에 끼우고 웅얼거리는 둘째를 본 엄마는 빵 터져 웃느라 말을 못 이었다. 그때 엄마가 좋은 생각이 났다는 듯 대안을 냈다. 우리 구판장에 가보자!

시골 동네지만 슈퍼가 세 개나 있었다. 세 개의 슈퍼가 각자의 장점을 드러내고 있어 나름 경쟁하면서도 조화롭게 어울렸다. 우선 마을 초입에 있는 동신슈퍼는 불량식품과 과자, 라면 종류가 많았고 길 중간쯤 있는 가장 허름한 우리슈퍼는 문구류를 주로 취급했다. 종류가 많지는 않았지만 아쉬운 대로 도화지와 색종이를 사러 자주 들렀다. 가끔 시간이 오래 지나 색 바랜 종이를 덤으로 챙겨주시곤 했는데 그때마다 횡재한 기분을 맛보곤 했다. 마지막으로 마을 골목 끝에 위치한 장전구판장은 동네에서 가장 큰 슈퍼였다. 과자, 라면과 같은 식품부터 부탄가스, 빨랫비누 같은 생활용품도 두루 취급하기에 어른들이 가장 많이 이용하는 곳이기도 했다. 그렇다고 모두 마을 안에서 필요를 해결할 수는 없는 노릇이어서 주말이면 온 가족이 대형마트로 일주일 치 장을 보러 나서곤 했다.

넷이 우르르 구판장에 가 아이스크림 냉장고를 열고 팥빙수 아이스크림 네 개를 샀다. 둥근 플라스틱 케이스에 들어 있는 팥빙수였다. 행여 녹을까 내달려 집으로 돌아왔다. 스테인리스 볼에 팥빙수 아이스크림을 전부 부었다. 그다음 팥빙수 아이스크림 위에 우유를 조금 붓고 떡, 플레이크, 팥, 딸기 시럽을 뿌려 바작바작 숟가락으로 쑤셔 섞었다. 작은 얼음들이 부서지면서 진짜 그럴듯한 모양의 팥빙수가 되었다. 한 숟가락 떠 맛본 빙수가 어찌나 시원하고 달콤하던지. 눈치 보며 먹던 빙수 떡을 아낌없이 넣어 먹을 수 있다는 것도 작은 행복이었다. 이날 이후 우리는 이 빙수를 구판장 빙수라 불렀고 구판장에 갈 때마다 두세 개씩 사 냉동고에 채워 놓았다. 그리고 입이 궁금해지는 늦은 저녁 우리의 단골 여름 간식이 되었다.

이제는 카페며 편의점이 많기도 하고 각 가게에서 취급하는 제품들이 많아져 굳이 이 허술한 빙수 레시피가 무슨 소용인가 싶다. 그런데도 집에서 갑자기 빙수가 먹고 싶은 날엔 이만한 게 없다. 혼자 먹기에 적당하고 가격도 싸다. 간혹 빙수가 당기는 날이면 망원시장에 들러 쑥 인절미 하나, 편의점에 들러 팥빙수 아이스크림과 우유 한 팩을 사 들고 퇴근한다. 집에 도착하자마자 냉동고에 우유와 아이스크림을 넣어두고 집안일도 하고 저녁도 준비하며 할 일을 한다. 저녁도 다 먹고 할 일도 얼추 정리되면 냉동실에서 우유와 아이스크림을 꺼내 '구판장 빙수'를 만든다.

작은 대접에 팥빙수 아이스크림을 붓고 차가워진 우유를 빙수 위에 조금만 붓는다. 붙어버린 얼음이 잘 떨어질 수 있을 정도면 된다. 인절미를 가위로 네 등분해 잘라 넣어준다. 콩가루나 미숫가루가 남아 있다면 좀 털어 넣어주면 끝이다. 삼 분 빙수라 해도 될 만큼 간단하지만 맛있고 꽤 그럴듯하다. 작은 팁이 있다면 너무 뒤적거리지 말고 자박한 빙수에서 큼직한 쑥 인절미를 건져 먹는 기분으로 먹는 게 좋다. 뒤적거릴수록 얼음이 빨리 녹아 빙수의 흥이 깨진다.

도전해보시라! 생각보다 맛있다.
구판장 빙수.

**여름이 전하는 말**

냉동실에 스테인리스 볼을 10분 정도 넣어 둔 후 사용하면 조금 더 오래 시원한 빙수 맛을 즐길 수 있다.

**3분 빙수**

토핑으로는 쑥 인절미가 좋다. 시럽은 연유가 가장 잘 어울린다. 기호에 따라 응용할 수 있으며 인스턴트 커피가루를 대여섯 알 넣어 주면 고소한 맛이 배가된다.

재료 팥빙수 아이스크림, 우유 1컵, 쑥 인절미와 콩가루 취향껏, 연유 약간

조리순서 ❶ 냉동실에 미리 얼려 둔 스테인리스 볼에 팥빙수 아이스크림과 우유를 넣고 잘 섞는다. ❷ 가위로 쑥 인절미를 잘라 얹고 콩가루와 연유를 뿌린다.

설탕 토마토의 업그레이드
토마토 쓰케모노

토마토 쓰케모노つけもの를 처음 알게 된 건 한 라멘집에
서였다. '쓰케모노'라는 글씨의 조합이 잘 읽히지 않아 조용히
입을 때 작은 소리로 따라 읽었다. 그 밑에 화이트 와인 시럽에
절인 토마토라는 설명을 보고서야 어떤 요리로 나오는지 거우
가늠했다. 새로운 것에 대한 호기심이 많은 편인데도 입맛은 꽤
보수적이라 새로운 음식을 선뜻 시도하지 못한다. 자주 먹던 메
뉴를 선택하면 뭘 먹어야 할지 이런저런 고민할 에너지를 줄일
수 있을 뿐더러 주어진 한 끼를 실패 없이 챙길 수 있으니 나름
의 소신이라고 스스로를 타협했다. 이런 내가 어쩐 일로 이름도
생소한 쓰케모노를 덜컥 주문하고야 말았다.

"주문할게요. 여기 쓰케모노 하나랑 돈코츠 라멘 두 그릇 주세요."

아마 자연스레 토마토 위에 설탕이 솔솔 뿌려진 맛을 떠올렸기
때문이지 않을까. 한여름 찌는 듯한 더위에 여름방학이 찾아오
면 엄마는 이따금 설탕 토마토를 만들어주곤 했다. 냉장고에 미
리 넣어둬 차가워진 토마토를 도톰하게 썰어 넣고 그 위에 황설
탕을 골고루 뿌려주면 끝이다. 토마토를 뒤적뒤적 섞을 때마다

설탕 알갱이가 스테인리스 볼에 서그럭 서그럭 부딪힌다. 그 소리가 꼭 모래알 같이 느껴졌다. "잘 저어서 먹어." 엄마가 건네준 토마토를 선풍기 앞에 가져다 두고 동생들과 둘러앉아 각자 숟가락으로 토마토를 떠먹었다. 스테인리스 볼에 담긴 토마토는 포크가 아닌 숟가락으로 떠 먹어야 제맛이다. 시간이 흐를수록 토마토 과즙에 설탕이 충분히 녹아 달짝지근한 국물이 생긴다. 단단한 토마토가 설탕과 만나 부드러워지는 그 식감이 좋았다. 달달한 토마토 국물까지 호로록 마시면 이 달콤함으로 한여름 더위쯤은 당당히 이겨낼 수 있다고 생각했다.

푸른 녹음이 지고 푹푹 찌는 더운 공기가 밀도 있게 느껴지는 날이면 선풍기 바람을 쐬며 먹는 설탕 토마토를 떠올린다. 아무리 생각해도 달짝지근한 설탕 토마토와 여름은 가장 잘 어울리는 간식이 아닐까. 뭐 설탕과 토마토의 관계가 몸에는 좋지 못하다는 사실은 알고 있다. 하지만 손실된 비타민은 맛의 즐거움으로 채우고 있으니 건강 생각은 잠시 잊어둬야겠다.

"토마토 쓰케모노 먼저 준비해드릴게요."

작고 투명한 유리볼에 주먹 반절만 한 토마토가 담겨 나왔다. 생각보다 소박해 유리볼을 한참 바라봤다. 껍질을 벗겨 놓아 그런지 아니면 곁들여 올라간 민트 잎의 상큼함 때문인지 유독 더 새빨갛게 보였다. 먼저 그릇의 반쯤 채워진 시럽을 호로록 마셔보았다. "어? 이거 무슨 맛이지? 되게 맛있다!" 설탕 토마토의 업그레이드 버전이었다. 향긋한 화이트 와인의 풍미가 더해져 그런지 달콤한 토마토에서 왠지 모르게 낯선 풍미가 느껴졌다. 익숙한 듯 낯선 맛. 오랜만에 경험하는 새로운 맛이었다. 열십(十) 자 모양으로 칼집을 낸 토마토를 네 등분으로 완전히 떼어내 한 조각을 먼저 입에 넣었다. 쫄깃해진 토마토를 꾸욱 씹으니 시럽이 배인 토마토 즙이 흥건히 배어 나왔다. 토마토, 설탕, 와인이 조화롭게 입안에 퍼졌다. 화이트 와인의 향을 더 오래 즐기고 싶어 날숨을 코로 길게 품어 냈다. "흐음~" 나도 모르게 허밍이 되어 감탄사가 나왔다.

이후 집에 돌아와 다시 찾아보려 하니 도통 생소한 그 이름이 생각이 나지 않았다. 먹을 때까지만 하더라도 이 맛과 이름을 잊고 싶지 않아 먹는 내내 머릿속으로 이름을 되뇌었는데, 집에 오자마자 단어 한 자도 기억나지 않았다. 어쩔 수 없이 식당 이름을 검색해 여러 블로그를 찾아본 후 그 메뉴가 "쓰케모노"라는 사실을 알았다. 쓰케모노는 일본에서 채소를 된장이나 소금, 쌀겨, 간장 등에 절여 놓은 저장식품이라고 한다. 쉽게 말해 일본식 장아찌인 셈이다. 장아찌라 하면 입맛이 없을 때 생각나는 짭짤한 뒷맛이 개운한 밥반찬만 떠오르는데, "이 달콤한 디저트가 장아찌라니." 짐작한 것과 한참 다른 토마토 쓰케모노의 정체와 무한한 저장식품의 세계에 적잖이 놀랐다.

철마다 만들던 복숭아 조림이나 밤 조림이 떠올랐다. "아! 그럼 이 병조림들은 서양 장아찌인 거잖아!" 설탕 시럽에 조려 만든 콩포트와 시럽에 식초를 넣어 만드는 피클도 한 맥락의 음식이라는 사실을 깨달았다. 다양한 식재료를 비슷한 조리법으로 만들어 즐기다니. 이런 사실을 깨달을 때쯤 제대로 일본식 토마토

절임인 쓰케모노를 만들어 보고 싶은 마음이 들었다.

일본 사이트를 열심히 찾아 레시피 서너 개 정도 찾았다. 물과 식초, 설탕을 넣어 새콤하게 만드는 일반적인 레시피였다. 두근 거리는 마음으로 찾아 놓은 레시피를 따라 만들어 보았다. "켁 켁켁켁" 식초의 신맛 때문에 기침이 절로 나왔다. 산도를 조절 해 채소의 보존력을 높였을지는 모르나 그날 먹었던 쓰케모노 의 맛과는 거리가 멀었다.

도통 그 맛을 구현해낸 레시피를 찾을 수가 없어 더듬더듬 그 맛을 떠올렸다. "화이트 와인, 설탕, 허브, 식초 조금." 바로 마 트로 달려가 화이트 와인 한 병과 방울토마토를 사 들고 작업실 로 왔다. 큰 토마토를 살까 하다가 톡 터지는 질감과 한입에 넣 었을 때 토마토의 달짝지근한 맛, 화이트 와인과 허브의 상큼한 맛, 식초의 깔끔한 맛을 조화롭게 느끼고 싶어 방울토마토를 선 택했다. 물론 방울토마토는 껍질을 하나하나 벗겨야 하는 귀찮 음이 있지만, 맛의 즐거움을 위해선 작은 수고스러움은 참을 수 있다. 시럽을 만들 때 가장 중요한 건 당과 수분의 조절인데, 오 래 두고 먹을 것이 아니었기에 굳이 일반 레시피 기준인 과일과 설탕의 1:1 비율을 맞출 필요는 없었다.

나름의 레시피를 찾기 위해 여러 번 반복하며 많은 쓰케모노를 만들었다. 그리고 드디어 달콤하고 향긋한 토마토 쓰케모노를 완성했다. 작은 종지에 서너 알을 꺼내 담았다. 먹기 아까울 만 큼 고운 디저트 같다는 생각이 들었다. 한입 맛보니 참말로 그 날 맛본 향긋한 쓰케모노의 맛이 났다. 너무 통쾌했다. "그 맛을 찾아내다니!"

이후 더운 여름이 되면 미리 만들어 냉장고에 넣어 둔 쓰케노모 생각이 절로 난다. 퇴근 후 혹은 늦은 밤 꺼내 먹는 여름 단골 간식으로 제격이다.

### 여름이 전하는 말

토마토에 달콤한 시럽이 스며들 수 있도록 껍질을 벗겨 쓰케모노를 만든다. 토마토 엉덩이에 열십(十)자로 칼집을 낸 다음, 끓는 물에 살짝 데친다. 칼집을 낸 부위에 껍질이 일어나면 바로 건져내 차가운 얼음물에 담그고 껍질을 벗겨낸다. 푹 익으면 흐물흐물해지니 살짝만 데쳐 건져내는 것이 포인트!

### 업그레이드 설탕 토마토, 쓰케모노

달달한 설탕이 스민 토마토도 좋지만 화이트 와인과 달콤한 설탕이 함께 들어간 향긋한 토마토 조림을 만들어보자. 사이드 메뉴나 간단한 술안주로 즐기기에 좋다.

재료 방울토마토, 물 250g, 화이트 와인 250g, 설탕 300g, 타임 3~4줄

조리순서 ❶ 냄비에 물, 화이트 와인, 설탕을 넣고 끓인다. ❷ 설탕이 모두 녹을 때쯤 불을 끄고 타임을 넣고 한 김 식힌다. ❸ 2에 담긴 허브를 빼고 한 번 더 끓인다. ❹ 껍질을 벗긴 토마토를 소독한 병에 차곡차곡 옮겨 담은 후 뜨거운 시럽을 붓는다. ❺ 바로 뚜껑을 꽉 닫아 잠근 다음, 냉장고에서 3일 숙성 후 꺼내 먹는다.

찬바람 불면 생각나는, 가을의 맛

소금 한 꼬집의 힘
달달 알싸한 진저 시럽

진저 시럽을 반나절 내내 뭉근히 끓이다 보면 나무며, 천이며, 만드는 사람에 생강 향이 스민다. 이 따스하고 달큰하며 매콤한 냄새가 좋아 진저 시럽을 만드는 날이면 내내 기분이 좋다. 생강과 시나몬, 알싸한 정향과 통후추의 향. 그리고 설탕의 단내가 조화롭다. 향은 수증기를 타고 피어올라 곳곳에 서서히 스민다. 그렇게 스민 냄새는 몇 날 며칠 기분을 쓰다듬는다. 마음의 결이 저절로 고와지는 시간이다.

진저 시럽은 주로 따뜻한 물, 우유, 맥주를 베이스로 하여 마신다. 감기가 오려는지 콧속이며 목구멍이 살살 간질거릴 땐 뜨겁게 끓인 물에 진저 시럽을 두어 스푼 넣어 '찐하게' 마신다. 감기가 나을 때까지 꾸준히 마시면 체온을 지킬 수 있어 좋다. 진저 라테는 뜨겁게 혹은 차갑게, 어떻게 마셔도 맛있다. 우유와 참잘 어울리는 음료 베이스다. 시원하게 마실 땐 얼음을 담은 유리잔에 우유나 탄산수를 붓고 진저 시럽을 서너 큰술 넣어주면 된다. 차게 마실 때 생강 특유의 매콤한 맛을 더 선명하게 느낄 수 있는데 그 덕에 끝 향이 매우 깨끗하다. 뜨겁게 마시고 싶다면 데운 우유에 두세 큰술 정도 넣어 부드러운 라테로 즐길 수 있다. 따뜻한 라테를 만들 때 우유거품기로 거품을 내 얹어주면 포근한 진저라테를 눈으로 먼저 맛볼 수 있다. 그리고 마지막은 진저에일! 진저에일은 맥주에 얼음, 진저 시럽 두 큰술, 레몬즙을 조금 넣어주면 된다. 맛과 향이 깔끔하고 달콤해 칵테일처럼 즐기기 좋다. 이렇게 만든 진저 시럽은 요리에서도 톡톡히 쓰인다. 생강이 돼지고기와 잘 어울리는 향신채인 만큼 각종 양념에 넣어주면 고기의 잡내를 없애주고 풍미를 더한다. 또 떡을 찍어 먹는 조청으로 사용해도 그만이다. 참말로 쓰임이 많다.

처음 진저 시럽을 알게 된 건 합정역 근처에 있는 한 카페에서다. 외근을 나왔다가 퇴근 시간이 가까워져 근처 카페서 업무를 마무리 할 참으로 들어간 곳이었다. 감기 기운이 있어 커피를 대신할 메뉴를 훑고 섰더니 사장님이 선뜻 "추천해드릴까요?" 하고 말을 건넸다.

"아, 네. 제가 감기 기운이 있어요. 오늘은 커피를 안 마시는 게 좋을 것 같아서…" 하고 말끝을 흐렸다.
"저희 가게 진저라테 정말 맛있어요."
"네? 진저라테요? 아… 그걸로 주세요."

이름부터 생소한 진저라테가 나왔다. "우유를 끓여서 만든 거라 정말 뜨거워요! 조심해서 드세요." 찻잔 위 폭신한 우유 거품이 풍풍하게 채워져 있다. 어디까지가 거품이고 어디서부터 마실 수 있는 건지 가늠하려 숟가락으로 우유 거품을 스윽 밀어내보았다. 입천장이 데일까 싶어 호록 소리를 작게 내며 조심히 마셨다. 달콤한 우유 맛이 먼저 마중 나온다. 아, 따뜻한 우유 맛이구나, 할 즈음 목 끝에 생강의 매콤한 맛이 코를 뻥 뚫어버린다. 포근한 맛에 청량한 맛이 더해졌다 표현해야 할까? 단맛의 끝이 이리 깔끔할 수가 없었다. 진저라테에 반해버렸다.

진저 시럽을 만들어두면 여러모로 쓸모가 많을 것 같아 도전하기로 했다. 확실치 않은 레시피가 많아 실패도 여러 번했지만 수어 번 만들어가며 가감하다 보니 나만의 레시피가 완성됐다. 다양한 향신료를 가미해 독특한 맛을 구현해 내는 것도 중요하지만 오래 두고 먹을 저장식품의 경우는 기본에 충실해야 끝까지, 맛있게 먹을 수 있다. 고민 끝에 불필요한 향신료는 과감하게 줄이고 생강의 질, 물의 양, 끓이는 시간과 온도, 설탕의 종류를 잘 챙기기로 했다.

시럽용 생강을 살 땐 발이 굵고 넓은 것, 고유의 매운 향이 짙은 것으로 고르는 게 좋다. 그래야 생강 본래의 맛과 향을 시럽에 제대로 봉인해 둘 수 있기 때문이다. 설탕은 생강 무게의 30~40퍼센트가 넘지 않는 것이 좋다. 불이 냄비 밖으로 벗어나지 않는 약한 불로 반나절 정도 끓이는 것이 적당하다. 나 역시 여러 번 재료를 섞어가며 만들었던 만큼 사실 절대적인 정답은 없다. 그저 개인의 기호에 따라 레시피를 달리 고쳐 자기만의 맛을 찾아가는 게 정답이라면 정답이다.

하지만 처음 만든 진저 시럽은 "어째 조금만 더 진했으면 좋겠다" 하는 아쉬움이 남았다. 그래서 더 오래, 더 뭉근히 달여 보았다. 그런데 이번엔 너무 오래 끓였는지 쓴맛이 덩달아 진해져 시럽을 쓸 수 없게 되었다. 그 다음 번엔 끓이는 시간을 줄여 보았다. 대신 잘 우러나오도록 생각을 믹서에 갈았다. 간 생강을 설탕과 함께 잘 버무린 후 뭉근히 끓였다. 그 다음 면보에 탕약을 거르듯 짜 내렸다. 진하게 내려지는 시럽을 보고 그럴싸한 방법이라 생각했다. 허나 결론은 실패. 점도는 만족스러웠으나 흙냄새가 너무 많이 나 진저 시럽이 아니라 흙 뿌리 시럽이라 이름을 고쳐 붙여야 할 지경이었다. 마지막 방편으로 설탕 양을 늘리기로 했다. 50퍼센트로 한 번, 60퍼센트로 한 번. 그러나 단맛이 재료의 맛과 향을 가려 별 소득이 없었다.

이리저리 생각을 해봐도 뾰족한 수가 떠오르질 않았다. 이게 원래 진저 시럽의 맛인데 내가 뜬구름을 잡고 있는 건가 싶었다. 그러다 문득 진한 맛을 내기 위해 콩국수나 팥죽에 소금으로 간을 맞추던 게 떠올랐다. 진저 시럽은 달콤하다는 고정관념 때문에 소금을 써야겠다는 생각을 애초에 못했던 것이다. 소금을 염두에 두었다가 다음 번 진저 시럽을 만들 땐 꼭 소금 한 꼬집을 챙겨야겠다고 단단히 기억해두었다.

며칠 뒤 다시 같은 방법으로 진저 시럽을 끓어내며 소금 한 꼬집을 챙겨 넣었다. 잘 식은 진저 시럽의 맛을 보는데 내심 기대하는 마음이 커서인지 미세한 설렘이 마음을 동했다. 성공이다. 정말 진해졌다. 마지막 빈 퍼즐을 명쾌히 완성한 기분이었다.


자신이 가진 본래의 맛은 가리고 부족함을 완벽하게 채워낸 소금의 존재가 실로 크게 다가왔다. 어떤 것의 일부, 그 일부가 모여 완전한 전부를 만들어낸다는 사실을 깨닫는 순간이었다.

### 가을이 전하는 말

생강청은 일반적으로 가열 과정 없이 당침하여 만든 저장식품이다. 반면 생강 시럽은 시나몬, 정향 등의 향신료를 설탕과 함께 뭉근히 끓여낸 저장식품이다. 때문에 청에 비해 생강 고유의 맛과 향이 진하고 향신료의 풍미를 더불어 즐길 수 있다.

### 감기 뚝 진저 시럽

진저 시럽을 만들어 놓으면 쓰임이 많은데, 우유에 시럽을 넣어 마시면 진저라테가 되고 맥주에 얼음, 레몬즙과 함께 시럽을 넣으면 진저에일이 된다. 생강이 필요한 요리에 넣어도 좋다.

재료 생강 1kg, 설탕400g, 시나몬스틱 2~3개, 정향 3~5개, 소금 한 꼬집

조리순서 ❶ 생강을 깨끗하게 씻어 껍질을 벗긴 후 편을 썬다. ❷ 약불로 올린 냄비에 생강, 설탕을 섞은 후 뚜껑을 닫고 수분이 나올 때까지 반나절 기다린다. ❸ 수분이 나오면 뚜껑을 연 상태에서 시나몬스틱, 정향을 넣고 약한 불로 6시간 졸인다. ❹ 마지막에 소금을 넣고 저어준 뒤 뜨거울 때 소독된 용기에 담는다.

멥쌀은 열두 살
쫄깃쫄깃 경단

대학에 입학할 때까지 군산의 한 작은 마을에 다섯 식구
가 살았다. 도심에서 자동차로 이십 분 정도 떨어진 곳이었지
만 버스가 한 시간에 한두 대 스치듯 지나치는 작은 마을이었다.
상황이 이렇다 보니 장을 자주 보기가 쉽지 않았다. 그 불편함
을 진작 간파한 수완 좋은 옆 마을 아저씨는 일주일에 서너 번,
파란 트럭에 과일과 채소를 가득 싣고 우리 동네를 돌았다. 파
란 트럭이 마을 입구에 들어섬과 동시에 온 동네엔 아저씨가 왔
다는 것을 모를 수 없을 정도로 현란한 뽕짝이 울려 퍼졌다. 그
소리를 들은 동네 사람들은 하나둘 파란 트럭에 모여들었다. 엄
마도 감자나 대파처럼 늘 구비해두는 채소나 호박이나 당근, 수
박과 같이 무거운 채소를 파란 트럭 아저씨에게 샀다. 트럭 아
저씨가 등장하면 어쩐지 온 동네가 들뜬 느낌에 사로잡혔다.
그렇게 동네 어른들은 파란 트럭 앞에서 채소만 사 가는 것이
아니었다. 오랜만에 만나는 이웃의 안부를 묻기도 하고, 그새
전할 소식을 재빠르게 전하기도 했다. 본인이 산 채소나 과일의
양이 너무 많으면 함께 사서 그 자리에서 나누기도 했다. 동네
가 이렇다 보니 엄마는 대부분 주말에 봐 놓은 장거리로 삼남매
먹을거리를 챙기셨다.

특히 방학이 되면 삼 남매의 간식까지 챙겨야 하니 분명 골치가 아팠을 것이라 짐작이 된다. 엄마는 비교적 손쉽게 만들 수 있고, 넉넉히 만들어두면 족히 한 달은 챙길 수 있는 메뉴를 주로 해주었다. 튀긴 도넛이나 팬케이크, 무지개떡이나 경단, 케첩에 찍어 먹는 탕수육이 엄마의 주 간식 메뉴였다. 팬케이크는 미리 반죽을 넉넉히 만들어 두었다가 간식을 보채면 빈대떡 부쳐주듯 한두 장씩 구워주었고, 튀긴 도넛이나 탕수육도 여유 있게 만들어 두었다가 간식이 필요한 타이밍에 해동해 꺼내주었다.

단골 간식 중에서도 경단을 만드는 날이면 전날 밤부터 부산스러웠다. 하얀색 대야에 쌀을 불려 놓는 데서 경단 만들기가 시작된다. 우리는 엄마가 흰 '다라이'를 꺼내면 직감적으로 내일 간식은 경단이라는 것을 알았다. 하룻밤 정도 쌀을 불리면 엄마는 우리 남매를 아침 일찍 깨워 방앗간에 보냈다. 경단은 주로 방학 때 만들어주셨다. 지금 생각해보면 우리를 방앗간에 보내고 여유 있게 밀린 살림을 할 요량이었던 것 같다. 좀 더 자려고 칭얼거리면 엄마는 가차 없이 이불을 휙 치우며 심부름을 보냈다.

"얼른 일어나서 동생 데리고 방앗간 좀 다녀와라. 가서 쌀 좀 빻아 와. 할아버지께 쌀은 어젯밤에 불렸고, 소금 간은 안 했다고 말씀드리는 것 잊지 말고."

불린 쌀이라 그런지 밤새 대야가 무거워졌다. 잠에서 덜 깬 손가락 끝 힘이 자꾸 풀려 쏟을까 불안했다. 셋이서 함께 호흡을 맞춰 걸어가는 일도 만만치 않았다. 집에서 방앗간까지는 평소

오 분이면 도착하는 거리지만, '다라이' 하나를 셋이 들고 빙글 빙글 돌아가며 걸으려니 십오 분은 족히 걸렸다. 겨우 방앗간에 도착해 할아버지께 다라이를 건넸다. 방앗간의 고소한 곡물, 기름 냄새가 할아버지보다 먼저 맞아주곤 했다. 쌀 빻는 것을 구경하려고 기계 옆에 나란히 섰다.

"할아버지! 엄마가 쌀은 어젯밤에 불렸고, 소금 간은 안 하셨대요."
"그래. 몇 살이지?"

할아버지의 질문이 뜬금없이 느껴졌지만 어쩐지 친근한 인사인 것 같아 친절하게 답해드렸다. "열두 살이요." 그러자 할아버지 께서 되물으셨다. "아니. 몇 살이냐고." 귀가 잘 안 들리셔서 그런가 싶어 조금 더 크게 그리고 또렷하게 "열!두!살!이!요!"라고 또박또박 힘주어 답했다. 그러자 할아버지는 한참 돌아가던 기계를 잠시 끈 다음 말씀하셨다.

"아니. 멥쌀이냐고, 찹쌀이냐고."
"아… 경단 하실 거라고 하셨어요. 멥쌀인지 찹쌀인지는 저도 잘 모르겠어요."

쌀의 종류가 궁금했던 할아버지에게 내 나이를, 그것도 두 번씩이나 말씀드린 것이 얼마나 창피한지 얼굴에 열감이 오르고 마음이 쿵쿵거렸다. 무안하기도 하고 멋쩍기도 해 멀찌감치 떨어져 옥상으로 향하는 계단에 걸터앉아 빨리 쌀이 다 빻아지기만 기다렸다. 엄마가 챙겨주신 돈을 주머니에 꼬깃꼬깃 접어두었다. 그 돈을 꺼내 재빨리 계산하고 다시 셋이 다라이를 들고 뱅글뱅글 돌며 집에 돌아왔다. 걸어가는 내내 자꾸 내 나이를 말하던 그 순간이 떠올라 눈앞이 하얘졌다. 가능만 하다면야, 정말이지 시간을 되돌리고 싶었다.

집에 돌아와 다라이를 건넸다. 엄마는 싱크대 한편에서 경단을 만들기 시작하셨다. 곱게 간 쌀가루 위에 소금과 물을 넣고 반죽하기 시작했다. 뜨거운 물을 부을 때마다 엄마는 후후 불며 피어오르는 김을 걷어냈다. 엄마 손은 무척 빨라서 금세 반죽이 동글하게 모양을 갖췄다. 거들 일은 딱히 없지만 마냥 경단을 기다리고만 있으려니 애가 타서 엄마 옆을 지키고 섰다. 그러다 아까 방앗간에서 있었던 일들을 꺼냈다.

"엄마, 방앗간 할아버지가 멥쌀이냐고 물어보신 걸 내가 '몇 살이냐고' 잘못 들은 거야. 그래서 나는 열두 살이라고 답했다? 그랬더니 다시 할아버지가 멥쌀이냐고 물어보시는 거야. 나는 또 잘못 알아듣고 내가 몇 살이냐고 물어본 줄 알았지? 다시 열두 살이라고 대답했다? 그랬더니 할아버지가 조금 짜증 내면서 '참쌀이냐고 멥쌀이냐고' 물으시는 거야. 그래서 진짜 무안했어. 근데 엄마! 이건 멥쌀이야, 찹쌀이야?"

## 가을이 전하는 말

떡이 많이 남았다면 말랑할 때 냉동보관해 두었다가 먹을 만큼 꺼내 해동하면 자연스럽게 다시 말랑해진다. 하지만 실온에 두면 하룻밤 사이에 딱딱하게 굳어버린다. 백설기나 가래떡, 절편은 찜기에 다시 찌면 촉촉하고 말랑해지지만 앙금이 들어 있는 바람떡이나 고물이 묻어 있는 경단 같은 떡은 다시 찌기가 애매하다. 이럴 땐 팬에 기름을 살짝 두르고 약불에 은은히 구워주면 별미가 된다.

## 찜기 없이도 만드는 순식간에 찹쌀떡

손이 많이 갈 것 같아서 엄두도 못 내는 떡을 순식간에 만들 수 있다. 팥앙금이나 딸기가 있다면 속 재료로 이용해보자.

재료 찹쌀가루 100g, 사이다 100ml, 소금 한 꼬집

조리순서 ❶ 찹쌀가루와 사이다를 1:1 비율로 넣는다. ❷ 소금을 한 꼬집 넣은 뒤 1분 내외로 젓는다. ❸ 랩을 씌우고 이쑤시개로 구멍을 낸다. ❹ 전자레인지에 3~4분 정도 익힌다.

당근이 주인공인 주스
달큰한 당근주스의 끝 맛

쓸데없는 걱정이 많은 탓에 라식이나 라섹과 같은 눈 수
술은 꿈도 못 꾼다. 그 덕에 콘택트렌즈를 십오 년째 쓰고 있다.
보통 콘택트렌즈의 착용 권장 기간을 십 년 정도로 봤을 때 한
참 무리해서 착용하고 있는 셈이다. 안경만 쓰면 단춧구멍만 해
지는 모습이 아무래도 신경 쓰여 '한 번만'이라는 전제를 붙여
무리하게 된 것이 악순환의 시작이었다.

건조한 계절이 돌아오면 당연하게 눈이 뻑뻑해진다. 최근 작업
량과 야근이 동시에 많아지면서 피로가 극에 달해 아침이면 도
통 눈뜨기 불편할 지경이 되었다. 더불어 눈이 정신없이 가렵기
시작했다. 이러다 눈꺼풀이 눈알에 철썩 들러붙어 눈을 뜰 수
없는 지경에 이르는 건 아닌지 덜컥 겁이 났다. 차일피일 미루
다가는 큰일나겠다 싶어 서둘러 병원을 찾았다.

"어디가 불편해서 오셨어요?"
"몇 달 전부터 눈이 너무 뻑뻑했는데 요즘은 아예 아침에 눈 뜨
기가 힘들어요."
"한번 봅시다…."

의사가 검사를 하더니 내 눈은 현재 환절기마다 찾아오는 알러지와 안구건조가 겹쳐 점막이 부어 있다고 했다. 진료는 눈 깜짝할 사이에 끝났다. "알러지네요? 점막이 부어 있어요. 안약 처방해드릴게요. 건조하다고 했죠? 인공눈물도 함께 처방해드릴게요." 약국으로 내려와 처방전을 내고 자리에 앉아 내 눈에 대해 골몰히 생각했다. 몸이 백 냥이라면 눈이 아흔 냥이라는데 더 늦기 전에 묘책이 필요했다. 약사가 약을 주며 설명한다. 이건 염증 안약이고요. 이건 알러지 약, 하루 세 번씩 흔들어서 넣으세요. 그리고 이건 일회용 인공눈물. 건조할 때 수시로 쓰세요. 나의 눈 상태만큼이나 건조한 약사의 설명을 듣다가, 아예 눈에 좋다는 영양제까지 품에 안고 돌아왔다. 약 봉투를 들고 터벅터벅 작업실로 다시 돌아가는데 불현듯 작업실에 자주 들른 손님이 해준 이야기가 떠올랐다. "눈이 뻑뻑해요? 내가 아는 디자이너도 안구건조 때문에 오래 고생했는데 당근을 꾸준히 갈아 마시고 꽤 효과를 봤다 하더라고요. 이참에 한 번 챙겨서 마셔 봐요!"

그때도 안구건조증으로 한창 고생할 때였다. 당근이 눈에 좋은 채소라는 건 알고 있었지만, 식탁 위 조연으로나 등장하니 그 존재를 자꾸 잊어버린다. 여기저기 사용하기 좋은 흔한 채소지만 정작 당근이 주인공인 요리는 흔치 않다. 당근을 주재료로 하는 요리가 뭐가 있더라. 곰곰이 레시피를 톺아봤지만 단박에 떠올리기가 쉽지 않다. 감자볶음이나 닭볶음탕, 김밥에 사용되는 당근도 역시 조연이다. 뭐, 지용성 비타민을 효과적으로 섭취를 위해 볶음요리나 기름진 고기 요리에 주로 쓴다고는 하지만 결국 밋밋한 색을 보조하거나 구색 갖추기를 위해 선심 쓰듯 당근을 사는 게 우리의 속마음일 것이다.

퇴근길에 오로지 당근을 사기 위해 시장을 찾았다. 이번엔 온전히 주인공으로 모시기 위해서. 자주 가는 채소가게에 도착해 바로 당근 바구니를 찾았다. '세척 당근'은 한 바구니에 천 원, 제주 구좌에서 난 '흙 당근'은 한 바구니에 이천 원이다. 평소 같으면 세척이 되어 있어 편리한, 하물며 값도 싼 세척 당근을 골랐을 테지만 이번엔 제주 구좌에서 수확한 흙 당근을 골랐다. 이유가 있다. 장을 보기 전 잠깐 짬을 내 당근 고르는 요령을 살펴보았다. 주스용으로는 작은 것을 고르는 게 좋다고 한다. 특히 구좌 당근이 크기는 자잘해도 연한 식감과 더불어 향과 단맛이 좋다고 한다. 이천 원으로 누리는 호사다.

다음 날 조금 일찍 출근해 가방을 자리에 던져두고 곧장 주방으로 갔다. 당근 두 개를 뽀드득 소리가 날 때까지 씻어 껍질째 칼로 숭덩숭덩 썰어 믹서에 넣어두고, 시판되는 토마토주스 한 잔, 물 반 컵, 얼음 두어 개를 마저 넣고 고속으로 빠르게 갈아주었다. 여기에 비타민A의 흡수를 돕기 위해 올리브 오일 한 큰술도 챙겨 넣었다. 팍팍한 오늘을 사느라 뻑뻑해져 버린 눈을 응원하는 마음도 더했다. 컵에 주스를 넘칠 듯 찰랑찰랑하게 따라 부어 단숨에 비웠다. 마치 명약을 하사받은 듯 말이다. 눈아, 촉촉해져라, 촉촉해져라. 콧길을 타고 진한 흙냄새가 몸에 스미는 기분이 든다. 뒷맛에 달큼함이 남았다.

당근주스는 그 자체로 먹기에는 수분이 조금 부족해 토마토주스나 사과주스를 같이 넣어 갈아 마신다. 생과를 넣으면 더 좋겠지만 구색을 맞추려다 보면 재료 준비가 귀찮아지기 마련이다. 그럴 바에야 간편하고 어려움 없이 만드는 방법을 택하는게 낫다. 사과주스 한 병, 토마토주스 한 병을 사다 두면 참말로편할 일이다. 간혹 먹을 때를 놓친 과일을 처리할 요량으로 시험 삼아 생과를 넣어 갈아 마셔보기도 하는데 사실 맛은 당도가있는 주스를 넣고 가는 게 훨씬 낫다. 한 번은 흙내가 너무 심한당근을 샀는데 진심으로 갈아 마시기 좀 고역스러웠다. 버릴까하다 혹시 해결 방법을 알까 싶어 엄마에게 전화했다. 역시 엄마는 한 수 위다. 짧고 굵게 해결책을 제시해주곤 끊었다. "당근 갈아 마셔? 그래 뭐라도 좀 챙겨서 먹어! 몸 축나게 두지 말고! 흙내는 살짝 데치거나 쪄서 쓰면 괜찮아져. 버리지 말고 먹어! 아까웅께!" 사이사이에 잔소리도 절대 잊지 않는다. 엄마 말대로 뜨거운 물에 데쳐내 갈았더니 흙내가 많이 가서 먹기 훨씬부드러워졌다. 색도 더 진해지고 목 넘김도 좋아졌다. 소화가잘 안 될 땐 이리 챙겨 먹으면 좋을 것 같다.

한 달째 출근 후 의식처럼 당근을 갈아 마시고 있다. 어쩐지 조금씩 나아지고 있다는 기분이 들었다. 처방받은 약 덕분인지,손님이 알려준 당근주스의 효과 때문이지는 확인할 길이 없지만 그저 나아지고 있다 생각하니 다행이다. 한 주에 두어 번 나를 위해 조금 일찍 출근길에 오르고, 부지런을 떨어 주스 한 잔을 준비해 챙겨 마시는 일이 묘하게 힘이 된다. 내가 내게 고생했다, 잘 버텨줘 고맙다 하고 다독다독 알아주는 기분이랄까.아무래도 상관없다. 종종 그 믿음이 기적을 일궈내기도 하니까.

**가을이 전하는 말**

당근은 진한 색과 광택을 띠고 모양이 바른 것이 좋다. 눌렀을 때 단단하고 뿌리 끝이 가늘수록 심이 적고 조직이 연해 씹는 맛이 좋다. 특히 구좌 당근은 고유의 단맛이 좋아 특히 그냥 갈아 마셔도 달큰하니 맛있다. 한 번에 다 챙겨 먹을 수 없을 땐 흙이 묻어 있는 채로 신문지에 싸서 보관한다.

**눈이 초롱초롱해지는 당근주스**

당근만 먹기 힘들다면 토마토나 사과주스를 함께 갈아보자. 기호에 따라 꿀을 첨가해 달콤하게 즐겨도 좋다.

재료 당근 1개, 토마토주스 반 잔 (또는 사과주스), 얼음 5개, 올리브 오일 1큰술

조리순서 ❶ 당근 겉면에 붙은 흙을 깨끗이 씻어낸 껍질째 숭덩숭덩 썬다. ❷ 당근, 토마토주스 또는 사과주스를 넣고 곱게 간다. ❸ 얼음을 넣어준 후 다시 갈아준다. ❹ 컵에 따라 준 후 올리브 오일을 넣어 섞어 마신다.

인내의 맛

김이 모락모락 우엉 밥

가을로 들어가는 길목은 생각보다 꽤 길다. 여름이 한창일 때 만나는 가을의 출입문인 입추立秋, 추수할 때라는 처서處暑를 지나 첫 이슬이 시작되는 백로白露가 되어서야 완연한 가을을 만날 수 있으니 말이다. 늦여름의 끝에 서서 시원한 바람을 오매불망 기다리는 입장에서는 이 기다림이 유독 지루하게 느껴진다. 그럴 바에야 가을에 들어섰음을 알리는 입추는 백로 뒤쪽에나 두는 게 맞지 않겠냐고 조상들에게 따져 묻고 싶은 심정이다.

입추가 지나면 안달복달 난 마음에 아침마다 일기예보를 가장 먼저 확인한다. 오늘은 좀 온도가 떨어질까. 언제쯤이나 이 열기가 좀 식을까 궁금해 참을 수가 없다. 그러면 그럴수록 이런 나를 비웃기라도 하듯 쨍쨍한 날이 줄곧 이어진다. 하지만 이 얄미운 늦여름을 마냥 미워할 수가 없다. 지금이 곡식이 여무는 골든타임이니까.

중, 고등학교 시절엔 하굣길에 가로등이 적어 늘 캄캄했다. 유일하게 논 옆에 난 포장길이 있었는데, 딱 차 한 대 정도 다닐 수 있는 이 길을 따라 정류장에서 집을 오갔다. 평소에도 밤이 되면 적막해 괜히 무서운데 가로등 불까지 꺼져 있으면 저절로 머리카락이 쭈뼛쭈뼛 섰다. 그때마다 손전등을 가지고 정류장으로 마중 나오던 엄마가 얼마나 의지가 됐는지 모른다.

"엄마, 이렇게 어두운데 불은 왜 끄는 거야?"
"이래야 벼도 잠을 자고 알이 여물지!"
"엄마는 농사도 안 지으면서 그걸 어떻게 알아?"
"외할머니가 그랬어. 추수하기 직전이 알곡이 찰 때라고. 사람도 밤에 불을 꺼야 깊이 자는 것처럼 벼도 똑같대."

그때를 떠올리니 갑자기 흰 쌀밥이 당긴다. 초저녁 밥 짓는 냄새가 그리워진다. 퇴근하자마자 집을 지나쳐 바로 시장으로 향했다. 가판대 위에 오른 과채소들을 보니 아직 여름이다. 저녁 반찬으로 뭘 해 먹을지 염두에 두지 않아서 한참을 여기저기 기웃거리다 우엉과 당근을 샀다. 맛있는 밥이 당기는 날인만큼 별미 밥을 짓는 건 탁월한 선택이다.

엄마가 보내준 찹쌀과 현미를 눈대중으로 섞고 두세 번 문질러 가볍게 씻어준다. 맛있는 밥을 짓기 위해서는 쌀을 적당히 불리고 밥물을 적당량으로 맞추는 '적당함'의 내공을 필요로 한다. 만만치 않은 한식의 기본기랄까. 하지만 씻어둔 쌀에 밥물을 처음부터 계량해 주고 그 채로 불려 밥을 하면 밥물을 못 맞춰 망칠 일은 여간해선 없다. 생존을 위한 자취 경력 십 년 차의 '실패 없는 밥 짓기' 노하우다. 쌀은 족히 삽십 분에서 한 시간은 불려야 한다. 그래야 밥알이 탱글탱글하고 쫀득한 밥을 맛볼 수 있다. 입추에 안달복달 난 마음처럼 부랴부랴 씻어 밥을 불에 안

치면 십중팔구 설익은 밥맛을 보게 된다. 한번 설익은 밥은 대체로 되돌릴 수 없으므로 기본기에 충실할 것을 권한다. 출근할 때 미리 불려두면 여러모로 편리하다.

쌀 불리는 동안 우엉과 당근을 손질하고 양념장을 만들면 된다. 생각보다 한 시간은 빨리 지난다. 우엉은 껍질을 벗기고 연필을 깎듯 얇게 썰어준다. 얇게 써는 게 익숙지 않다면 채칼을 활용하면 수월하게 손질할 수 있다. 당근도 우엉과 비슷한 크기로 잘라 준비해 둔다. 이렇게 해서 밑 작업은 끝! 팬에 기름을 두르고 우엉, 당근 순서로 볶다가 소금 간을 살짝 한다. 간이 잘 밸 수 있도록 휘리릭 섞어주고 숨이 죽기 전에 서둘러 불을 꺼주어야 한다. 불려둔 쌀에 볶은 우엉과 당근을 얹고 솥을 불에 올려 밥이 다 되기를 기다리기만 하면 된다.

양념장은 가볍게 간장, 매실청, 다진 마늘, 고춧가루를 넣어 섞어주면 된다. 작업실 마당에 심어놓은 부추를 조금 꺾어 온 게 있어서 그것도 쫑쫑 썰어 양념장에 넣어줬다. 쪽파가 있으면 더 좋았겠지만 자취생의 냉장고 사정은 생각보다 더 뻔하다. 여담이지만 몇 주 전 시금치 한 단을 샀다가 일주일 내내 시금치와의 사투를 벌였다. 시금치 된장찌개, 시금치 카레, 시금치 계란볶음…. 이후로 싸다고 선뜻 사다 두는 게 조심스러워졌다. 양념장까지 다 만들어 두고 나서 늘어진 식탁과 싱크대를 서둘러 정리했다.

밥이 다 돼 솥을 열어 밥알이 으깨지지 않도록 주걱으로 조심스레 가르며 뒤적뒤적 섞어주었다. 우엉 향과 당근 단내가 고소한 밥 냄새와 어우러져 꽤 근사하다. 올해 이사할 때 별미 밥을 염두에 두어 사둔 나무 볼을 꺼냈다. 주걱으로 밥을 퍼 담으면서 살살 흩트려줬다. 후후 불며 수증기를 내 쫓으며 고슬고슬해져라! 주문도 잊지 않는다.

우엉 밥에는 김치랑 재래 김, 양념장이면 충분하다. 찬이 많으면 별미 밥의 맛과 향을 충분히 느낄 수 없게 되고 뜻밖의 과식을 하게 된다. 양념장을 조금 얹어 살살 비벼 한 입 떴다. 원래 그런 맛, 자연스러운 맛이다.

장마 끝에 내리쬐는 강한 볕이 습기를 바짝 날려주면 본격적으로 곡식이 여문다고 한다. 그렇게 생각하니 입추를 시작으로 한 달여 간 이어질 더위가 풍성한 가을로 향하는 길을 여는구나 싶다. 밥 한 그릇을 다 비우고 나니 성실을 맺기 위한 인고의 시간을 하사받은 듯한 기분이 든다.

## 가을이 전하는 말

밥을 지을 때 가장 어려운 것은 물과 불 조절의 때를 알아채는 것이다. 쌀을 불리고 나서 씻어내면 물 조절이 더 어렵다. 애초에 두어 번 씻어낸 후 세 번째에 물을 받아 불리고, 그대로 솥에 올리면 실패할 일이 적다. 불리지 않은 쌀과 물의 양은 1:1로 맞춰 놓으면 된다. 여름에는 30분, 겨울에는 1시간은 불려줘야 하는데 쌀을 잘 불려야 열 전도가 좋아 밥맛이 좋다. 밥이 다 지어지면 주걱으로 가르며 밥알이 으깨지지 않도록 섞어 증기를 한 김 날려주어야 솥 아래 밥이 덩어리지지 않는다.

## 건강 다이어트 우엉 밥

우엉을 다 활용하지 못하면 흙이 묻어 있는 우엉을 신문지로 돌돌 말아 냉장고에 보관한다. 더 오래 보관하려면 우엉 껍질을 벗긴 다음 식초를 넣어 끓는 물에 데친 후 밀폐 용기에 담아 냉동 보관 후 필요할 때마다 사용한다.

재료 현미와 찹쌀을 섞어 2컵, 우엉 2뿌리, 당근 1/2개

조리순서 ❶ 쌀을 30분 정도 미리 불러둔다. ❷ 우엉 껍질을 벗기고 얇게 썰어준다. ❸ 당근도 우엉과 비슷한 크기로 어슷하게 썬다. ❹ 팬에 식용유를 두르고 우엉과 당근을 볶다가 소금으로 간한다. ❺ 잘 불러둔 쌀에 익힌 우엉과 당근을 얹고 밥을 짓는다.

목요일 밤 열 시에 당기는 맛
출출할 때 쌀국수 한 그릇

인상 좋은 사장님이 운영하는 쌀국수 트럭이 목요일 밤마다 우리 동네를 찾는다. 요일마다 장소를 옮기며 장사를 하는 것 같다. 우리 동네 순번은 목요일이다. 출출함이 밀려오는 밤 열 시, 목요일 밤에 쌀국수보다 더 완벽한 야식이 있을까. 이미 내 뱃속은 '목요일 저녁이면 슬슬 쌀국수 먹어야지'로 세팅된 것 같다. 일주일에 단 하루뿐이라 쌀국수를 먹고 싶은 생각이 없다가도 트럭이 오는 날이면 본능처럼 쌀국수가 당긴다. 먹어 두지 않으면 다음 한 주가 괜히 더 길게 느껴질 때도 있다. 쌀국수야 마음만 먹으면 가까운 곳에도 식당이 지천이다. 동남아 음식들이 인기가 높아 요즘은 편의점에서도 구할 수 있지만, 늦은 밤 트럭에서의 쌀국수에서만 맛볼 수 있는 낭만이 있어 일부러 목요일을 기다린다.

예전 어른들의 포장마차 감성이 이런 걸까 하고 짐작해본다. 트럭 앞에 사람들이 쪼로르 앉아 후루룩 쌀국수를 들이켰다. 나도 그들 사이에 앉아 후루룩 소리를 내며 쌀국수를 들이켠다. 작은 트럭 귀퉁이에 자리 잡고 국수 한 그릇에 맥주 한 잔 곁들이고 있노라면 인생의 맛을 아는 어엿한 어른이 된 것 같다. 나 홀로 분위기에 취하기도 한다. 날이 쌀쌀해질수록 트럭을 찾는 사람이 는다. 오가는 사람들을 곁눈질로 관찰하는 것도 꽤 재밌다. 혼자라도 심심할 새가 없다.

이곳에는 퇴근이 늦어 저녁 끼니를 챙기는 사람, 멀리서 일부러 트럭을 찾아온 사람, 쌀국수 트럭 사장님과 이야기를 나누기 위해 일부러 들르는 사람도 있다. 소란스러운 듯 조용한 트럭 앞에 앉아 주변인이 되어 그들의 이야기를 듣고 있다 보면 시간 가는 줄 모른다. 굳이 귀를 열어두지 않아도 남 얘기는 쏙쏙 박히기 마련인데 워낙 공간이 좁다 보니 이야기가 들리면 집중하게 된다. 하마터면 남의 얘기에 너무 집중해 '풉' 하고 한바탕 웃음이 터지거나 맞장구를 칠 뻔한 위기의 순간이 한두 번이 아니다.

목요일 밤, 회의를 마치고 나니 밤 아홉 시가 훌쩍 넘었다. 저녁을 먹고 나서 다시 회의를 이어가면 시간이 한참 늘어질 것 같아서 끼니를 거르고 회의를 마저 진행했던 날이다. 일이 끝나자마자 기운이 쭉 빠진다. 집으로 가는 길에 가방이 점점 무거워진다. 어깨가 곧 주저앉을 것 같아 가방을 왼쪽, 오른쪽 번갈아 메며 집으로 향했다. 저녁 한 끼를 놓쳤다고 배가 홀쭉해진 것 같다. 기분 탓이겠지만. 저녁으로는 뭘 먹을까 하고 이것저것 떠올려 봐도 마땅치 않다. 이럴 때 은근히 괴롭다. 배가 고픈데 뭘 먹어야 할지 모르겠다니. 골치가 아프다. 요리할 여력은 없고, 라면은 지겹다. 그 순간 띠링 소리가 난다. 동네 친구에게 연락이 왔다.

"밥 먹었어?"

"아니 아직."

"그럼 쌀국수 어때? 오늘 목요일이잖아."

아! 그러고 보니 오늘은 쌀국수 트럭이 오는 날이다. 나이스 타이밍! 아예 트럭이 정차하는 곳에서 만나기로 했다. 어김없이 트럭이 서 있다. 먼저 도착해 자리를 잡았다. 트럭은 가운데 주방을 중심으로 대여섯 명 정도 앉을 수 있는 구조라 서로가 한눈에 들어온다. 가만히 주변의 이야기를 듣고 있다 보면 새로운 주제로 사색할 수 있다. 결론은 늘 비슷하지만 말이다. 사람 사는 거 다 거기서 거기라는 진실. 그러다 어느 날엔 모르는 이들과 한 테이블에 앉아 하나의 맛을 공유하고 있다는 게 특별하게 느껴지는 날도 있었다.

시원한 바람이 분다. 차분해진 공기가 습하지 않고 고슬고슬하다. 하물며 쌀쌀한 기운마저 돈다. 마치 베트남 여행 중에 들렀던 달랏의 날씨 같다고 생각했다. 그때의 기분이 났다. 아직 우리나라에서는 야외에서 쌀국수를 먹을 수 있는 노상이 많지 않아 그날의 기억이 더 진하게 올라왔다.

"어? 먼저 도착했네?"

"응, 그럼 시킨다?"

"사장님! 쌀국수 두 그릇 주세요. 둘 다 면은 추가해 주세요! 고수는 빼주시고 숙주는 많이요!"

"아, 그리고 맥주는 한 캔만 주세요."

번갈아가며 먹고 싶은 것들을 말하다 보니 더 배가 고파온다. 쌀국수는 금세 나왔다. 아참, 레몬도 빼 달라고 할 걸. 음식에 신맛이 도는 게 싫어 쌀국수 위에 놓인 레몬 조각을 빼버렸다.

숟가락으로 면을 슬쩍 눌러 뜨끈한 국물부터 후루룩 들이켰다. 갑자기 쌀쌀해진 가을밤 공기와 쌀국수의 온도 대비가 커서인지 순간 소름이 돋았다. 속 전체가 점점 따뜻해진다. 청양고추가 따로 준비돼 있어 한 숟가락 떠서 넣고 자박자박 숟가락으로 눌러 매운맛이 고루 퍼지게 했다. 한 숟갈 더 떠먹어 보니 칼칼하다. 맛의 게이지가 정점을 찍는다. 숙주와 고기, 파를 잘 섞어 입안에 꽉 차게 젓가락질을 해대다 보니 금방 한 그릇을 비워냈다.

국물까지 깔끔하게 마시고 나니 배가 빵빵하게 부르다. 행복이 별건가 싶어지는 순간이다. 다들 이 행복을 맛보기 위해 목요일 밤 열 시, 불 켜진 이 트럭으로 모이는 게 아닐까.

**가을이 전하는 말**

집에서도 어렵지 않게 쌀국수를 만들어 먹을 수 있도록 즉석식품이 다양하게 출시되어 있다. 즉석식품은 고명이 부실하니 따로 준비한다. 나는 숙주를 워낙 좋아해 쌀국수 라면을 먹을 때에도 숙주와 청양고추를 챙긴다. 별다른 조리 없이도 국물과 잘 어울리니 이만한 게 없다.

**쌀국수와 라면에 꼭 필요한 양파 초절임**

유리병을 소독할 때는 뜨거운 물에 유리병을 넣으면 바로 깨진다. 내열유리라 하더라도 차가운 물에 유리병을 넣고 가스 불을 켠 후 유리병을 소독한다.

재료 양파, 단촛물(물:설탕:식초=1:1:1)

조리순서 ❶ 양파는 얇게 채 썬 다음 얼음물에 넣어 아린 맛을 뺀다. ❷ 그사이 냄비에 분량의 단촛물을 넣고 설탕이 녹을 때까지 끓인다. ❸ 양파는 물기를 빼고 소독된 용기에 담는다. ❹ 단촛물을 뜨거울 때 붓고 뚜껑을 닫는다. ❺ 한 김 식으면 냉장고에 뒤집어 보관했다가 3~4일 후부터 맛볼 수 있다.

## 익숙한 맛은 위로의 맛
### 입천장 데일 정도로 뜨끈한 사골국

　　독립한 지 얼추 십 년을 바라본다. 좋아하는 일을 더 잘 해내고 싶다고 막연히 꿈꾸다 운명처럼 잘 해내고 싶은 일을 찾았다. 꿈을 직업으로 삼고 싶어졌을 때 독립하기로 결심했다. 내 삶 하나만 제대로 책임지면 된다고, 삶을 던지는 일만큼 쉬운 일도 없다며 끓는 열정에 못 이겨 마음이 움직이는 대로 몸을 옮겼다. 그렇게 인천이라는 낯선 곳에서 첫 독립을 시작했다. 집을 나서기로 한 전날, 늦은 밤까지 엄마는 내 옷가지들을 분류해 개켰고 먹고사는 데 필요한 것들을 하나하나 챙겼다. 떠나기 싫은 마음과 보내기 아쉬운 마음이 복잡한 공기 안에 섞여 아슬하게 일렁였다. 그 파동이 자꾸 마음에 닿아 울음이 목구멍을 들락날락했다. 빨개진 얼굴은 여물대로 여문 봉선화 씨앗 주머니처럼 살짝만 건들라치면 툭 하고 터질 기세였다. 후회가 밀려왔다. 잘할 수 있을까. 어른이 됐다고 생각했는데 독립은 쉽지 않았다. 먼 미지의 세계로 영영 떠나는 것 같았다. 갑자기 자신감이 사라졌고 두려움이 내 발뒤꿈치를 힘껏 잡아당겼다. 엄마는 짐을 차곡차곡 챙긴 다음 하나라도 놓칠세라 설명을 덧붙인다.

"더울 땐 벗으면 그만이지만 추우면 고생이다. 옷도 겹겹이 넣었으니 잘 챙겨 입고 다녀. 그리고 이거는 사골국이니까 도착하면 냉동실에 넣어 놨다가 입맛 없을 때 하나씩 녹여서 밥 말아 먹어. 여유 되면 파라도 송송 썰어 넣으면 좋고, 그건 이제 너 알아서 하고. 괜히 냉동실에 오래 뒀다가 맛 변해서 버리지 말고 잘 챙겨 먹어. 가시나야, 그냥 군산에 있지. 가서 혼자서 어떻게 살려고 이러나. 어차피 결정했으니 가서 고생 좀 해봐. 그래야 집 좋고 엄마 아빠 고마운 줄 알지."

농담인지 진담인지 우스갯소리를 섞은 잔소리에 걱정이 가득 담겨 있다. 나만큼 엄마도 긴장했는지 목소리가 떨렸다. 엄마 없이 살아야 하는 건 내게도 첫 경험이지만 엄마도 딸을 보내는 건, 첫 경험이니 오만가지 감정이 사무쳤을 것이다. 그 순간 이 밤이 조금 천천히 지나가면 좋겠다고 생각했다.

다음 날, 부모님과 인천에 함께 올라왔다. 내 첫 보금자리는 겨우 침대 하나, 책상 하나, 그 위로 텔레비전, 아래로 사무실용 한 칸짜리 냉장고가 전부인 네 평 남짓한 방이었다. 엄마는 준비해온 것들을 꺼내 차근차근 제자리를 찾아 넣었다. 짐이 자리를 잡으니 원래부터 거기 있었던 것처럼 자연스러웠다. 작은 방이라 짐 정리도 금세 끝났다. 잠시 앉아 있다 엄마가 자리를 털고 일어나며 말했다.

"가야지."
"엄마 벌써 가려고? 좀 더 있다 가면 안 돼?"

"내일 우리도 출근해야 하고 느이 동생도 학교 가야 해. 길 막힌
다. 서둘러 내려가야지."

"그럼 엄마, 저녁이라도 먹고 가."

"저녁까지 먹으면 너무 늦어. 조금이라도 밝을 때 가야지. 잘하
고 있어!"

그제야 어젯밤부터 목구멍을 들락날락하던 울음이 결국 터지고
말았다. 안쓰러운 마음에 엄마가 잔소리를 보탠다.

"얘 봐라. 못 있겠으면 다시 짐 싸. 늦기 전에 다시 내려가게!"

"그건 아니고."

두렵고 서러운 마음이 뒤섞여 목소리가 메였다. 꿀떡꿀떡 눈물
을 삼키며 배웅하러 나섰다.

"진짜 간다. 문단속 잘하고 밥 잘 챙겨 먹고. 냉장고에 이름 써서
넣어 놨으니까….''

"아이고, 어서 가세! 딸랑구! 잘하고 있어! 이렇게 살아보고 해
야 어른이 되지!"

아빠가 엄마를 재촉한다. 배웅을 마치고 올라와 내 방에, 아니
내 집 침대 구석에 걸터앉았다. 비로소 혼자가 되었다. 그때 느
낀 외로움이 얼마나 마음을 에였는지 모른다. 몸 한가운데 큰
구멍이 난 것 같았다. 그 사이로 자꾸 바람이 불었다.

한 시간 정도 눈물 바람으로 청승을 다 떨고 나서야 엄마가 챙겨준 물건들의 자리를 확인했다. 벽 거울에 마주한 나를 보니 하고 있는 꼴이나, 불어터진 얼굴이 우스워 멋쩍었다. 누가 떠밀어 온 것도 아닌데 왜 이러고 있는 건가 싶어 큰 숨을 몰아쉬며 마음을 다부지게 먹었다. 동시에 어째 이제야 내 인생의 완전한 주인공이 된 듯한 기분도 슬쩍 들었다.

한참 운 탓에 허기가 졌다. 이 상황에서도 배가 고프다니. 공동 주방에 나가 저녁 준비를 했다. 엄마가 일 인분씩 단단하게 얼려둔 사골국을 하나 꺼내 작은 냄비에 덜었다. 아예 밥도 냄비에 넣어 함께 푹 끓였다. 김치도 한 포기 꺼내 새 반찬통에 옮겨 담은 다음 가위로 큼직하게 잘라두었다. 침대 위에 작은 상을 펴고는 아슬하게 냄비째 올렸다. 푹 익어 시큼한 김장김치와 얇은 기름이 반질거리는 뽀얀 사골국을 보니 군침이 돈다. 크게 한 숟가락 떠 김치를 얹어 먹었다.

아, 맛있다.
온몸에 따뜻한 기운이 구석구석 퍼졌다.
조금 쪼그라든 마음이 펴지는 기분이었다.
낯선 곳에서 먹은 익숙한 사골국은 위로의 맛이었다.
밤새 불 앞을 지키며 많은 당부를 담아낸 엄마의 마음이었다.

### 가을이 전하는 말

사골을 집에서 내기는 쉽지 않다. 그래도 사 먹는 것과는 차원이 다른 깊은 진한 맛을 우리고 싶다면 역시 집에서 요리하는 게 제일이다. 시간을 들인 만큼 맛있어진다. 잡내를 잡으려면 우선 핏물을 하룻밤 정도 찬물에 재워 뺀 다음, 한소끔 끓인다. 첫 번째 끓인 물은 버리고 두 번째 끓이면서 거품이 나오면 전부 걷어낸다. 기름 많은 게 싫다면 끓여서 하룻밤 두면 기름만 위에 뜬다. 기름 덩어리를 걷어내고 끓이면 맑은 사골국을 얻을 수 있다.

### 깊은 사골 미역국

사골로 미역국을 끓인다면 두 배로 깊어진 미역국을 맛볼 수 있다. 진한 쇠고기 국물에 스며든 부드러운 미역을 만나보자.

재료 불린 미역 한 줌, 사골육수 1.5L, 국거리 쇠고기 200g, 국간장 2큰술, 다진 마늘 2큰술, 들기름 약간

조리순서 ❶ 냄비에 들기름을 두르고 불린 미역을 볶는다. ❷ 핏물을 뺀 국거리 쇠고기에 소금, 후추로 간을 한 후 함께 넣어 볶는다. ❸ 육수와 다진 마늘을 넣고 뭉근히 끓여준 후 국간장으로 간을 한다.

아침 바람 찬 바람엔

진득하고 달콤한 쌍화차 한 잔

펄펄 끓어대던 여름이 하루 사이에 잠잠해졌다. 예기치 않게 불어온 쌀쌀한 바람이 이내 가을을 몰고 왔다. 이날을 기점으로 두세 번의 태풍이 오갔고 일교차도 낮의 길이만큼 점점 더 벌어졌다. 살아 있는 것들은 모조리 말라죽일 기세로 들끓었던 여름엔 어서 가을이 왔으면 좋겠다고 안달했는데 막상 아침저녁으로 입김 서린 찬 공기가 살갗에 닿자 벌써 겨울이 걱정이다. 현관문을 나서자마자 재채기 세례가 쏟아지기 시작했다. 간질거리는 코를 좌우로 정신없이 비비고 나면 절제할 타이밍을 놓쳐 간혹 코피가 날 때도 있다. 언제부터인지 알 수 없으나 일교차에 취약한 사람이 되었다. 고질적인 비염과 추위에 맥을 못 추리는 체질 탓에 이맘 때엔 월동준비를 단단히 해두어야 한다.

막힌 코를 대수롭지 않게 여겨 방치하다 보면 귀까지 먹먹해지는 지경에 이른다. 그때쯤부턴 현실감이 급격히 떨어진다. 비염 증세가 점점 심해져서일까. 오늘은 좀처럼 업무에 효율이 나질 않는다. 추석 시즌 내내 선물용 제품 준비를 하기 위해 한창 열 올려 일해온 터라 기력이 더 쭉 빠진 느낌이다. "날도 쌀쌀해졌는데 쌍화차 한잔하러 가야지!" 추석을 준비하는 내내 입버릇처럼 말해놓고 이런저런 핑계로 차일피일 미루다 보니 아직이다. 더 미뤄두기 애매한 몸 상태를 맞이하고서야 이참에 가볼까, 하는 마음으로 길을 나섰다. 두어 시간 더 앉아 있는다고 대단히 능률이 오를 것도 아니기에 다들 후련하게 발걸음을 옮겼다

"한 번씩 이런 날도 있어야지. "
"그래! 쌍화 한잔하면서 충전 좀 하자!"
"오, 드디어 마시러 가는구나! 신난다."

오후 다섯 시, 벌써 해가 뉘엿하게 저물어간다. 해가 지면서 동네 풍경이 점점 붉게 물들었다. 걸어가는 골목 끝에 해가 걸터 있어 유독 눈이 시리고 부셨다. 한낮과는 또 다른 해의 따뜻한 기운이 온몸을 감쌌다. "이 시간에 퇴근하니 좋다." 햇빛이 새삼스럽다.
오늘 가는 곳은 충무로역에 있는 오래된 전통찻집이다. 역에서 나와 두 블록쯤 걷다 좁은 골목으로 한 걸음만 옮기면 내 나이보다 한참은 더 된 인쇄소 건물들이 늘어서 있다. 전신주 전선은 이미 엉킬 대로 엉켜 있고 그을음과 잿빛이 곳곳에 배어 있는 미로 같은 곳이다. 그럼에도 골목은 역동적이다. 여섯 시가 다 되어가는 데도 기계가 여태 돌아가고 작업자들은 막바지 작업에 분주한 듯 보였다. 찻집이 나올까 싶은 의심은 넣어두고 길목을 따라 조금 더 깊이 들어가다 보면 '한방찻집'이라 정직하게 쓰여 있는 가게 입구가 나타난다. 세월을 가늠할 수 없는 먼지 먹은 카펫 계단을 오르면 오늘의 목적지에 도착한다. 딸랑이

는 문을 열며 우리가 왔음을 알린다. "안녕하세요." 반가이 인사를 건네면 까만 앞치마를 단정히 두른 사장님이 자리를 안내해 주신다.

작년, 설 시즌 신제품으로 전통차를 소개하기 위해 이것저것 연구하다 을지로가 쌍화차의 성지라는 사실을 알게 됐다. 쌍화차를 맛있게 마셔본 경험이 없다 보니 맛의 기준을 세우기 어려웠고, 막연했다. 아무리 책과 자료를 뒤져보고 자문을 구해도 맛의 기준을 세울 수 있는 건 내 혀에서 비롯된다고 생각했다. 그 감각을 깨우는 수밖에 없었다. 그리하여 한겨울 추위를 비집고 퇴근길마다 을지로로 향했다. 어떤 다방은 계란 노른자를 띄워주고 또 어떤 다방에선 말린 대추, 잣, 호박씨, 땅콩, 참깨를 올려주는 곳도 있었다. 사장님의 취향에 따라 쌍화차에 올리는 고명도 각양각색이었다. 그러다 이 한방 찻집을 발견했다. 처음 이곳을 방문했을 때 사장님의 반응이 유독 귀여우셨다. 대체 어떻게 여길 알고 왔냐며 놀라워했다.

"어머, 애기네. 젊은 사람들이 여기를 어떻게 알고 찾아왔대요?"
"안녕하세요. 쌍화차 마시러 왔어요!"

이곳의 쌍화차에는 계란 노른자가 올라가지 않지만 옛 방식 그대로다. 계란 노른자가 들어간 쌍화차는 유독 더 어렵다. 자칫 노른자가 터지면 비릿해진 잔을 감당할 수 없게 된다. 이 와중에 찻숟가락의 둥근 등으로 노른자를 이리저리 옮겨가며 마시는 재미가 있다.

"사장님! 궁금한 게 있는데요. 쌍화차에 계란 노른자를 왜 띄우는 거예요?"

"몸보신하라고 띄우죠."

"몸보신이요?"

"옛날에는 풍족하지 않아서 제대로 끼니를 못 챙길 때가 많으니까, 단백질 보충하라고 한 알씩 넣어준 거죠."

옛이야기처럼 전해지는 쌍화차 위의 전설을 듣고는 대단한 사실을 알게 된 것마냥 고개를 끄덕였다. 살뜰한 마음에서 비롯된 것으로 생각하고 보니 까만 쌍화에 둥둥 떠 있는 노른자가 한밤의 보름달처럼 다정해 보였다. 계란 노른자 한 알에 참말로 보신이 되겠냐만 그리되길 바라는 마음을 알아채고 나니 한 모금 한 모금 마실 때마다 힘이 나는 것 같다. 그때 함께한 이들과 약속했다. "한 번씩 기력 떨어질 때 여기서 쌍화 타임 할까 봐요!" 호기롭게 외쳤지만 지키기는 쉽지 않았다. 그래도 이날 이후 마치 복날에 삼계탕을 먹고, 동지에 팥죽을 먹는 것처럼 우리는 찬 바람이 불어오면 쌍화차를 떠올리곤 했다.

사장님이 안내해주신 자리에 앉았다. 옆 테이블엔 먼저 온 어르신들이 삼삼오오 모여 쌍화차를 나누고 계셨다. 겉옷을 벗어 정리하고 자리 정리를 마치니 사장님은 따뜻한 보리차를 내어 주셨다.

"뭐 드릴까요? 쌍화차, 십전대보탕, 인진쑥차 이렇게 세 개만 있어요."

"저희 십전대보탕 두 잔이랑 쌍화차 한 잔 주세요."

사장님은 바로 주방으로 가 가스레인지에 탕 주전자 두 개를 올려 뜨겁게 끓여냈다. 사장님의 어깨너머로 눈동냥을 하며 차 만드는 과정을 배웠다. 당시엔 내심 긴장해서 손에 땀을 쥐었던 기억이 생생하다. 괜히 긴장되는 순간이었다. 넓은 찻잔에 잣, 호박씨, 채 썰어 말린 대추를 띄워 쌍화탕과 십전대보탕을 내어주었다. 그리고 인진쑥환과 편강(얇게 저며서 설탕에 조린 후 말린 생강) 그리고 구운 땅콩도 함께 나온다.

"인진쑥환은 티스푼으로 한 스푼 정도 떠서 입에 털어 넣고 물로 넘겨 먹어요. 배를 따뜻하게 해줘요. 이 하얀 건 편강이라는 건데요. 쌍화탕이 좀 씁쓸하잖아요. 한 모금 마시고 하나씩 씹어 봐요. 향긋하니 좋아요."

"네! 고맙습니다."

보신하는 마음으로 차 위에 곱게 떠 있는 고명을 먼저 꿀떡 넘기고 찻잔을 홀짝홀짝 비웠다. 쌍화차를 마시면 점차 속에서부터 열이 오른다. 차가웠던 손끝, 발끝에 온기가 돈다. 자연스레 마음도, 웅크린 어깨도 열리는 기분이 든다. 아무래도 불필요한 힘을 빼서인지 여력이 좀 생긴다.

쌍화<sup>雙花</sup>는 '둘이 화목하다'라는 뜻을 가지고 있다고 한다. 나는
이 뜻이 몸과 마음이 화목하다는 의미를 담고 있는 게 아닐까
하고 짐작해보았다. 데워진 온기가 뭉친 몸과 마음의 피로를 풀
어낸다. 먼저 산 이들의 지혜가 이 한 잔에 담겨 있다.

### 가을이 전하는 말

경동약령시장에 가면 쌍화차를 가정에서 쉽게 만들 수 있도록 한약재를 모아 한 팩씩 소분해서 판매한다. 이것을 냉동해 두었다가 한 번씩 끓여 마시면 환절기에 도움이 된다.

### 쌍화차가 있는 을지로 다방

의외로 아직 충무로나 을지로 근방에는 '다방'이 꽤 남아 있다. 진입장벽이 높긴 하지만 그래도 꽤 좋은 곳들이 있어 소개한다.

#### 의전방 서울 중구 마른내로2길 25

을지로에서 발견한 쌍화찻집 중 가장 마음에 들었던 곳이다. 고형으로 맛을 낸 다른 쌍화차와는 달리 약탕기에 오랜 시간 내린 쌍화차를 판매한다. 고형으로 맛을 낸 쌍화차에 비해 달콤하지는 않지만 제대로 된 쌍화차를 즐기기엔 이만한 곳이 없다.

#### 을지다방 서울 중구 충무로 72-1

을지다방은 워낙 유명해져서 젊은이들도 제법 드나드는 다방이다. 이곳의 쌍화차엔 노른자와 고소한 고명이 많이 올라가 담음새가 참 예쁘다. 달콤한 쌍화차를 즐기기 좋은 곳이다.

우리는 변해도 이 맛은 여전해
추억으로 먹는 매운 잡채

한창 바쁜 오후, 작업실로 전화가 한 통 왔다.

"안녕하세요. 혹시 정보화 씨라는 분이 계시면 그분과 통화 가능
할까요?"
"… 전데요. 누구세요?"
"어머! 보화야? 나 지인이야! 기억나니?"
"엄마야! 지인이라고? 잘 지냈어? 졸업하고 내가 얼마나 널 찾았
는지 아냐? 아니, 그나저나 날 어떻게 찾아낸 거야?"

지인이는 나의 고등학교 시절의 단짝 친구다. 졸업 후 시간차를
두며 둘 다 전화번호가 바뀌는 바람에 어느 날인가부터 연락이
뚝 끊겼다. 연결될 법한 친구들을 통해 한참을 수소문했지만 별
성과가 없었다. 함께 아는 가까운 친구가 없어 달리 뾰족한 수
가 없었다. 다시 연락이 다시 닿은 건 십여 년만이었다. 그의 목
소리와 말투는 여전했고 그래서 익숙했다. 강산이 변할 정도로
시간이 흘렀건만 전혀 어색하지 않아 신기했다. 수화기 너머 목
소리를 듣고 있자니 다시 교복을 입었을 때로 되돌아간 기분까
지 들었다. 철없는 내 모습이 느닷없이 툭툭 튀어나왔다. 어쩌

다 연락이 끊겼는지, 어떻게 알고 전화를 했는지, 그동안 뭐 하며 어디서 어떻게 지내왔는지 두서없이 이야기가 오갔다. 마음이 앞서 자꾸 목이 멨다. 짧은 듯 긴 통화를 마치면서 곧 만나기로 약속해두었다.

지인이와는 고등학교 1학년 때 같은 반 친구로 만나 자연스럽게 단짝이 됐다. 야간자율학습이 없는 날이면 우리는 종종 매운 잡채를 먹으러 구시장으로 달려갔다. 우다다다 요란하게 가파른 내리막을 달려 정문을 빠져나오면 제법 탄력이 붙어 구시장 입구까지 오 분도 채 걸리지 않았다. 비탈길을 달리면 원반형으로 펼쳐지는 청색 플레어스커트가 시원하게 휘날렸다.

군산의 구시장은 이름 그대로 낡고 오래된 시장이다. 신시장이 없던 시절이었는데도 구시장이라 불렸다. 왜 그리 부르게 된 건지 항시 궁금했는데 지금도 그 숙제를 풀지 못했다. 워낙 빛이 안 드는 구조라 한낮에 가도 어두컴컴하고 퀴퀴한 냄새가 났다. 그래도 음식값이 저렴하고, 양이 넉넉해 틈만 나면 구시장으로 달려가곤 했다.

구시장은 큰 창고 문을 하나 지나야 내부가 드러나는 구조로 되어 있었다. 입구에 들어서면 큰 과일가게가 제일 먼저 눈에 들어온다. 이 가게를 기준 삼아 오른편 길을 따라가면 이것저것 먹을 만한 가게들이 나오기 시작한다. 가게들은 전부 천막 없는 포장마차처럼 되어 있다. 간단하게 요리를 할 수 있는 한가운데 간이 주방을 중심으로, 긴 테이블이 사방으로 빙 둘러져 있는 형태다. 테이블 안쪽으로는 둥글넓적한 채반에 족발이며 불린 당면, 만두가 소복소복 쌓여 있다.

이제는 매운 잡채라는 단어를 들으면 군산을 떠올릴 만큼 매운 잡채는 유명한 음식이 되었지만 당시엔 시장에서 파는 음식 중 하나일 뿐이었다. 술 한 잔 걸치면서 먹기 좋은 어른들의 안주라는 이미지가 강했다. 반 친구들은 순대볶음과 잡탕(뚝배기에 각종 사리를 넣어 끓인 국물 떡볶이), 상추 튀김(상추에 싸 먹는 김말이 튀김)을 훨씬 좋아했지만 우리의 간식 1순위는 언제나 매운 잡채였다.

우리가 자주 가던 '매운 잡채' 집은 분식집이라 말하기에는 애매한 구석이 있었다. 입구 앞에 뜨끈한 김을 뿜는 족발의 존재감이 너무 컸기 때문이다. 이 집은 족발도 팔고, 만두도 팔고, 매운 잡채도 팔았다. 그래서 우리는 잡채를 먹으러 가는 이곳을 우리 편의대로 '잡채 집'이라 불렀다. 등받이 없는 긴 나무 의자에 비집고 앉아 자리를 잡으면 할머니가 보들보들하게 불어터진 얇은 어묵이 담긴 국물을 내주셨다.

"뭐 줘?"
"매운 잡채 하나 주세요!"

할머니는 항상 무심한 듯 표정도 없고 퉁명스러우셨다. 하지만 속내는 그렇지 않다는 걸 몇 번 가 보면 금방 알 수 있다. 매번 '꽁'으로 얻어먹는 만두 두 알이 그 증거였다. 어묵탕은 달라면 더 주시기에 부담 없이 비웠다. 조미료 맛인 걸 알면서도 주머니 사정이 넉넉지 않은 우리에겐 큰 매력이었다. 숟가락질을 멈출 수 없다. 다 불어터진 어묵탕에 열심히 숟가락이 들락날락하는 걸 보던 할머니는 채반 위 잘 쪄진 만두 두 알을 무심하게 집어 어묵 탕에 풍덩 던져주곤 갔다. 금방 빚은 거라는 말도 잊지 않으신다. 그러고는 곧 시선을 다시 하던 일로 옮겨 계속 채소를 다듬었다. 공짜에 신이 나 큰 목소리로 "잘 먹겠습니다!" 인사를 드려도 할머니는 딱히 반응하지 않았다. 삼천 원짜리 매운 잡채 하나 시키고 그렇게 먹었으니 이제 와 생각해 보면 참 많이도 얻어먹었다.

지금도 군산에 내려갈 때면 구시장에 혼자 들러 매운 잡채를 찾아 먹는다. 한때는 시장을 재개발 한다는 소식에 한참 시끄러웠는데 이번에 가 보니 다행히 잡채 집들은 그대로다. 말끔해진 것 말고는 여전히 둘이 먹기에 버거울 만큼 매운 잡채의 양도 넉넉하고 어묵 탕도 공짜로 내어준다. 혼자 들를 땐 잡채 양을 반만 달라고 당부를 해야 할 정도다. 먼저 내주신 불어 터진 어묵탕은 왜 이리 맛있는 걸까. 뻔히 조미료 맛인 걸 알면서도 이 숟가락질을 멈출 수 없다.

지인이와 통화를 하고 났더니 같이 보낸 시간이 자연히 떠올랐고 뒤따라 매운 잡채가 생각났다. 퇴근길에 시금치, 당근, 넓적한 어묵 한 봉지를 샀다. 매운 잡채는 일반적으로 우리가 먹는 잡채에 약간의 소스가 들어간 음식이라고 생각하면 쉽다. 만들기 번거로울 것 같지만 의외로 뚝딱 만들어 먹을 수 있다. 어묵 국물에 고추장을 풀어 넣고 불린 당면과 채 썬 당근, 어묵, 양파와 시금치를 넣어 자박하게 끓이면 된다.

재료를 손질하게 전에 가장 먼저 당면을 불려 둔다. 삼십 분이라도 불려두면 확실히 잘 익는다. 시금치는 잘 씻어 두고 당근은 채를 썰어 둔다. 냄비에 라면 한 봉지 정도 끓일 수 있는 물을 붓고 멸치, 다시마를 꺼내 육수를 냈다. 육수를 우리는 동안 고추장, 다진 마늘, 설탕을 이겨 잘 풀어준다. 육수가 끓으면 채 썬 채소와 어묵, 당면을 넣고 센 불로 끓여준다. 이땐 당면이 바닥에 눌어붙지 않게 열심히 바닥을 긁어준다. 센 불에 국물을 조려야 면이 붇지 않는다. 수 년간 힐긋힐긋 눈에 담아 놓은 잡채 집 할머니의 노하우다. 얼추 물이 졸아들면 달궈진 나무 주걱을 불어 후루룩 국물 맛을 본다. 아직은 살짝 맛이 허전하다. 내키지 않지만 맛의 구멍을 메울 수 있는 건 인공조미료만 한 게 없다. 소량으로도 맛을 조밀하게 채운다. 쉽게 혀를 속이는 기분이라 인공조미료를 넣을 때마다 살짝 움찔하며 비겁한 기분이 든다. 어째 떳떳하지 못한 느낌이랄까. 하지만 시장에서 먹던 그 매운 잡채 맛을 내려면 어쩔 수 없다. 눈을 찔끔 감으며 살짝 과감하게 털어 넣는다. 조미료가 충분히 잘 녹았다 싶을 때 다시 맛을 본다. 절로 어쩔 수 없이 인정할 수밖에 없다. "그래 이 맛이야! 고향의 맛."

잘 익은 잡채는 큰 대접에 부은 다음 참기름을 획 하고 크게 한 바퀴 뿌린다. 깨소금도 팍팍 치는 걸 잊으면 안 된다. 적당하게 만든다고 생각했는데 막상 그릇에 담고 보니 둘이 먹어도 넘치는 양이다. 고소한 냄새가 나는 빨간 매운 잡채를 마주하고 있자니 군침이 새어 나온다. 이 아쉬운 것을 나만 볼 수 없지. 바로 잡채 사진을 찍어 지인에게 보냈다.

― 나 오늘 매운 잡채 만들었어. 다음에 우리 집에 먹으러 와, 그리고 우리 군산에서 만나게 되거든 그 잡채 집에도 가자. 얼마 전에 가봤는데 여전히 맛있더라.

### 가을이 전하는 말

군산에는 유독 맛집이 많다. 짬뽕과 짜장, 해산물 요리, 빵집이야 이미 워낙 많이 알려져 관광객들의 큰 사랑을 받고 있다. 큰 유명세는 아직이지만 꾸준히 토박이들의 사랑을 받는 음식도 있다. 1980년 대생들의 학창시절 배고픔을 단숨에 잊게 해준 명산동 골목에 위치한 '두줄스넥'과 '만남스넥'의 순대볶음, 잡탕, 초장김밥. 구시장의 만두와 찐빵, 매운 잡채. 기회가 닿는다면 들러보시길 추천한다.

### 추억의 그 맛, 매운 잡채

고추장 소스는 만들기 간단할 뿐만 아니라 입에도 착착 감긴다! 매운 잡채, 떡볶이, 제육볶음 등에 응용해 사용해도 좋다.

재료 물에 불린 당면 한 줌, 어묵 1장, 당근 1/4개, 양파 1/2개, 시금치 한 줌, 다시마 육수 500ml, 참기름, 깨소금 약간

고추장 소스: 고추장 2큰술, 고춧가루 4큰술, 간장 2큰술, 설탕 4큰술, 다진 마늘 1큰술, 후추 약간

조리순서 ❶ 다시마 육수에 고추장 소스를 푼다. ❷ 채 썬 당근, 어묵, 양파, 시금치를 넣고 자박하게 끓인다. ❸ 빨간 국물이 끓으면 당면을 넣고 눌어붙지 않도록 저어준다. ❹ 마지막에 참기름을 넉넉히 두르고 깨소금으로 마무리!

되는대로, 그것만으로도 충분한

감바스에 라면사리

추석 끝에 남은 연휴를 사용해 캠핑을 다녀오기로 했다. 명절 내 알게 모르게 쌓인 스트레스를 좀 풀어내고 마음의 평화를 되찾기 위한 목적이다. 그렇게 친구 넷이 모였다. 거창할 건 없고 자연에 기대 하루 이틀 밤 머물다 서너 끼 밥을 지어 먹고 오는 식이다. 재작년 캠핑하는 친구들을 몇 번 따라갔다가 자연과 어울리는 즐거움에 폭 빠졌다. 제한 많은 환경에서 생존했다는 나름 거창한 성취감도 있고 한밤에 올려다보는 진한 쪽빛 밤하늘엔 낭만도 있다. 더불어 계절마다 달라지는 흙내음, 풀내음, 드리우는 빛의 색과 공기의 온도, 바람결을 피부로 느낄 때면 어지러웠던 속이 물 흐르듯 씻겨 내려간다. 시골에서 자라며 지어진 내 본성이 제자리를 찾은 듯 평온해진다.

친구들과 캠핑을 갈 때면 나는 끼니를 챙기는 포지션으로 함께한다. 캠핑의 8할은 먹기 위함이라 해도 과언이 아니므로 꽤 중요한 임무를 맡고 있는 셈이다. 하루 세 끼를 준비하고 치우다 보면 하루가 생각보다 짧다. 캠핑 요리는 최소한의 재료와 도구로 최대한 다양하게 끼니를 챙겨야 하니 나름대로 전략이 필요하다. 그렇다고 빡빡하게 굴 필요는 없다. 되는대로, 아는 만큼 하면 그만이다. 그걸로 충분하다.

캠핑을 떠나기 전날 밤이면 한 끼 분량의 쌀을 미리 불려둔다. 혹시나 하는 마음으로 비상용 즉석밥도 두어 개 챙겨가긴 하지만 가급적 밥은 지어 먹으려고 한다. 갓 지은 밥이 즉석밥보다 당연히 맛이 좋기도 하거니와 플라스틱 쓰레기를 줄이기 위한 작은 노력이다. 다회용 접시와 컵 그리고 수저를 챙기고, 시장에서 장을 봐 재료를 미리 손질해 가는 이유도 일맥상통하다. 불린 쌀은 물기를 쭉 빼서 밀폐 용기에 넣어 챙겨가고 백패킹일 때는 지퍼팩에 단단히 밀봉해 챙겨간다. 평소에도 불린 쌀을 한 끼만큼 나눠 냉동해두면 퇴근 후 집에 오자마자 바로 밥을 지어 먹을 수 있어 편리하다. 대신 더운 날엔 쉽게 상할 수 있으니 아이스박스에 챙겨 나가는 게 좋다. 일회용품을 사용하면 닦아 쓰지 않아도 되고 하물며 위생적이다. 그리고 가장 큰 장점은 돌아오는 손이 가볍다는 것이다. 그렇다고 조건 없이 품어준 자연에 기대 몇 날을 쉬어 놓고 폐를 끼치고 돌아올 수는 없는 노릇이다. 하여 은혜를 갚는다는 마음으로 짐을 꾸린다.

밥때는 배꼽시계에 맞추면 된다. 시간을 확인하는 건 큰 의미가 없다. 몸이 느끼는 시간에 따라 움직이면 그때가 밥때다. 재밌게도 배꼽시계는 기가 막히게 정확하다. 아침, 점심, 저녁이든 점심, 저녁, 야식이든 하루 세끼의 루틴에 완벽히 적응해낸 위는 해야 할 일을 마치면 뇌에 사인을 보낸다. 아, 배고프다!

"우리 점심 먹어야지! 뭐 해 먹을까?"

"네가 먹고 싶은 걸로 정해!"

"배 많이 고파? 출출한 기운만 가시게 먹는 거 어때?"

"그러자."

"오케이! 그럼 감바스에 낮맥 한 캔씩 하자!"

오늘 점심은 '감바스 알 아히요' 당첨! 올리브 오일에 새우와 마늘을 튀기듯 익혀낸 스페인 요리다. 재료 준비와 조리 방법이 간단하고 맛과 구색이 좋아 2박 3일 캠핑에 자주 등장하는 요리다. 사각 코펠 팬에 병으로 챙겨 온 올리브 오일을 넉넉히 붓고 불에 올린다. 손질된 칵테일 새우는 채반에 올려 물기를 빼거나 키친타월로 살짝 물기를 닦아준다. 그사이 마늘을 반으로 썰어 준비해 둔다. 편으로 썰어도 되지만 금세 타버려 반만 썰어 넣는 편이 낫다. 올리브 오일에 아지랑이가 피기 시작하면 불을 줄이고 마늘을 넣어 향을 낸다. 그 뒤를 따라 반 가른 청양고추 한 개와 새우를 넉넉하게 넣어 노릇하게 익힌다. 마지막으로 소금과 후추로 간을 하고 파슬리를 뿌려 완성! "아 맞다! 아이스박스에서 파르메산 치즈 좀 가져다줘!" 외친다. 집에서 한참 외면당했던 치즈가 빛을 발하는 순간이다. 단단한 파르메산 치즈를 칼로 긁어 뿌려주니 향과 모양새가 더 풍성해졌다. "어서 와! 먹자!" 빵에 얹어 정신없이 먹고 보니 금세 팬 하나를 다 비웠다.

"양이 좀 적었나? 아, 뭔가 허전하네!"

"라면 삶아서 넣을까?"

"오! 좋은데?"

번뜩 떠오르는 대로 라면을 삶아 넣어 알리오 올리오식 오일 라면을 만들었다. 오일을 다시 불에 올려 데우고 삶은 라면을 넣어 볶은 후 소금, 후추로 살짝 간을 했다. 라면 국물에 밥을 말아 먹듯 아쉬운 허기를 달래기엔 그만이었다. 좋아하는 사람들과 시원한 자연에서 즐기는 식사는 많은 재료를 준비하지 않아도 가장 풍성한 식탁이 된다. 가벼운 마음으로 떠나는 여행, 오늘도 마음의 짐을 자연에 흘려보내고 돌아온다.

### 가을이 전하는 말

캠핑 짐을 꾸릴 때는 가볍게 싸는 데 집중한다. 그러다 보면 자연히 일회용품에 눈을 돌리게 된다. 특히 비닐팩 사용이 많아지는데 식품 위생과 기능성을 따져볼 때 타협할 수밖에 없을 때도 있지만 되도록 최대한 사용을 줄이려고 노력한다. 양념장은 캠핑용 조미료통을 사용하여 필요한 만큼 덜어 쓰고, 채소는 먹을 만큼 미리 손질해 밀폐 용기에 담아간다. 각자 사용할 숟가락과 젓가락, 접시와 볼, 텀블러나 컵만 챙겨가도 불필요한 쓰레기의 사용을 줄일 수 있다.

### 라면 알리오 올리오

올리브 오일 향이 짙게 스민 칵테일 새우와 마늘을 빵에 올려 먹은 후, 남은 오일에 라면사리를 넣어서 먹으면 다양한 맛을 한 번에 즐길 수 있다.

재료  올리브 오일 1컵, 마늘 한 줌, 칵테일 새우 한 줌, 라면사리 1개, 파르메산 치즈, 소금 약간

조리순서  ❶ 팬에 올리브 오일을 붓고 마늘은 반으로 잘라 넣는다. ❷ 마늘이 살짝 익으면 칵테일 새우를 넣는다. ❸ 삶은 라면사리를 넣고 소금과 파르메산 치즈를 뿌려 마무리한다.

## 고민도 한꺼번에 내리자
## 진하게 내린 드립커피

　시월의 어느 날, 제주도에 갔다. 제주국제공항을 벗어나자마자 제법 쌀쌀한 늦가을 공기가 먼저 맞아준다. 이번 제주 여행은 번갯불에 콩 구워 먹듯, 앞뒤가 자연스러운 이야기 전개나 그럴싸한 논리 없이 순식간에 벌어졌다. 표를 사둔 건 사실 꽤 오래전의 일이다. 일월의 어느 퇴근길, 얼리버드 항공권을 소개하는 광고 문자 알림이 왔다. 평소 같으면 바로 지웠을 텐데 마음이 닿아 광고 문구를 한 줄씩 찬찬히 읽었다. 문자를 가만 들여다보고 있으니 제주도에 가고 싶어졌다. 그렇게 퇴근길 지하철 안에서 제주행 비행기 표를 덜컥 구매해버렸다. 아직 오지 않은 먼 날을 기약해 끊어 놓은 비행기 표 때문인지 한동안 하루하루가 설레었다. 혼자 아는 비밀처럼 마음에 품다 보니 금세 시간이 지났다. 오래전부터 약속되어 있었는데도 일상 중에 느닷없이 마주한 일탈은 얼떨떨하기만 했다.
제주도로 떠나기 전까지 평소처럼 일을 했다. 퇴근하고 나서야 부랴부랴 짐을 쌌다. 일찍 출발해서 밤늦게 돌아오는 일정이라 돌아온 다음 날을 위해 어설프게나마 방 정리도 해두었다. 짐을 꾸리고 보니 벌써 새벽 한 시였다. 제법 도톰한 옷 한 벌, 간단한 세면도구, 노트북과 카메라만 챙겼는데 20인치 캐리어가 가득 찼다. 배낭 하나만 들고 가뿐하게 떠나려 했지만 눈 씻고 봐도 뺄 짐이 없다. 군이 덜고 싶다면 책과 텀블러를 빼면 될 일이지만 덜어낼 무게의 홀가분함보다 지고 가는 즐거움이 더 클 것이라 믿어 함께 가기로 했다.

뜬눈으로 지새우고 갈 수 없어 세 시간 정도 눈을 붙였고, 새벽 다섯 시쯤 집을 나섰다. 밤인지 새벽인지 분간이 안 될 만큼 짙게 깔린 어둠, 비현실적인 적막에 시간이 멈춘 것 같았다. 늘 지나던 길이 낯설어지는 시간, 덜거덕덜거덕 캐리어 굴러가는 소리가 곤히 잠자는 동네를 흔들어 깨우는 것 같아 서둘러 골목을 빠져나왔다.

"… 어? 이십오 분 비행기잖아!" 공항 근처에서 당황할 만한 일이 생겼다. 탑승 시간을 오전 여섯 시 사십 분으로 철석같이 알고 여유롭게 미적거렸는데 여섯 시 십 분쯤에서야 내가 타야 할 비행기가 십오 분 후 탑승수속 마감이라는 사실을 깨달았다. 열 달간 묵혀두었던 대단한 확신의 결과였다. 겨우 티켓팅을 하고 검색대에 줄을 섰는데 어찌나 초조하던지 고개를 빼내 앞에 선 사람들의 수를 자꾸 확인하게 된다. 목구멍까지 바짝 말랐다. 게다가 하필 그날 내가 타야 할 비행기의 게이트는 김포공항 가장 안쪽에 위치했다. 검색대까지 동동거리며 통과하니 마음이 덩달아 쪼그라들었다. 검색대를 통과하자마자 달렸다. 달리는 동안 안경이 덜컹거려 눈앞의 광경이 극적으로 펼쳐졌다. 몸은 왜 이리 무거운지, 달리는 속도는 이게 최선인 건지, 게이트와 게이트 사이는 원래 이렇게 멀었는지, 그 찰나의 시간에도 자책이 쏟아져 나왔다.

"제주항공 여섯 시 이십오 분 제주행 탑승 마감 예정입니다. 아직 탑승하지 못한 손님께서는…" 게이트까지 달려가는 도중 내가 탈 비행기가 라스트콜을 외치며 내 이름을 불렀다. 내 이름이 불리는 순간 모든 사람이 나를 쳐다보는 것 같은 기분이 들었다. 평소 라스트 콜 뒤에 불리는 이름을 들을 때마다 '진즉 움직이지'라며 마음속으로 비행기를 향해 뛸 누군가에게 훈수를 두곤 했다. 그러나 막상 내가 이 비행기를 탈 수 있느냐 마느냐의 기로에 선, 미 탑승자가 되고 보니 마음가짐이 달라진다. 저 안내방송이 희망의 메시지로 들리기 시작한 것이다. 그러니까 이런 것이다. '아직 나를 두고 가지 않았구나! 나를 기다리고 있구나! 다행이다!' 침도 삼켜지지 않을 만큼 바짝 마른입을 앙다물고 마지막까지 전력 질주했다.

극한의 긴장감은 상대의 입장에 처해보지 않으면 모를 일이다. 도착! 입구에 도착하니 나도 모르게 외쳐진다. 자리에 앉아 시계를 보니 여섯 시 이십오 분이다. 바짝 긴장했던 마음이 한시름 놓이자 잊고 있던 피곤이 득달같이 달려들었다. 비행기가 뜨기도 전에 잠이 든 모양이다. 어찌나 깊이 잤는지 덜컹하고 착지하는 순간에야 잠에서 깼다. 정신을 차리고 보니 이미 제주란다. 깜깜한 새벽을 나선 오늘과 눈부시게 쾌청한 지금이 같은 날인지, 내가 서 있는 곳이 정말 제주인지 실감이 나지 않았다.

숙소를 제주 서쪽에 잡아 머물기 때문에 첫날은 서쪽에서 동쪽으로 한 바퀴 도는 식으로 여행 일정을 잡았다. 벙벙한 정신이 쉽게 차려지지 않아 커피를 먼저 한잔할 요량으로 카페를 찾아가는데 차창 밖으로 아부오름 이정표가 보인다. 구체적인 계획을 세운 건 아니라 짐을 숙소에 부리기도 전에 이정표를 따르기로 했다. 시원한 바람이 귓등으로 넘어갈 때마다 커피 생각이 더 간절해졌다. 카페에서 마시고 갈 참이었지만 오름에 올라 마시기로 하고 텀블러에 커피를 채웠다. "사장님! 오름에 올라 마실 거라서 뜨겁게 해주세요!"

커피를 챙겨 아부오름에 오르기 시작했다. 아부오름은 비교적 단순하고 완만해 가볍게 산책 삼아 오르기 좋은 곳이었다. 오름 둘레를 찬찬히 걷다 보니 어렵지 않게 정상에 올랐다. 분화구 안쪽 사면으로 조림된 삼나무와 상수리나무, 보리수나무를 보고 있으니 거대한 숲으로 빨려 들어갈 것만 같았다. 마치 블랙홀을 마주한 기분이었다.

완만한 경사면에 앉아 커피를 꺼냈다. 계획한 건 아니었지만 텀블러를 챙겨 올라가길 참말 잘했다고, 그때의 선택이 평생 모르고 살았을 낭만을 발견하게 했다고 스스로를 칭찬했다. 텀블러 뚜껑을 여니 아직 김이 모락모락 피어오르고 있다. 커피 향이 진하고 향긋했다. 커피를 한 입 호로록 들이키고선, 내친김에 플레이리스트에 있는 선 캐리의 「Glass/Film」을 조용히 틀어두었다. 탁 트인 하늘과 크고 작은 오름의 능선, 그 끝에 맞닿은 아득한 바다와 너무 잘 어울리는 음악이었다. 황홀경에 빠져 커피를 마시는 동안 불어오는 바람이 더 이상은 서늘하지 않게 살갗에 와 닿았다. 바람이 한 번씩 불 때마다 끈끈하게 들러붙어 있는 자잘한 고민이 고슬고슬 털려 나가는 듯했다.

**로컬식당**

제주는 갈수록 물가가 비싸져 유명한 식당은 한 끼에 족히 2~3만원이 든다. 그러기에 숙소에 머물면 꼭 로컬 맛집을 물어본다. 입맛에 맞는지는 가서 먹어봐야 알 수 있지만 대부분 실패가 적다.

**당산봉식당** 제주 제주시 한경면 고산로 59

14첩 반상이 나오는 곳이다. 계절에 따라 반찬이 달라져 계절감이 물씬 느껴진다. 돔베고기와 문어숙회, 꼬막, 게장이 함께 오르기도 한다. 이 정식 가격은 1인분에 7,000원

**고산장수촌** 제주 제주시 한경면 고산서2길 18

고기를 혼자 구워 먹을 수 있는 엄청난 장점을 가진 식당이다. 뒷고기 1인분에도 불판을 마련해준다. 고기 질이 좋고 공짜로 제공하는 볶음밥도 정말 맛있다. 1인분에 11,000원

**웃뜨르 우리돼지** 제주 제주시 한경면 연명로 2

동네 분들의 점심을 담당하고 있는 곳이다. 점심에는 돼지 두루치기나 돼지 김치찌개가 주메뉴다. 특히 두루치기는 무한리필이 되고 쌈채소도 마음껏 먹을 수 있다. 깔끔하고 대가족을 수용할 수 있을 만큼 공간이 크다. 돼지 두루치기와 김치찌개는 1인분에 7,000원

## 귤에 담긴 진심
### 늦가을 초겨울의 달콤한 귤

오랜만에 친구들이 집으로 놀러 오기로 한 날이다. 냉장고를 열어 재료를 뒤적거려 봐도 마땅히 떠오르는 레시피가 없다. 아직 시간 여유가 있으니 나머지 고민을 시장에서 하기로 하고 장바구니를 들고 나섰다.

시장 초입부터 동글동글 쌓아놓은 귤이 보인다. 재주소년의 노래 「귤」을 나도 모르게 흥얼거린다. "아니 벌써 귤이 나오다니." 귤의 계절이 왔다. 겨울이 바짝 다가왔구나, 새삼 실감했다. 올해 남은 달을 세어보니 석 달 남짓이다. 시간 참 빠르다. 귤로 계절을 가늠하게 된다. '귤'이라는 이름도, 상당히 명랑한 귤색도, 둥글둥글한 모양새까지 귀여운 구석이 많아 좋아한다. 새콤달콤한 맛과 향까지 참 일관적이다.

귤은 내가 기억하는 모든 날부터 지금까지 매년 늦 가을마다 등장했다. 계절마다 정해진 엄마의 상비 간식이 있는데 귤이 그중 하나였다. 박스째 산 귤을 불이 잘 들어오지 않는 방에 두고 파란색 플라스틱 채반에 먹을 만큼 꺼내 담았다. 바구니를 거실에 놔두면 식구들은 바구니를 중심으로 둘러앉아 텔레비전을 보며 먹곤 했다. 채반이 비워지면 마지막 귤을 먹은 사람이 다시 채워 두기로 규칙을 정한 건 아빠였지만 만날 우리를 시키는 통에 채반이 비면 일부러 모른 척하곤 했다.

박스에 담긴 귤이 중간 이하로 내려가기 시작하면 빨리 먹어야 했다. 허옇게 또는 파랗게 곰팡이 핀 것들이 눈에 들어오기 때문이다. 지금 같으면 서둘러 곰팡이 핀 것들부터 후딱 빼버리겠지만, 그때는 상한 귤만 피해 멀쩡한 귤들만 골라 채반에 담았다. 결국 귤이 바닥을 드러낼 때쯤엔 짓무르거나 하얗거나 퍼런 것들만 남아 있다. 그때쯤 되면 엄마가 나선다. 짓무른 부분은 잘라 버리고 성한 부분만 채반에 담아두었다. 당연히 인기가 없었다.

"와서 귤 먹어."

"싫어. 이거 상한 거잖아."

"괜찮아! 상한 데는 엄마가 다 골라내 버려서 아무렇지도 않아. 맛은 똑같아!"

그 말을 믿고 엄마 쪽으로 몰려들어봤자 채반 안에는 상하기 직전의 귤들만 잔뜩 모여 있다는 걸 안다. 아무도 남은 귤에 관심을 보이지 않는다. 결국 혼자만 괜찮은(괜찮을 리가 만무하지만) 엄마가 마지막 채반을 다 비우곤 했다. 그제야 새 귤 박스가 오고 언제나처럼 텔레비전 앞에 앉아 귤을 까서 먹었다. 그런데 맛있는 것도 너무 당연해지면 자연스레 싫증이 나기 마련이다. 새 귤 박스가 들어오면 우리는 늘 같은 반응을 보였다. "아, 또 귤이야?"

어른이 되고 나서 한동안 귤에는 눈길도 주지 않았다. 이걸 왜 돈 주고 사 먹어? 하는 식의 이상한 고집이 생겼다. 집에 늘 있어서 귤을 내 돈 주고 사 먹는다는 생각을 해본 적이 없었기 때문이다. 자취생에게 과일은 분수에 넘치는 특별식이다. 한 번씩 큰맘 먹어야 살 수 있는 과일을 이런 흔해빠진 귤 따위로 정하는 건 아무래도 밑지는 기분이 들었다. 귤이 들으면 억울할 얘기다.

그런데 나에게 이런 대접을 받는 귤이라도 예외는 있다. 삼삼오오 모여 까먹으면 희한하게 더 맛있다. 친구들과 앉아 수다를 떨 땐 귤이 제격이다. 귤을 맛있게 먹기 위해 귤피가 얇고 들었을 때 묵직한 것으로 고르고, 상온이나 냉장고에 보관하면 좋지만 사실 방법은 크게 중요하지 않았다. 대개 마음 가까운 이들과 함께 둘러앉아 무용한 이야기들을 가볍게 주고받으며 까먹는 귤이라면 틀림없이 성공적이다. 실해 보이는 귤을 두 봉지 샀다. 얘기하며 까먹다 보면 한도 끝도 없으니 한 봉지로는 아무래도 적을 것 같았다. 묵직한 귤 덕에 왠지 든든하다. 함께 먹으면 좋을 음식도 겸사 사고 나니, 양손이 금세 무거워졌다.

친구들이 도착했다. 가볍게 저녁을 먹고 다 같이 상에 둘러앉아 수다를 떨기 시작했다. 좁은 방이 유독 더 좁게 느껴졌다. 미리 냉장고에 넣어 두었던 귤을 바구니에 담아 가운데에 놓았다. 자연스럽게 손이 모였다. 아마 다들 먹고 싶어서라기보다는 본능에 가까운 움직임이었을지도 모른다. 누군가의 시작으로 귤 향이 터졌다. 공기가 상쾌해졌다. 귤은 아직 다 까지도 않았는데 먼저 군침부터 괸다.

귤껍질이 쌓여가면서 누가 먼저랄 것도 없이 자기네 사는 이야기들을 꺼냈다. 가만히 듣고 있다 보면 사람 사는 모양이 꽤나 비슷한 듯하지만 안으로 들어가면 죄다 사정이 다르기 마련이다. 각자의 이야기를 듣다 보면 시간 가는 줄 모른다. 친구이기에 가능한, 속 시원한 이야기부터 학교 때 무용담과 선생님 이야기로도 한두 시간쯤은 우습다. 그렇게 무용한 이야기를 한참 쏟아내다 보면 결국 현재 고민하는 것들로 이야기가 돌아온다. 각자 마주하고 있는 현실적인 주제가 무거운 듯 가볍게 올라온다. 지난 추석에 스트레스를 잔뜩 받은 며느리도 있고, 얄미운 팀 동료 때문에 회사 스트레스를 받는 사람, 경제적인 약간의 고민, 앞으로의 진로(이 나이에도 진로 고민이 안 끝날 줄 아무도 몰랐지), 부모님의 건강 등 누구랄 것 없이 결코 가볍지 않은 이야기를 솔직하게 나누며 함께 울고 웃었다. 그러다 누군가 쉽게 말을 잇지 못할 땐 조용히 하나씩 쥐고 있던 귤을 조용히 쪼물거린다. 피어오르는 귤 향이 하고 싶은 말을 대신했다.

"어른들이 평범하게 사는 게 쉬운 거 아니라고들 하시잖아. 그러고 보면 어른들 말 틀린 거 하나 없다니까."
"그러게. 때맞춰 학교 들어가서 제때 졸업하고, 열심히 준비해 취업했으면 돈 모아서 결혼해야 하고, 그러다 아이 낳고 키우고. 길게 보면 사는 게 참 별거 없는 거 같은데 이게 왜 이렇게 어렵냐! 지나고 보면 아무것도 아닐 텐데."

다들 야단을 떨며 결장구를 쳤다. 밤이 깊어지자 친구들이 주섬주섬 자기 물건을 챙기기 시작했다. "내일 출근하려면 얼른 가야지!" 긴 얘기 끝에 명쾌한 결론은 없었다. 못다 푼 각자의 문제도 다시 숙제로 남았다. 그래도 자리를 털고 일어나는 친구들의 표정이 가볍다.

친구들을 길 끝까지 배웅하고 돌아오는 길. 귤 향이 난다. 노랗게 물든 손끝에 밴 향이 진하다. 평범하기 짝이 없는 흔하디흔한 귤 같은 인생도 참 어려운 거구나.

### 가을이 전하는 말

귤은 껍질이 얇고 잘 벗겨지는 것
이 맛있다. 크기에 비해 묵직한 것
이 과즙이 많고 윤기가 나는 것이
싱싱하다. 귤은 익은 상태에서 수
확하는 완숙과가 아니라 채취한
후에도 서서히 익는 후숙 과일이
다 보니 쉽게 물러진다. 때문에 구
입 후 실온에 두고 일주일 이내 섭
취하는 것이 가장 좋다.

### 새콤달콤 감귤청

레몬즙은 달콤새콤한 맛을 내기도
하고 살균 효과가 있어 청을 담글
때 레몬즙을 넣는 것을 추천한다.

재료 귤 1kg, 설탕 1kg, 레몬 1개
조리순서 ❶ 귤을 식촛물과 베이킹파
우더로 깨끗이 씻어준 후 물기를
제거한다. ❷ 귤 500g은 껍질째 동
그랗게 편으로 썰고, 남은 귤 500g
은 껍질을 벗겨 갈아준다. ❸ 소독
된 병에 2의 귤과 레몬즙을 넣고,
설탕을 넣고 재워 준다. ❹ 서늘한
곳에 하루 정도 놓아 둔 후 설탕을
잘 섞어준다. 3일째 되는 날 다시
저어 준 후 냉장고에서 저온 숙성
한다. 7일째부터 맛볼 수 있다.

깊어진 밤에 함께하는,

겨울의 맛

## 출출한 겨울밤에 꺼내먹는 달착지근한 가을의 맛
## 달콤한 밤 조림

설탕 코팅을 입혀 '빤딱빤딱' 빛나는 밤 조림을 가만히 바라본다. 햇밤이 막 나올 때 한가득 사서 달콤하게 조려두었다가 소복하게 눈 오는 겨울밤 조심스레 한두 알 꺼내 맛보면 딱 좋다. 이 치명적인 병조림의 존재를 처음 알게 된 건 일본 영화 「리틀 포레스트」에서였다. 이 영화는 두 편으로 구성되어 있는데, '봄과 겨울'은 '여름과 가을' 편의 후속작이다. 영화는 주인공 이치코가 도시의 삶에 적응하지 못하고 고향으로 돌아오면서 시작된다. 고향에서 함께 살던 엄마는 언젠가 갑자기 쪽지만 남기고 사라져버렸고, 이치코는 그 후 도시에 나갔다가 엄마가 없는 시골에 돌아와 혼자서 밭을 일구며 살아간다. 영화는 이치코가 돌아온 일 년을 보여준다. 원작은 만화인데, 만화에서도 영화에서도 주인공은 사계절 내내 식재료를 직접 키우거나 캐거나 주워, 튀기고 굽고 찌고 졸이고 절이고 말린다. 손수 씨를 뿌려 수확한 작물로 끼니를 챙기는 이치코의 일상과 그 과정에서 성장해가는 주인공의 마음을 켜켜이 들여다볼 수 있는데, 그 못지않게 계절의 변화를 음식으로 느낄 수 있어 나도 모르게 침을 꿀꺽 삼킨다. 워낙 정적이라 별다른 사건 없이 일상이 흘러가는 듯하지만, 영화를 보는 내내 군침이 돌거나 출출해져 몸이 자꾸 반응하게 된다.

도톰한 스웨터를 입고 난로 앞에 앉아 지난가을 준비해둔 밤 조림을 야금야금 꺼내먹는 이치코를 보고 있자니 나 역시 어서 빨리 겨울이 왔으면 하고 조바심을 내게 된다. 봉인된 가을 음식을 눈 내리는 한겨울에 꺼내먹는다고 생각하니 낭만적으로 느껴지기도 한다. 그런데 영화가 끝나면 또 금세 잊기 마련이다. 그렇게 햇밤 욕심은 영화가 끝나면서 슬쩍 잊혔다가 가을 한복판 농산물 시장에 햇밤이 출몰한 것을 보고서야 다시 기억났다. 영화에서 본 밤 조림이 떠올랐다. 나도 모르게 혼잣말이 좀 크게 나왔다. "어? 밤이네?" 내 말을 들은 상점 주인이 바로 말을 받아준다. "밤 깎아줘?"

"네? 아… 네!" 밤 조림이 불현듯 떠올라 밤 한 망을 샀다. 얼결에 사버린 밤을 작업실로 가져와 한참 바라봤다. 어차피 벗겨낼 껍질이니 먼저 탈곡을 하고 나면 훨씬 밤 조림이 수월할 것이라 가늠했다. 밤 중에는 껍질이 깊이 깎여 움푹 파인 곳도 있고, 겉껍질이 채 벗겨지지 않은 부분도 있었지만 개의치 않았다. 영화에서처럼 냄비에 밤이 잠길 만큼 물을 붓고 베이킹파우더가 잘 녹을 수 있도록 슬슬 저어주었다. 물을 올려 밤이 자작하게 잠길 만큼 담가됐다. 반나절 정도는 불려야 한다기에 그대로 담가둔 채 퇴근했다.

다음 날, 냄비를 불에 올린 다음 삼십 분 정도 밤을 삶았다. 그런데 영화에서처럼 모양이 예쁘게 잡히질 않아 나도 모르게 당황했다. "어? 왜 이러지?" 밤은 내 기대와 달리 힘없이 쩍쩍 갈라지고 부서지는 게 아닌가. 예상 밖의 결과에 부푼 마음이 폭

삭 꺼졌다. 속껍질이 아주 없는 것도 아닌데 왜 깨지는 건지 알수 없었다. 수어 번 반복되는 시도에도 자꾸 밤이 깨지자 답답한 마음에 화가 치밀었다. 그러다 문득 툇마루에 앉아 딱딱한 밤을 조심스레 손질하던 이치코의 모습이 떠올랐다.

시장에서 밤 두 망을 더 사 왔다. 밤껍질이 어찌나 딱딱한지 칼날이 자꾸 손에서 미끄러진다. 불안한 마음에 나도 모르게 조심스럽게 밤껍질을 까다 보니 손바닥에 진땀이 났다. 나중에 시장 판매자에게 물어보니 뜨거운 물에 십 분 정도 담근 후 손질하면 껍질이 부드러워져 잘 벗겨진다고 했다. 후에 밤 조림을 만들 땐 그 방법을 이용했는데 정말 겉껍질이 결을 따라 쭉 찢어져 한결 수월하게 벗겨낼 수 있었다. 부슬부슬한 속껍질만 남은 밤을 베이킹파우더를 풀어둔 물에 하룻밤 담가두었다. 다음 날, 괜한 기대에 실망할까 싶어 마음을 비우고 신중을 기했다. 물을 다시 불에 올려 밤을 삶았다. 깔끔하게 밤이 삶아지는 걸 보자 나도 모르게 외치게 된다. "밤이 살아 있어!" 밤의 속살을 단단히 부여잡아주는 것이 밤의 속껍질이라는 사실을 그때 배웠다. 첫 물은 속껍질에서 우러나온 부유물 때문에 까맣고 탁하다. 채반에 깨지지 않게 밤을 부어 첫 물을 버려냈다. 불은 밤 속껍질을 엄지로 살살 문질러주니 종이 밀리듯 밀려난다. 중간중간 끼어 있는 굵은 심은 이쑤시개로 정리해주었다. 어느 정도 밤 속껍질 정리가 다 된 것을 확인하고 두 번째 물을 준비했다. 냄비에 밤을 옮겨 담고 새 물을 채워주면 된다. 약한 불로 삼십 분정도 삶아주고 다시 채반 행. 한 번 더 속껍질을 손으로 밀어 벗겨낸다. 이 과정을 세 번 정도 반복하고 나면 처음과 달리 자줏

빛이 도는 맑은 국물을 볼 수 있다. 이전에 밤 살이 으깨져 냄비 속이 뿌예진 것과는 달랐다. 이번엔 마음에 드는 밤 조림이 진짜 완성되지 않을까 하는 기대에 자꾸 웃음이 샜다. 그래도 또 망할까 싶어 스스로 다짐해둔다. 아니야, 괜히 기대하지 말자. 완성이 되어야 완성인 거지.

마음을 다잡고 마지막 손질을 시작했다. 딱히 깎인 데 없이 속살을 그대로 드러낸 밤을 보고 있으니 신기하기도 하고, 아까워 어떻게 먹을까 싶어 미리부터 애가 녹았다. 드디어 하이라이트! 밤을 조릴 참이다. 밤이 자박하게 잠길 만큼 물을 채우고, 밤 무게의 반 정도 되는 설탕을 넣어 약한 불에서 뭉근히 익도록 조리기 시작했다. 설탕이 녹으며 밤 삶는 단내가 공간을 가득 채우자 마음이 안달 나 혼났다. 고지에 다다랐구나 싶은 순간이었다. 국물이 반으로 졸아들 때쯤 브랜디 한 큰술, 간장 한 큰술을 넣고 휘 둘러 저어준 다음 불을 껐다.

요리의 즐거움은 완성 직후에 있지 않을까. 밤 한 알을 꺼내 접시에 올린 다음 반으로 쪼갰다. 겉이 진한 고동색이라면 속살은 여전히 노란 빛을 지키고 있다. 쪼갠 밤을 호호 불어 입안에 넣었다. "뭐야! 너무 맛있잖아!" 탄성이 절로 나온다. 부드럽고 짭조름하기도 하고 달콤했다. 먹고 있자니 행복이 밀려온다. 그간의 고생이 의미를 찾는 순간이었다. 잘 소독된 병에 밤이 부서지지 않게 넣고 시럽을 병목까지 채워 뚜껑을 꼭 닫았다. 드디어 진짜 완성이다. 끝!

농사는 타이밍이 중요하다던 이치코의 말처럼 밤 조림에도 타이밍이 중요하다. 밤의 크기나 수분에 따라 삶는 시간을 조절하고, 속껍질 손질하는 횟수를 달리해야 하기 때문이다. 아마도 많은 밤들이 제 빛을 발하지 못하고 버려진 덕에 알게 된 것이다. 실패가 많았지만 그 덕에 이젠 능숙하게 밤을 조릴 수 있게 됐다.

타이밍을 알 수 있는 건 눈치나 운을 기대하는 것이 아니라 경험에서 체득하는 것이라는 깨달음도 얻었다. 검지가 얼마나 더 칼등을 이겨낼지 알 수 없지만 딱 이겨내는 만큼 올겨울을 위해 밤 조림을 넉넉히 만들어 두어야겠다. 지금이 가을을 봉인하기 딱 좋은 타이밍이니까.

## 겨울이 전하는 말

밤 조림은 오래 냉장 보관하면 밤 조직이 단단해진다. 오래 보관할 경우에는 빛이 들지 않는 서늘한 곳에 보관하는 것이 좋다. 깨진 밤이 아까워 병에 담을 때 함께 넣으면 시럽이 탁해지고 훨씬 빨리 변질된다. 병입할 때는 온전한 것으로만 골라 담자.

## 달착지근한 밤 조림

대형 마트나 농산물 가게, 청과상에 가면 명절 즈음에는 겉껍질만 벗긴 밤을 팔기도 한다. 직접 조려 만들고 싶지만 밤 까는 일이 조금 귀찮다면 기성 제품을 이용해도 좋다.

재료 햇밤 1kg, 설탕 500g, 브랜디 1 큰술, 간장 1큰술

조리순서 ❶ 베이킹파우더를 푼 물에 햇밤을 하룻밤 불렸다가 속껍질만 남기면서 벗긴다. ❷ 밤을 한 번 삶아준 다음, 밤 사이에 남은 두꺼운 심은 이쑤시개로 콕콕 찔러가며 제거해준다. ❸ 자작하게 밤이 잠기게 물을 부어 끓이고, 한소끔 끓어오르면 설탕을 밤 무게의 반 정도 넣어 저어준다. ❹ 국물이 반 정도 남았을 때 불을 끄고 식힌 다음, 소독한 병에 넣어 보관한다. ❺ 일주일 정도 지나면 시럽이 잘 배어들어 맛있게 즐길 수 있다.

포근포근 눈밭을 걷는 기분이야
하얀 카레와 컵라면

작업실 오픈 준비를 하려 아침부터 부산을 떨고 있는 중에 단골손님이 찾아왔다. '똑똑' 소리에 잠깐 일을 멈추고 고개를 든다. 워낙 가깝게 지내게 된 터라 반가운 마음에 쓸던 비를 벽에 세워 놓고 부랴부랴 달려 나가 문을 열었다.

"이렇게 이른 시간에 어쩐 일이에요?"
"아직 오픈 전이죠? 잠깐 들어가도 돼요?"
"그럼요. 들어오세요."

그녀는 늘 들고 다니는 장바구니에서 녹색 천으로 싼 무언가를 꺼내 테이블 위에 올려놓았다. 자세히 보니 별이 총총 박힌 키치한 녹색 손수건이었다.

"이게 뭐예요?"
"하얀 카레를 좀 만들었는데, 혼자서는 다 못 먹을 것 같아 나눠 먹으려고 가져왔어요."
"하얀 카레요?"

"네. 유학 시절에 일본인 친구에게 배운 레시피인데, 생각보다 담백하고 맛있어요. 냄비에 살짝 데워 따끈하게 해서 먹어요. 전 출근해야 해서 이만 갈게요."

"진짜 고마워요. 잘 먹을게요."

손수건을 풀어보니 흰 사각 법랑 통에 이름만큼 생소한 하얀 카레가 가득 담겨 있다. 붉은 속살이 드러난 방울토마토 서너 개와 파릇한 브로콜리 그리고 감자와 닭 가슴살이 뽀얀 하얀 카레 위에 잘 담겨 있다. 흰 카레의 모양이 너무 예뻐서 절로 감탄사가 터져 나왔다. 모르긴 몰라도 따로 데쳐낸 채소의 존재감을 각각 살릴 줄 아는 그녀는 사려 깊은 사람일 것이라고 지레짐작해버렸다. 동네에 정 붙일 만한 구석이 생긴 것만 같아 든든했다.

하루 종일 일하면서도 언제 저 하얀 카레를 열어 밥을 챙길까 호시탐탐 기회를 엿봤다. 따끈하게 데운 카레를 쓱쓱 비벼 맛보고 싶었다. 하지만 타이밍만 엿보다 보니 어느새 깜깜한 밤, 마감 시간이 되고야 말았다. 이미 서너 시간 전부터 배가 고팠던 터라 보자기를 다시 열면서 마음이 조급해졌다. 보통 작업실 정리를 한 시간 정도는 하는데 이날만큼은 삼십 분 만에 정리를 마치고 식사를 준비했다. 사람이 없는 공간은 불을 끄고, 주방 위 테이블 위 전등만 켜 놓았더니 종일 복작거렸던 공간이 단숨에 차분해졌다. 완전한 우리만의 시간이 되었다. 이제 밥을 먹을까 하는데 다시 누가 문을 두드린다. "똑똑똑" 퇴근길이라며 그녀가 다시 들렀다.

"카레 먹어 봤어요? 퇴근하는 길인데 작업실 불이 켜져 있기에
통 찾으러 왔어요."
"우리 이제 먹으려던 참이었어요. 식사 안 했으면 같이 먹을래요?"
"아! 그래도 돼요?"
"아휴, 당연하죠!"

테이블이 갑자기 부산해진다. 컵라면 두 개, 즉석밥 두 개, 낮에
갔던 김밥집에서 사장님이 넉넉히 담아주신 깍두기, 하얀 카레
까지 가득 식탁을 채웠다. 야밤에 진수성찬이 차려졌다. 즉석밥
위에 연기가 폴폴 올라오는 하얀 카레를 두 숟가락 정도 얹어 숟
가락 끝으로 살살 비볐다. 크게 한 입 떴다. 보드라운 우유와 고
소하고 짭조름한 치즈가 뜨거운 열기와 함께 뿜어져 나왔다. 껍
질을 까서 데친 부드러운 방울토마토, 적당히 데쳐 아삭한 브로
콜리, 부드러운 닭 가슴살, 포슬포슬한 감자까지 하얀 카레와 잘
어울렸다. 완벽한 퍼즐을 맞춰낸 듯 묘한 통쾌함이 들었다. 하
얀 카레만 떠먹기엔 심심한 건 아닐까 생각했는데 치즈의 고소
함에 덧대 낮에 김밥집 사장님께 얻어온 깍두기가 잘 어울렸다.
게다가 컵라면까지 곁들였으니 더 이상 바랄 게 없었다.
그녀에게 물어 알아낸 하얀 카레 레시피는 이랬다. 사실 고형 또
는 가루 카레가 들어 있지 않아서 카레라고 부르는 게 어색했다.
좀 더 요리의 모양새로 보면 스튜에 가깝다. 그런데 쇠고기나 토
마토 페이스트를 쓰지 않는 만큼 스튜라고 부르기도 애매했다.
그렇다고 '하얀 카레' 말고 붙일 만한 별다른 이름이 없었다.
만드는 방법은 매우 간단하다. 우선 브로콜리와 방울토마토를

살짝 데친다. 방울토마토는 껍질을 벗겨 주는데 미리 열십(十)자 모양으로 칼집을 넣어두면 좋다. 끓는 물에 일 분 내외만 넣어도 바로 칼집 낸 부분이 뒤집어져 편하게 벗겨낼 수 있다. 방울토마토가 열기를 품어 뜨거우니 조심해야 한다. 토마토 껍질을 벗긴 다음에는 찬물이나 얼음물에 얼음 샤워를 시켜 잔열에 토마토가 푹 익지 않도록 하는 것이 좋다. 그래야 모양도 유지되고 씹는 맛이 적당하다. 나머지 재료는 다른 카레가 그렇듯 '집에 있는 재료'가 덧대진다. 카레를 만들어 먹어야겠다고 결정했다면 구태여 새로 장을 보지 말고 지금 냉장고에 있는 식재료를 꺼내자. 먹고 남아 있는 감자, 양파, 닭 가슴살도 좋다. 냉장고 구석에 숨어 있던 당근도 이럴 때 함께 나온다. 양이 너무 넘치지 않게 준비한다. 닭 가슴살을 사용할 예정이라면 우유에 한 시간 내외로 재워두면 좋다. 닭 비린내를 잡는데 우유만 한 게 없다. 간단한 과정이지만 맛을 채우기 위해서는 넉넉한 시간과 작은 노하우들이 필요하다.

재료가 전부 준비됐다면 이젠 팬에 집중할 차례다. 우묵한 팬에 버터를 넉넉하게 덜어 녹인다. 깍둑깍둑 썰어둔 감자와 양파, 우유에 미리 재워 둔 닭 가슴살을 준비한다. 하지만 팬에 제일 먼저 들어가는 건 언제나 양파다. 양파를 갈색이 될 때까지 넉넉하게 오래 볶아준다. 팬의 종류나 열에 따라 다르지만 이삼십 분 정도 졸아들 때까지 볶는다. 주물 팬이 양파의 당화 과정이 빨라지도록 돕지만, 집에 있는 어떤 프라이팬도 실은 괜찮다. 버터를 좀 과하다 싶게 넉넉하게 둘러주는 게 팁이다. 양파가 '이래도 되나' 싶을 정도로 갈색 빛을 띠면 그때 단단한 채소

순으로 넣어서 볶아준다. 이날은 감자, 닭 가슴살 순으로 넣어 볶았다. 채소들이 노릇하게 글레이즈 되면 물을 넣고 센 불에 이십 분 정도 끓여준다. 물이 한소끔 끓어오르면 불을 한 번 끄고 둥둥 떠다니는 거품과 부유물을 건져낸다. 깔끔한 뒷맛의 핵심이다. 어느 정도 부유물 정리가 되면 우유를 물의 반 정도 넣고 한 방향으로 휘휘 저어준다. 이때 불이 너무 세면 우유가 응고되어 덩어리가 되니 마지막은 약불에 맞춰두어야 한다. 어느 정도 보글보글 끓으면 완성이다. 담아내기 직전 불을 끄고 데친 브로콜리와 토마토, 치즈를 취향대로 담아내면 된다.

십 년 전 일본인 친구에게 전해 받았다는 언니의 카레 레시피가 나에게까지 왔다는 사실이 신기할 뿐이다. 누군가의 피곤을 달래주는 오늘 나의 하얀 카레가 되어 있다는 사실이 새삼스럽게 낭만적이었다. 빵빵하게 부른 배 때문인지, 늦은 밤 낭만이 더해져서인지 포근포근한 하얀 눈밭을 걷는 기분이 들었다. 처음 맛본 하얀 카레는 이런 맛이었다.

## 겨울이 전하는 말

껍질을 벗긴 양파는 냉장고에 보관하더라도 빨리 물러지기 때문에 소량으로 보관하고, 오래 보관을 원할 경우 껍질을 벗기지 않은 채 신문지로 하나씩 싸서 밀폐 용기에 담아 보관한다. 겨울에는 베란다나 차가운 곳에 놓으면 양파가 얼 수 있기 때문에 소분해 냉장 보관하는 것이 좋다.

## 포근한 하얀 카레

카레는 양파의 당화 과정이 핵심이다. 잘 볶아지도록 양파를 채 썬 다음 갈색 빛이 돌 때까지 볶아준다. 30분 이상은 볶아야 한다. 타는 게 아닌가 싶을 때까지 볶아야 양파의 단맛이 올라온다.

재료 방울토마토 5개, 양파 1개, 감자 1개, 브로콜리 1개, 닭가슴살 200g, 버터 1큰술, 물 400ml, 우유 200ml

조리순서 ❶ 브로콜리와 방울토마토는 끓는 물에 소금을 넣고 1분 30초 데친다. ❷ 양파와 감자는 한입 크기로 깍둑 썰기한다. ❸ 재료를 다 넣어도 반 정도만 찰 수 있게 큰 프라이팬을 준비해 버터와 양파를 넣고 30분 이상 볶아 글레이징한다. ❹ 단단한 채소 순으로 같이 볶은 다음, 물을 넣고 끓인다. 끓이는 동안 부유물을 국자로 걷어낸다. ❺ 잘 익었다 싶으면 우유를 넣고 좀 더 뭉근히 10분 이상 끓여준다. 이때 국자를 한 방향으로 젓는다. ❻ 잘 담아낸 뒤 방울토마토와 브로콜리를 취향껏 얹어 먹는다.

긴장을 내려놓고
언제든지 쉽게 만들어 먹는 꽁치 김치찌개

퇴근길에 오르면 늘 하는 같은 고민이 있다.

"오늘은 뭐 해 먹지?"

단 한 번도 대번에 명쾌하게 답을 내려 본 적이 없는, 내 인생의
난제다. 먹고사는 고민은 끝이 없다지만 삼시 세 끼 무얼 먹을
지 선택해야 하는 고민도 끝이 없다. 어떨 땐 좀 지겹기도 하다.
먹고 만드는 게 즐거워, 그 요리를 남에게 대접하는 게 즐거워
요리 공부를 시작했다. 식품 회사까지 꾸려 관련 일을 하고 그
걸로 책도 쓰고 먹고살기까지 하는데 저녁으로 뭘 먹어야 할지
고민하는 일은 항상 어렵다.
집으로 돌아가는 내내 어쩌다 이 지경이 되었는지(요리를 업으
로 삼았는데 나를 위해 요리하지는 않는다니!) 생각했다. 마음
의 부담이라도 덜어볼까 싶어 집에 가선 열어보지도 않을 일감
을 기어이 가방에 꾸역꾸역 넣어 퇴근한 날이었다. 무거운 짐과
그보다 더 무거운 마음을 들고 퇴근길에 올랐더니 금세 몸이 처
진다. 점점 더 무거워지는 느낌이다. 오가며 읽겠노라 다짐하며
습관처럼 들고 다닌 책은 벌써 한 달째 같은 페이지를 맴돈 지

오래다. 오래 들고 다녔다는 걸 너덜너덜해진 책 모서리가 말해 준다. 왜 이리 이룬 것도 없는 느낌으로 애쓰면서 사는지 한숨이 푹 나왔다. 덜컹거리는 지하철에 이십 분쯤 서 있었을까. 공덕역을 지나니 자리가 났다. 마침 비어 있는 지하철 끝자리에 앉아 눈을 감고 머리를 차창에 기댔다. 몸의 무게를 덜고 턱에 힘을 쭉 빼니 그제야 좀 살겠다 싶었다. 편안해진 상태가 되자 졸음이 쏟아져 깜빡 졸았다.

한참을 더 달려 집에 도착했다. 우리 집에서 가장 가까운 지하철역 앞에는 체인점은 아닌, 작지도 크지도 않은 슈퍼마켓이 하나 있다. 종종 들러 간식도 사고 채소도 산다. 지하철을 빠져나오자마자 출구 바로 앞에 있는 슈퍼마켓으로 빨려들어가듯 입장했다. 오늘은 라면으로 저녁을 때우지 않겠노라 결심하며 장바구니를 들었다. 머릿속으로 몇 가지 메뉴를 굴리면서 장바구니를 팔꿈치 안쪽에 끼고 매대를 이리저리 기웃거렸다. 작은 슈퍼마켓을 서너 바퀴쯤 돈 것 같은데 무엇을 먹어야 할지 마땅히 떠오르는 게 없다. 딱히 먹고 싶은 건 없는데 배가 점점 고파 오면 괜히 마음이 초조해진다.

그러다 꽁치통조림이 눈에 들어왔다. 꽁치통조림으로 할 수 있는 쉽고 간단한 메뉴가 딱 떠올랐기 때문이다. 그래, 오늘 저녁은 꽁치 김치찌개다. 통조림 한 캔으로 잘만 하면 내일 점심까지 서너 끼를 해결할 수 있고 딱히 양념이 많지 않아도 물 조절만 잘하면 되는 요리다. 물 조절도 쉽다. 물을 많이 잡았다 싶으면 졸이면 된다. 그게 애매하면 김칫국물을 더하면 된다. 어떻게든 맛있게 만들어 먹을 수 있는 쉬운 요리다. 괜한 고민에 골치가 아플 땐 이만한 게 없다. 사실 푹 익은 (엄마가 보내준) 김치가 없었다면 애초에 시도할 수 없는 문턱 높은 메뉴지만 다행히 냉장고에 신 김치가 두어 포기 아직 남아 있다. 그제야 김치가 떨어져가는 것을 알았다. "슬슬 집에 내려갔다 와야겠구나." 집에 내려갈 타이밍을 김치로 재고 있다.

집에 돌아와 묵직한 가방을 내려놓자마자 냉장고부터 연다. 푹 익어 시큼한 냄새가 나는 김치 한 포기를 꺼내 냄비에 통째로 둘둘 말아 넣고 김치가 잠길 정도로 자박하게 물을 부어준다. 아무래도 푹 끓이려면 시간이 조금 걸린다. 찌개의 핵심은 오래 뭉근히 끓이는 데 있지 않을까. 김치를 올려두고 다른 일을 하면 되니 서둘러 불에 냄비부터 올려둔다. 김치 안쪽에 남아 있는 양념이 물에 잘 풀어지도록 숟가락으로 김치를 꾹꾹 눌러주니 누를 때마다 새콤한 냄새가 코끝을 쿡 찌른다. 찰나에 군침이 고인다.

김치가 익는 동안 편한 옷으로 갈아입은 다음 잠깐 집안일을 한다. 아침에 널어놓은 빨래를 갠 다음 제자리를 찾아주고 쓰레기 봉투도 묶어 버리고 올라오면 찌개가 끓기 시작한다. 환기도 시킬 겸 창문을 활짝 열어두고 꽁치통조림을 통째로 냄비에 부어준다. 통조림의 내용물을 냄비에 부어둔 다음에는 잠깐 뚜껑을 덮어 기다릴 필요가 있다. 괜히 앞서는 마음에 숟가락으로 너무 많이 뒤적거리면 연한 꽁치 살이 풀어져 찌개가 지저분해지기에 십상이다. 한 번씩 가장자리를 따박따박 눌러가며 맛을 본다. 어느 순간 내 입맛에 맞게 국물도 졸아들고 꽁치살에 양념이 배면 불을 끈다.

국물을 크게 한 입 떠먹는다. "크, 시원하다." 소리가 절로 나온
다. 불 위에만 올려두었을 뿐인데 꽁치와 김치가 각자의 맛을
보태어 깊은 감칠맛이 우러난다. 애쓴 것 없이 거저 누리는 호
사가 나쁘지 않다. 김치 포기 끝부분 머리를 가위로 잘라버리고
뜨끈한 밥 한 공기를 퍼 식탁에 자리를 잡는다.

크게 뜬 밥 한 숟가락에 길게 쭉 찢은 김치를 얹어 미어지게 한
입 넣고 나니 뜨끈한 안도감이 든다. 근사하진 않지만 익숙한
맛이 주는 따뜻한 위로다.

**겨울이 전하는 말**

통조림 국물이 왠지 걸쭉해 보여서 버리고 싶다면 잠깐 멈추는 게 좋다. 그 국물 안에 어느 정도의 염분이 있긴 하지만 동시에 간도 잘 되어 있어 자칫 밍밍할 수 있는 꽁치찌개의 맛을 잡아주기 때문이다. 모두 넣으면 짤 수 있으니 적당히 넣어 간 조절을 하면 좋다. 추천은 반 정도 쓰는 걸 권한다.

**맵고 짜고 얼큰하게 맛있는 꽁치 김치찌개**

모든 김치찌개가 그러듯 꽁치 김치찌개는 다음 날 먹는 게 더 맛있다. 넉넉한 양을 끓이면 당분간 반찬 걱정 없다. 뜨끈한 위로가 되는 꽁치 김치찌개를 먹어보자.

재료 신 김치 한 포기, 꽁치통조림 1캔, 대파 1대, 청양고추 1개, 고춧가루 1큰술, 후추 약간

조리순서 ❶ 신 김치 반 포기를 잘 펼쳐서 바닥에 깔아준다. ❷ 통조림 안의 꽁치를 그 위에 펼쳐주고, 그 위에 고춧가루를 살살 뿌려준다. 통조림 국물도 반 정도 부어준다. ❸ 나머지 반 포기를 꽁치 위에 얹고 청양고추를 어슷 썰어 같이 끓인다. ❹ 대파를 어슷 썰어 꽁치 김치찌개가 팔팔 끓을 때 넣어주고 바로 불에서 내린다.

아빠의 넘버 원 소울푸드
뜨겁고 달달하고 짭조름한 팥 국수

추위를 많이 타는지라 매년 겨울마다 생존 여부를 논할
만큼 위협을 느낀다. 겹겹이 무장해도 스미는 날카로운 바람이,
싸늘하게 서 있는 헐벗은 나무들이, 색채를 잃은 일상의 풍경이
몸과 마음을 자꾸 움츠러들게 한다. 하지만 겨울은 이런 나의
사정 따위는 봐주지도 않고 때가 되면 약속이나 한 듯 찾아온다.
올해도 어김없이 가을비의 끝에 겨울이 찾아왔다.

계절이 바뀔 때면 지난 것에 대한 기억이 희미해질까 봐 구태여
찾아 먹는 음식들이 있다. 겨울이 되면 팥죽을 찾는 이유다. 팥
죽을 좋아하긴 하지만, 사실 팥죽은 아빠가 겨울에 꼭 찾는 아
빠의 소울푸드다. 거창하게 말해 소울푸드지 사실상 팥죽을 좋
아하는 아빠에게 겨울이 찾아온 것뿐이다. 아빠는 매년 찬 바람
이 불기 시작하면 햇팥을 직접 시장에서 사와 손수 삶아 팥물을
내렸다. 혹독한 겨울을 마중하기 위한 의식을 치루는 듯 보였
다. 올해도 역시나 겨울이 찾아왔고 이제는 나 혼자라도 그 익
숙한 겨울 맛을 살뜰히 챙긴다. 그날의 분위기, 공기, 기분을 기
억하는 것만으로도 마음에 온기가 돌고 얼굴엔 발갛게 핏기가
돈다.

고등학생 때까지, 외할머니 때부터 살았던 군산의 작은 시골집

에 다섯 식구가 살았다. 집은 작았지만 넓은 마당이 있었다. 뒷마당엔 우물과 땅에 묻어 둔 독이 있었고 앞마당에는 푸성귀들을 심어둔 작은 밭이 있었다. 작정하고 지은 농사는 아니지만 한번씩 장에 가 가져오는 씨앗으로 상추에서 토마토까지 다양하게 길러 먹었다. 작게나마 수확의 기쁨을 맛볼 수 있었던 행복한 기억이 그곳에 있다. 워낙 오래전에 지어진 집이라 구조가 조금 남달랐는데 그래서 유난히 좁고 낮은 문에서 펼쳐지는 부엌의 모습이 인상 깊게 남아 있다. 팥을 사 오면 아빠는 마당 평상에 팥 포대를 풀어 팥알을 펼쳤다. 그리고 못생긴 팥알을 일일이 골라냈다. 못생긴 팥알을 하나씩 고를 때마다 오십 원씩 맞바꿔 준다는 아빠의 말에 눈이 빠져라 팥알 찾기에 집중하던 날이 떠오른다. 팥을 다 고르면 벽돌색 고무 다라이에 팥을 붓고 두어 번 비벼 씻은 다음 다시 물을 채워 하룻밤을 꼬박 불렸다.

본격적으로 팥물을 내리는 과정은 전날 밤 불린 팥을 알맞게 삶는 데서 시작된다. 불어 오른 팥은 전날보다 살짝 통통해져 있다. 불 위에 오른 솥에서 물이 끓으면 팥을 와르르 부어 두 시간 이상 끓여준다. 팥이 꽤 단단하기 때문에 삶는 시간이 의외로 오래 걸린다. 팥에서 색이 빠져 물색이 변하고 팥이 뭉그러질 때쯤 불을 끄고 솥을 내린다. 아빠와 엄마의 협동 작전이 시작된다.

"다 삶아진 것 같은데 와서 한 번 봐요!"
"다 됐구먼! 자네는 슬슬 솥 내릴 준비 하소."

긴 시간에 걸쳐 팥이 부드럽게 삶아진 것을 확인한 다음 엄마와 아빠는 완벽한 호흡으로 팥물을 내리기 시작했다. 엄마는 솥을 받친 채반을 단단히 부여잡고, 아빠는 뜨거운 팥을 한 바가지 떠, 채반 위에 붓고는 나무 주걱으로 드르륵 소리 나게 긁어 팥 앙금을 만드셨다. 보기에 영 빽빽하다 싶을 땐 아빠 주걱을 따라다니며 엄마는 팥 삶은 물을 졸졸졸 흘려주었다.

"후~후~. 팥이 잘 삶아졌구먼, 고생스러워도 이렇게 해야 진하고 좋아! 보화 엄마는 이거 내리고 겉절이 준비하소. 이제 마무리는 내가 할 거잉게."

믹서에 팥을 갈면 편하기는 하지만 빽빽해 잘 갈아지지도 않고, 물을 넉넉히 넣어야 곱게 갈아지는데, 그러면 팥물이 묽어지기 마련이다. 이런 묽은 팥물은 못 쓴다며 아빠는 번거로운 줄 알면서도 진한 팥물을 만들기 위해 이 고생스러운 과정을 매년 자처했다. 그렇게 팥물을 내리는 날이면 창문에 방울방울 서리가 끼고 부엌 벽지가 쪼글쪼글해졌다. 살짝 열어놓은 창문과 문으로 들어오는 한기 때문에 부엌엔 뽀얀 수증기가 뭉게뭉게 피어올랐다. 한증막처럼 습해지긴 했지만 그 따끈한 공기가 참 훈훈해서 좋았다. 무엇보다 우리 집만의 대단한 행사를 치르는 것 같은, 한껏 들뜬 부산함도 설레고 좋았다. 팥물을 다 내리면 한 번 먹을 양만큼 덜어 통에 소분해둔다. 잘 나누어 놓은 팥들을 냉동고에 착착 넣어두는 것으로 '겨울 대비 팥물 내리기'는 일단락된다.

쫀득한 새알심이 들어간 팥죽이 먹고 싶은 나의 바람과는 달리 아빠는 직접 밀어 굵게 썰어낸 칼국수 면으로 팥 국수를 만들어 먹었다. 각자 한 그릇씩 앞에 두고 상에 둘러앉아 각자 소금이나 설탕으로 간을 한다. 나는 설탕 한 큰술! 적당히 뿌린 설탕과 팥은 궁합이 좋다. 소금을 넣은 엄마의 팥 국수보다 설탕을 넣은 아빠의 팥 국수가 언제나 인기가 좋았다. 마지못해 설탕 통을 내어주시면서 고개를 절레절레 흔드는 엄마를 두고 아빠와 나는 어깨를 낮추고 눈을 마주치며 찡긋찡긋 윙크를 했다. '이 맛은 우리만 안다'는 신호 같은 거였는데 그 윙크가 웃기면서도 좋았다. 우리만 아는 이 쫀득한 달콤함, 느끼할 새 없이 다음 젓가락질을 응원하는 엄마의 겉절이가 얼마나 좋은지 아빠와 나는 분명히 알았다.

삶에서 소중한 것들은 비교적 나와 가까운 곳에 머물러 있다. 그러다 보니 늘 그 자리에 머물러 있어 주길 당부하며 익숙함에 젖어 들게 된다. 그래서일까. 날 선 바람이 부는 차가운 겨울이 오면 그날의 팥 국수가 다시 선명해진다. 일 년 내 먹고사느라 잊고 지내도 겨울이 오면 팥 국수가 생각나고, 자연스레 그날의 우리가 뿌연 수증기처럼 피어오른다.

### 겨울이 전하는 말

직접 팥을 삶을 때 주의할 점이 있
다. 팥이 끓으면 물을 따라 버리고
다시 물을 붓고 무르도록 푹 삶는
다. 첫 물을 버리는 이유는 팥의 떫
고 아린 맛이 많이 우러나기 때문
인데 이렇게 초벌 삶기를 해주면
속이 편한 팥죽을 만들 수 있다.

### 호호 불어먹는 달콤한 단팥죽

단팥죽은 새알심, 칼국수, 밥알, 가
래떡 등 취향에 맞는 속 재료를 넣
어 먹는 재미가 있다.

재료 단팥 500g, 찹쌀가루, 찹쌀떡,
설탕, 소금 약간

조리순서 ❶ 팥은 미지근한 물에 반
나절 이상 불린다. ❷ 불어진 단팥
은 중불에 30분 정도 뭉근하게 삶
아주고 삶은 물은 버린다. ❸ 삶아
진 단팥이 다시 잠길 만큼 물을 붓
고 한 시간 이상 뭉근하게 삶아준
다. ❹ 팥과 팥 국물을 믹서기에
갈고 채반에 거른다. ❺ 찹쌀가루
를 물에 풀어 천천히 넣으면서 점
도를 맞춘다. ❻ 먹기 전 찹쌀떡을
잘라 올리고 소금과 설탕은 기호에
따라 조절해 넣는다.

## 분식은 경박스러워야 제맛

## 잔치국수 후루룩

모 기업의 사보 촬영을 하느라 느지막이 작업이 끝났다. 서둘러 정리하고 빠져나왔는데도 벌써 밤 열 시가 다 된 시간. 같이 촬영을 진행한 사람들은 너나 할 것 없이 출출한 기색이었다. 함께 촬영한 직원도, 작업한 사보 팀 직원도 빨리 끝내고픈 마음에 저녁도 미룬 채 촬영을 진행했기 때문이다. 잔치국수 한 그릇 가볍게 먹고 헤어지는 게 어떻겠냐는 누군가의 제안에 다들 고개를 끄덕였다. 김이 모락모락 피어오르는 잔치국수를 떠올리니 벌써 군침이 돌았다.

사보 담당자, 직원 모두 함께 근처의 잔치국수 집으로 향했다. 가게까지 멀지 않아 슬슬 걸어가는 중에 동네 이웃을 우연히 만났다. 반가운 마음에 함께 가던 사람들에게 양해를 구해 식사에 초대했다. "우리 잔치국수 먹으러 가는 길인데 같이 갈래요?" 그렇게 넷이 되었다.

가볍게 한 그릇 먹자고 움직이는 중이었는데 동네 이웃이 합세하자 모임 규모가 갑자기 커진 것 같은 기분이 들었다. "이 밤에 잔치 열렸네"라며 누군가 농을 쳤다. 일을 잘 마쳤다는 홀가분함 때문인지 아니면 다음 날이 주말이라는 사실 때문인지 이야기 끝에 웃음이 끊이지 않았다. 정말이지 잔치가 열린 듯 흥이 났다. 그사이 국숫집에 도착했는데, 예상과 달리 문은 굳게 닫혀 있었다. 너무 늦게 가서인가. 다들 황망한 기색이 역력했다. 배가 더 고파 와 난감했다.

"아, 그럼 어떡하지?"
"오늘은 꼭 잔치국수가 먹고 싶은데."
"그러게. 잔치국수 먹자고 이미 마음먹어버려서 꼭 먹고 싶네. 난 2안은 없어."

그때 야식을 먹으러 종종 들르던 분식집이 떠올랐다. "그럼 여기서 멀지 않은 곳에 분식집이 있어요. 거기라도 갈래요?" 모두 고개를 끄덕였다. 이미 머릿속과 마음은 모두 잔치국수로 세팅되어 있었다. "하필 오늘 잔치국수가 먹고 싶고 난리람." 누군가 조용히 중얼거렸고 다들 키득거렸다. 십 분을 더 걸어 도로변에 있는 24시간 분식집에 도착했다.

자리에 앉기 무섭게 잔치국수 네 개와 만두, 떡볶이를 시켰다. 제일 먼저 만두와 떡볶이가 나왔다. 어묵 없이 뻘건 양념을 뒤집어쓴 쌀떡이 올망졸망 좁은 접시를 채웠고 만두는 찜기 속에 곱게 줄 맞춰 놓여 있었다. 허기를 달랠 요량으로 시킨 메뉴였는데 순식간에 접시가 비워졌다. 분식집의 미덕은 속도다. 숨 돌릴 새 없이 잔치국수가 바로 나왔다. 다들 잠시 눈이 반짝인다. 잔치국수가 등장하자 익숙한 후추 냄새가 코를 자극했다. 눈으로 대충 훑어보니 김밥에 들어가는 채소 몇 가지와 김 가루, 계란을 푼 것이 전부였다. 일제히 숟가락을 들어 후추를 훑어내고 호로록 소리를 내며 국물을 들이켰다. 상상한 딱 그 맛이다. 국수를 들이켜는데 열중한 나머지 다들 한참 동안 말이 없었다. 반쯤 먹었을 때 쫑쫑 썰어 내어 주신 익은 배추김치를 국수에 풀고 대접째 들어 국물을 마셨다. 나도 모르게 소리가 입 밖으로 절로 나온다. "아, 시원하다." 피로가 풀리는 맛이다. 다들 절반을 비워갈 때쯤 말문이 다시 열렸다. "다들 말이 없는 거 보니 이 집 국수 잘하네! 맛있으면 말이 없어지지!" 다들 공감해 실소했다. 그때 국물을 들이키던 동네 이웃이 말했다.

"분식이나 국수는 뻔해야 맛있어. 괜히 건강하게 만든다고 뭔가 프리미엄으로 만들면 되레 맛이 없어. 분식은 뭐랄까, 좀 경박스러워야 제맛이 나는 것 같아."

어찌 이리 명쾌하단 말인가. 참말이지 분식은 살짝 경박스러워야 제맛이다. 건강을 생각해 이것저것 넣기 시작하면 맛이 점점 복잡해진다. 모양이 좋고 건강에도 좋을지 모르나, 기대한 맛과는 거리가 멀어지기 마련이다. 고로 분식은 진지할 필요가 없다. 분식을 마주할 때만이라도 우리 진지하지 말자. 지금처럼!

## 겨울이 전하는 말

멸치육수는 어떤 요리에도 잘 어울리는 기본 육수다. 시간만 된다면 한 솥 끓여 두면 두고두고 쓰임이 많다. 육수는 물 2L, 국물용 멸치 한 주먹, 대파 1대, 다시마 1장이면 된다. 국물용 멸치는 내장을 제거한 후 솥에 준비한 재료를 넣고 30분가량 끓여준다. 육수를 한 김 식혀 한 끼 분량으로 나누어 담아 냉동해둔다. 필요할 때마다 꺼내 쓴다. 여력이 없다면 시판되는 멸치육수를 사용해도 좋다.

## 초간단 잔치국수

끓는 물에 소면을 넣고 그대로 두면 서로 엉겨 붙으니, 소면을 넣고 살살 저어주면서 면을 삶는다. 찬물에 충분히 헹구지 않으면 밀가루 냄새가 나니 살살 비비면서 헹군다.

재료 멸치육수 400ml, 소면 1인분, 계란 1개, 애호박 1/4개, 당근 1/5개, 청양고추 1/2개

조리순서 ❶ 끓는 물에 면을 삶은 후 찬물에 헹귀 전분을 빼 준비한다. ❷ 육수에 채 썬 애호박, 당근, 고추를 넣고 한소끔 끓여준 후 계란을 풀어 부어준다. ❸ 소금과 후추로 간을 한다. ❹ 그릇에 삶은 면을 담고 잔치국수 국물을 부어주면 완성이다.

나 북어포 좋아한다고 했더니
고소하고 짭조름한 북어포 구이

인천에서 운영해왔던 회사를 서울로 옮기면서 아예 집도
서울로 옮기기로 결심했다. 그러면서 여러 이유로 나보다 일 년
먼저 서울에 살던 막내와 함께 살기로 했다. 경제적인 이유가
가장 컸다. 작은 살림이라도 두 집의 짐을 한 곳에 합치는 일은
생각보다 쉽지 않았다. 특히 둘 다 요리를 좋아하다 보니 주방
살림이 만만치 않았다. 각자의 방이야 알아서 할 일이지만 부엌
짐은 그렇지 않았다. 각을 맞춰보다 동생과 주방부터 정리하고
나머지 짐은 각자 알아서 정리하기로 결정했다.

이삿날 각자 역할을 나눠 상, 하부장을 각각 정리한 다음 냉장
고 정리를 했다. 자기 짐이 아닌 것들이 불쑥불쑥 튀어나오다
보니 물어볼 것들이 많았다. 동생의 냉장고 짐 중에서 커다랗고
까만 봉지가 두 개나 있었다. "이건 뭐야?" 봉지 모양을 보더니
동생이 아하, 하는 표정을 짓는다.

"아, 그거. 엄마가 보내준 북어포야."
"북어포? 엄마가 북어포를 보내줬다고? 뭐 하게?"
"내가 북어포 좋아한다고 했더니 엄마가 그 뒤로 가끔 보내주시
더라고."

"북어포를 좋아하는 줄은 몰랐네. 그런데 그걸로 뭐 해 먹어?"

"그냥 구워 먹지."

"그냥 구워 먹는다고?"

엄마의 요리에 북어가 등장할 일이 거의 없어 의아함에 나도 모르게 되물을 수밖에 없었다. 뜬금없다는 느낌이 들어서 나도 모르게 질문에 질문이 이어졌다. 대화를 하고 있는데 내용이 점점 산으로 가는 느낌이었다. 이삿날이라 정신이 없어, 상세한 이야기는 북어포와 함께 싸서 냉장고에 넣어두었다.

넉넉지 못한 금액으로 방 두 개짜리 집을 얻었는데 원하는 조건을 맞추다 보니 집 위치는 점점 골목 깊숙한 곳으로 들어가고 말았다. 평소엔 괜찮았지만 밤늦은 시간엔 살짝 걱정스럽기도 해서 느지막이 퇴근하는 날이면 동생이 역 앞까지 자주 마중을 나왔다. 속사정은 퍽이나 귀찮았으리라 짐작만 한다. 그래도 누나 걱정하는 마음과 매번 반겨주는 발걸음이 고마워 돌아가는 길에 종종 야식을 사곤 했다.

어느 날의 퇴근길에도 미리 연락했더니 동생이 기다리고 있었다. 야식을 쏘겠다 했다. 동생은 시원한 맥주나 한 병씩 사 가자고 했다. 맥주는 캔보다는 병으로 된 제품이 맛있다는 동생의 철학에 따라 세 병을 사 들고 왔다. 내 것이 한 병, 동생 것이 두 병이다. 그래야 마시는 속도가 맞다. 집에 도착하자마자 냉동실에 맥주를 넣어두고 간단하게 저녁을 챙겼다. 가볍게 준비를 마치고 옷을 갈아입고 방에서 이것저것 정리하는 데 동생이 문을 두드린다. 똑똑똑.

"누나 맥주 마실 거야?"

"응! 좋지!"

동생은 냉동실, 비닐에 가득 담긴 북어포 한 봉을 꺼냈다. 그제야 집에 북어가 있다는 걸 떠올렸다.

"북어포 먹으려고?"

"맥주에는 북어포지!"

"어떻게 먹어? 진짜 구워서 먹게?"

"믿어 봐. 굽기만 해도 진짜 맛있어!"

석쇠 사이에 북어포를 넉넉히 올리고 가스 불에 스치듯 빠르게, 골고루 북어를 구웠다. 건어물이 그렇듯 냄새에서 사람을 유혹한다. 뿌연 연기를 뿜어내며. 냄새가 방 안에 퍼지자 군침이 돌았다. "북어포엔 마요네즈 소스지!" 동생은 종지에 마요네즈를 넉넉히 짜고 그 위에 돈가스 소스도 조금 넣더니 청양고추 하나를 가위 끝으로 열심히 다졌다. 마지막으로 통깨를 팍팍! 차려 놓고 먹는 안주가 아니니만큼 넓은 쟁반에 종이 포일을 한 장 깔고 구운 북어포랑 마요네즈 소스를 담은 작은 종지를 식탁 가운데 냈다. 이제야 동생의 속셈이 보인다.

"너 술안주 하려고 엄마한테 북어포 보내 달라고 한 거지?"

"꼭 그런 건 아니지만… 보내주시니까. 북어포엔 또 맥주가 잘 어울리고!"

병맥주를 사이좋게 나누어 따르고 잔을 부딪쳤다. 짠! 우리 앞으로 싸우지 말고 잘 살아 보자! 맥주의 차가운 첫 모금을 넘기고 구운 북어포를 마요네즈 소스에 푹 찍어 질경질경 씹었다. 큰 기대 없었는데 순간 "와! 진짜 맛있다. 이래서 옛날에 동네 아저씨들이 막걸리 마시면서 마른 안주를 시켰구나!" 뜻밖의 깨달음을 얻었다. 내 반응에 기분 좋았던지 동생은 "맛있다니까! 맥주에는 북어가 최고의 조합이지. 그리고 밥 먹을 때 국이 마땅찮을 때 있잖아. 그때 계란국에 북어 좀 잘라 넣으면 시원하다니까. 콩나물국이 좀 심심하다 싶을 때 넣어도 좋고. 자취생 필수 아이템이지!"

몇 년 전 독립하더니 나름 먹고살겠다고 이것저것 자기만의 삶의 방식을 만든 동생을 보고 있으니 마음이 뭉클해졌다. 큰누나 마음이 다 이런가. 마냥 어린애인 줄만 알았는데 나름의 방법으로 자신의 삶을 온전히 책임지며 살아내는 모습이 대견했다. 맥주를 비우는 동안 각자가 한창 하고 있는 고민을 털어놓기도 하고 다시 꺼낸 옛날 얘기, 이제야 말할 수 있는 지난 비밀까지. 주저리주저리 말하다 보니 깊어진 밤만큼이나 북어포를 비빈 손이 새까매졌다. 얘기를 들어줄 때 마땅히 할 것도 없는데 북어포를 비비고, 작은 가시들을 발라내며 안주로 북어만 한 게 없다는 생각이 들었다. 그 밤에 우리가 도대체 몇 마리를 먹었는지 알 수 없으나 속에서 불어버린 북어포가 배도 마음도 빵빵하게 부풀게 했다. 괜히 잘 먹지도 않는 북어를 산다고 이곳저곳 다녔을 엄마 생각도 술김에 얼큰해진다. 그럴 땐 괜히 동생을 타박하게 된다. "야! 북어포 맛있는 건 알겠는데 다음엔 앞으론 여기서 사 먹자!

오며 가며 사다 둘게." 동생도 속 깊은 생각을 털어놓는다. "나도 엄마한테 번거로우니까 보내지 말랬는데 엄마 마음은 그게 또 아니래. 그래서 그냥 고맙다고 하고 다 먹었냐 하면 다 먹었다 하고 달라고 해. 다른 거로 더 잘해드리면 되지."

이날 북어포 맛에 반한 이후 이제 동생이 없어도 나 홀로 '맥주엔 북어포'를 실천하고 있다. 이젠 가볍게 맥주 한잔하고 싶을 때, 늦은 밤 군것질이 하고 싶을 때 북어를 굽는다. 간혹 작업실에서도 종종 북어를 굽는다. 실마리가 풀리지 않을 때 함께 둘러앉아 맥주 한 캔에 북어포 질겅거리며 회의를 이어가면 꽤 효과가 좋다. 북어가 가진 효능 때문인지 질겅거리며 스트레칭하는 얼굴 근육 때문인지 알 수 없으나 이렇게 이어간 회의의 결과는 성공적이다.

북어포를 구울 땐 석쇠에 직화로 굽는 것이 가장 맛있는데 빠르게 그리고 고루 구워내는 능숙함이 필요하다. 자칫하면 까맣게 타올라 숯검댕이가 되기 일쑤거나 북어포 속 냉기가 남은 채로 겉만 익어버려 비릴 수 있다. 소스는 개인 취향이지만 마요네즈 소스와 고추장 소스 두 가지를 그때 기분에 따라 만들어 먹는다. 마요네즈 소스엔 돈가스 소스나 우스터 소스, 고추냉이를 기호에 따라 가미하고 청양고추나 파를 다져 곁들이면 실패할 일 없이 완성할 수 있다. 고추장엔 참기름, 깨소금이면 충분하니 더욱이 실패할 일이 없다.

이제는 간혹 동생이 전수해 준대로 계란국이나 콩나물국에도 북어를 넣어 먹곤 하는데 정말 조미료 없이 감칠맛을 끌어올리는 신의 한 수로 부족함이 없다. 대신 국에 넣을 때는 반드시 마른 팬에 한 번 볶아 수분을 충분히 날려주고, 살짝 노릇하게 볶아내야 한다. 그래야 비릿함 없이 뿌옇고 고소한 육수를 얻을 수 있다.

### 겨울이 전하는 말

명태는 워낙 이름 많은 생선인지
라 들을 때마다 알면서도 헷갈린
다. 한류성 바닷물고기 명태는 대
구과에 속하는 물고기다. 그물로
잡으면 망태, 낚시로 잡으면 조태
라고도 한다. 싱싱한 생선일 때
는 생태, 얼리면 동태, 말리면 북
어다. 얼렸다 녹였다 얼리면 노래
지면서 황태, 내장과 아가미를 빼
고 다섯 마리씩 묶어 말리면 코다
리, 하얗게 말리면 백태, 검게 말리
면 흑태, 딱딱하게 말리면 깡태, 어
린 명태는 노가리다. 심지어 잡히
는 지역이나 시기에 따라 부르는
이름도 다르다. 강원도에서 잡히
는 건 강태, 동지 전후에 잡히는 건
동지받이라고도 한다. 그만큼 사
랑받았던 생선이다. 한때 남획으
로 멸종위기에 처했으나 최근 인
공수정으로 복원을 시도하고 있다
고 한다. 러시아산이 아닌 국산 명
태를 기다린다.

### 마법의 마요네즈 양념장

흔히 마요네즈에 간장을 넣어 먹
지만 여기에 돈가스 소스가 들어
가면 감칠맛이 배가된다. 청양고
추를 넣어 느끼함을 잡아줘 질리
지 않고 먹을 수 있다.

재료 마요네즈 2큰술, 간장 0.5큰
술, 청양고추 1개, 돈가스 소스, 고
추냉이 약간, 깨 약간

조리순서 ❶ 분량 양념 재료를 섞는
다. ❷ 청양고추는 가위로 크게 잘
라 양념에 넣는다. ❸ 깨소금으로
마무리한다.

## 고립을 대비한 비상식량, 밀가루 한 봉
## 뚝뚝 떼어 팔팔 끓이는 콩나물 김치 수제비

비 내리는 모습을 보는 걸 좋아한다. 조금만 움직여도 금세 젖는 신발, 덜 말라 꿉꿉한 빨래, 우산 때문에 손이 모자라 평소보다 움직이기 불편해진다. 이런 이유라면 내리는 비가 좋을 리 만무하지만 그럼에도 비가 반갑다.

계절마다 좋아하는 저마다의 이유가 있다. 봄비는 언 땅을 녹인다. 잔뜩 움츠린 어린 것들이 어깨 펴고 고개를 내밀 여지를 만들어주기 때문이다. 찬기가 채 가시지 않았지만 분명 '따수운' 힘이 있다. 여름비는 소리도 남다르다. 두둑두둑 큰소리로 등장을 알린다. 축 처진 푸른 것들에게 힘내라고 어깨 두드리듯 빗방울이 힘 있게 땅을 친다. 게다가 여름비는 유독 절실하다. 행여 '적정선'을 넘칠까 조마조마하지만, 뙤약볕에 마른 땅이 실컷 목을 축이는 모습을 상상하면 나마저도 절로 해갈되는 느낌이다. 가을비는 알곡을 여물게 한다. 이 시기 비는 바짝 오다가도 추수 직전, 때가 되면 잠시 멈추어야 한다. 그래야 습기가 말라 좋은 곡물과 당도 높은 과일을 수확할 수 있다. 적당히 눈치가 필요한 타이밍이다. 겨울비는 생존을 위한 식수다. 모든 게 끝나버린 듯한 혹독한 추위에도 비는 살아 있는 것들의 존재를 지극히 살핀다. 비 오는 이유가 이렇게 심오한데 나 혼자 편하자고 투덜대는 모양새가 인간의 이기적인 욕심 같아서 불평이 쏙 들어간다.

비가 오면 덩달아 진해지는 흙냄새, 풀 냄새도 좋고, 툭툭 떨어지는 경쾌한 빗소리도 좋다. 방 안에서 가만히 듣고 있으면 마음이 편해진다. 시골 태생이라 그런지 자연을 느낄 만한 소리, 냄새, 맛, 온도, 습도에 나름의 감성이 피어오른다. 익숙함이 주는 힘이라고 생각한다. 그래서인지 비 오는 날엔 유독 집안이 아늑하게 느껴진다. 세상에서 가장 안전한 대피소에 입성한 기분이랄까. 이런 날에는 집에서 뒹굴며 인간의 게으른 본능에 충실하고 싶어진다. 귀찮은 일은 좀 미뤄두고, 대중 없이 누워 있다가 배꼽시계 알람에 맞춰 배를 불리는 자발적 고립이 절실해진다. 비 오는 날엔 그래도 괜찮을 것만 같다. '인간이 어찌할 수 없는' 식의 한계 밖의 일이라 치부하고 보면 자책감을 덜어낼 수 있다. 날씨가 이런데 어쩔 수 없잖아, 어차피 쉬어야 하는 상황이라면 미련 떨지 말고 충실하게 쉬어야지. 암 그렇고 말고. 다만 자발적 고립도 미리 준비되어 있어야 가능하다. 우선 식량이 넉넉해야 한다. 하지만 예기치 못한 고립으로 먹을 게 마땅치 않더라도 괜찮다. 밀가루만 있으면 뭐든 만들 수 있다. 비 오는 소리에 자연히 떠오르는 부침개, 얼큰하게 끓인 따끈한 수제비라면 하루는 거뜬히 버틸 수 있다. 되는 대로 수제비를 만들기로 한다. 냉장고 안의 재료가 그날 수제비의 이름을 결정하게 된다. 감자가 있으면 감자 수제비, 콩나물이 있으면 김치 콩나물 수제비, 그마저도 없으면 그냥 수제비다. 멸치랑 다시마로 육수 내 간만 맞춰내도 웬만한 구색은 갖출 수 있다. 고명은

빻은 깨소금이나 김 가루면 족하다. 있으면 좋단 얘기지 없으면 없는 대로 그만이다. 자발적 고립을 결심했다면 예민하게 굴지 말고 대충, 되는 대로 주어진 것에 감사하고 만족하는 태도가 필요하다.

사실 이 고립은 꽤 오래전부터 시작됐다. 지금이야 자발적 고립이지만 어렸을 땐 원치 않게 고립되는 날이 많았다. 지방 소도시에서 어린 시절을 보냈는데 비 오는 날이면 별 수 없이 집에만 콕 박혀 있어야 했다. 비를 피해 놀 만한 놀이터 하나가 없으니 별 수 없었다. 혹시나 하는 마음에 친구 집에 놀러 가고 싶다고 말하면 엄마는 비 오는 날 남의 집에 가는 건 민폐라며 단호하게 반대했다. 종일 집에만 있으려니 심심해 몸이 배배 꼬일라치면 그쯤 엄마는 수제비나 부침개를 해주셨다. 미리 스테인리스 볼에 밀가루 반죽을 만들어 둔 다음 육수를 준비했다. 육수 냄새만으로도 그날의 수제비 제목을 알아맞힐 수 있었다. 주로 김치 콩나물 수제비를 먹곤 했다. 설설 육수 끓는 소리가 나면 부엌에 있는 엄마를 큰 소리로 불렀다.

"엄마, 오늘 수제비 만들 거야?"
"응! 큰 방에 상 펴!"

냉큼 큰 방에 상을 편다. 한가운데 버너를 놓고 기다리면 엄마가 미리 한소끔 끓인 육수가 담긴 냄비를 그 위에 올린다. 주로 김치 콩나물국이다. 상 주위로 식구들이 둘러앉으면 엄마는 잘 부풀어 오른 밀가루 반죽을 적당한 크기로 나눠 한 덩이씩 나눠

주었다. "쭉쭉 잡아당겨서 얄팍하게 만든 다음에 먹기 좋게 끊어 넣으면 돼. 엄마 하는 거 잘 봐." 하지만 우린 각자의 모양으로 수제비를 만들었다. 반죽을 조물조물하다 제멋대로 모양을 잡아 한 덩이씩 떼어 넣었다. 동글동글 새알심처럼도 만들었다가 손바닥으로 길게 늘어뜨려 지렁이처럼도 만들었다. 지렁이들을 이어 붙여 국숫발처럼 만들어 펄펄 끓는 냄비에 첨벙첨벙 던져 넣었다. 잘 익힌 빨간 국물에서 자기가 던져 넣은 수제비를 찾아서 골라 먹는 재미가 있었다. 빗소리를 들으며 그때 시간을 되짚고 있자니 오늘은 역시 수제비인가 싶다.

지난번에 사다 둔 콩나물이 아직 좀 남아 있다. 감자 수제비도 살짝 당기는 데다 콩나물을 소진한다고 며칠 내내 콩나물만 먹었더니 물려 살짝 고민이 된다. 며칠 전 콩나물국이 먹고 싶어 장을 보러 갔는데 한 할머니가 파란 천막 천을 깔아 두고 콩나물과 푸성귀들을 팔고 있었다. 대파가 실해 보여 기웃기웃해보니 검정 시루에 콩나물이 담겨 있었다. 대파와 콩나물을 각각 천 원어치씩 달라 했더니 할머니는 봉지 하나를 꾹꾹 눌러가며 가득 담아주셨다. 혼자 살아서 이만큼 다 못 먹는다고 손사래를 쳐도 다 먹는 방법이 있다며 기어코 봉지를 채운다. 이걸로 국 끓이고 나물 무쳐 먹고 하다 보면 금방이란다. 그 말 그대로 부지런히 국도 끓이고 나물로 무쳐도 먹었는데 아니나 다를까 한참 남은 콩나물이 며칠째 냉장고 신세다. 이참에 냉장고를 시원히 비울 참이다.

물이랑 소금을 조금 넣은 밀가루 반죽을 잘 치댄 다음 냉장고에 넣어 잠깐 휴지시켰다. 그사이 다시마 조각 몇 개랑 멸치 몇 마리로 육수를 내 건져낸 다음 쫑쫑 썬 김치를 넣는다. 푹 끓여 김 칫국물을 우려낸 다음 콩나물을 살짝 데치듯 넣어준다. 콩나물 비린내가 가시면 냉장고에 넣어둔 반죽을 꺼내 왼손으로는 반 죽을 잡고 오른손으로 쭉쭉 늘려 얇게 편 다음 바글바글 끓는 냄비에 뚝뚝 떼어 넣는다. 불투명했던 반죽이 투명해지면 하나 꺼내 반으로 갈라 본다. 반죽 가운데까지 투명해지면 잘 익은 거다. 마지막으로 대파를 얇게 어슷 썰어 넣고 마지막으로 파르 르 끓어오르게 한소끔 끓여내면 된다.

깊은 그릇에 크게 담아 식탁에 앉았다. 수저로 살짝 눌러 국물 을 먼저 맛본다. 시원하고 칼칼해서 쌀쌀한 날씨에 딱 좋다. 찌 뿌둥한 기운도 싹 가시는 듯하다. 수제비를 끓이던 엄마도 자발 적 고립으로 퍽이나 찌뿌둥했던 걸까.

### 겨울이 전하는 말

밀가루 반죽은 바로 만들어도 상관없지만 잠깐이라도 휴지시키면 밀가루의 풋내가 없어지고 더 쫄깃해진다. 물이랑 소금을 넣은 밀가루 반죽을 잘 치댄 다음 랩으로 씌워 냉장고에 30분간 숙성한다.

### 칼칼한 콩나물 김치 수제비

콩나물을 넣고 뚜껑을 열었다 닫기를 반복하면 콩나물 비린내가 나니, 콩나물을 넣고 뚜껑을 열어놓고 끓인다. 닫고 끓였다면 콩나물이 완전히 익은 후 뚜껑을 연다.

재료 다시마 멸치육수 700ml, 수제비 반죽 200g, 콩나물 한 줌, 김치 1/3컵, 대파 1/2대

조리순서 ❶ 다시마 멸치육수에 김치를 쫑쫑 썰어 넣는다. ❷ 푹 끓여 김칫국물을 우려낸 다음 콩나물을 살짝 데치듯 넣어준다. ❸ 콩나물 비린내가 가시면 냉장고에 넣어둔 반죽을 꺼내 쭉쭉 늘려 얇게 펴 넣는다. ❹ 불투명했던 반죽이 투명해질 때 대파를 어슷 썰어 넣어 한소끔 끓인다.

진짜로 일어날지도 몰라 기적
냄새가 더 자극적인 짜장 라면

경희와 퇴근 후 영화를 보기로 한 날이다. 한 달 전쯤 가볍게 해둔 약속이었는데 벌써 오늘이다. 잡지사에서 편집장으로 일하는 그녀와는 업무로 만났다가 마음이 맞아 곧 친구가 됐다. 첫 미팅 끝에 사는 곳이 가깝고 동갑내기라는 사실을 알고 사담을 나누게 된 것이 계기였다. 회사를 운영하며 겪어온 고충을 서로 잘 알기에 자연스럽게 마음의 거리가 가까워졌다. 비록 먹고사느라 자주 만나지 못하고 연락도 뜸하지만 자기 자리에서 잘 살아주는 것만으로도 고마운 애틋한 사이가 되었다.

하는 일은 다르지만 어떤 의미에선 '각자의' 회사를 운영하는 입장에 있다 보니 만나면 속내를 터놓을 수 있는 유일한 친구가 됐다. 가볍게 밥이나 차 한잔하자고 만나서도, 일 고민이나 업무 고충에 대한 이야기가 주로 이어졌다. 너무 몰입해 진이 쭉쭉 빠지는 날도 있지만 그래도 긴 얘기 끝에 희망을 보는 날이 더 많았다. 오늘을 약속하던 날도 마찬가지였다.

"우리 오늘은 아무 생각 없이 유쾌하고 재밌는 거 하면 안 돼?"

"하자! 뭐 하고 싶은데?"

"거창한 거 말고. 가볍고 쉽게 할 수 있는 거 없을까?"

마음 같아서는 하루라도 시간을 내 여행이라는 타이틀을 붙여 홀가분한 일탈을 시도하면 좋겠지만 당장 다음 날 출근할 생각에 둘 다 엄두를 내지 못했다. 사실 만날 밥 먹듯 야근하는 처지에 퇴근 후 무언가를 한다는 것조차 적잖은 부담이니 선택의 폭도 넓지 않았다. 그러다 경희가 갑자기 하고 싶은 게 있다며 외쳤다.

"아! 나 하고 싶은 거 있어! 영화 보면서 라면 먹기!"
"그게 진짜 하고 싶은 거야? 왜 이렇게 소박해."
"일 생각 안 하고 환기하는 것만 해도 좋을 것 같아."
"오케이! 그럼 일 끝나고 작업실로 와! 라면 맛있게 끓여줄게!"

어둑한 저녁, 퇴근 시간도 조금 지난 늦은 시간에 짜장 라면 두 봉지와 군것질거리를 종이가방에 담아 들고 경희가 왔다. 고민에 고민을 거듭해 골라온 영화 세 편을 살펴보다 고레에다 히로카즈 감독의 「진짜로 일어날지도 몰라 기적」을 골랐다. 제목이 우리의 바람 같아서 자연스럽게 마음이 당겼다. "우리 이렇게 열심히 사는데 언젠가 진짜로 기적이 일어나지 않을까?" 꿈을 입 밖으로 말했더니 경희가 배시시 웃는다. 내심 같은 뜻에서 영화를 골라왔을지도 모른다. 나는 짜장 라면을 끓이기로 했다. 확신이 안 섰는지 경희가 눈을 가늘게 뜨며 묻는다. "라면 잘 끓여?" 자취 경력 십 년 차인 나는 자신만만한 투로 대꾸했다. "당연하지! 나, 라면 귀신이야!"
누구나 자신만의 '라면 맛있게 끓이는 노하우' 하나 정도는 가지고 있을 것이다. 나도 나만의 노하우로 짜장 라면 끓일 채비를 한다. 냄비에 평소보다 물을 반이나 적게 잡아 팔팔 끓인다. 첫 번째 포인트다. 끓는 물에 면을 반으로 쪼개 넣고 면이 풀어질 때까지 끓인다. 물을 따라내지 않고 함께 서서히 졸일 계획이기 때문에 물이 많으면 실패다. 실온에서 고체 형태로 유지되는 팜 유가 몸에 좋을 리 없지만 알면서도 어찌할 수 없는 것들이 있 는 법. 이 고소한 맛을 따라 버릴 수 없다.

면이 얼추 익어 잘 풀어지면 물을 버리지 않은 상태에서 분말 수프와 건더기 수프를 넣어 섞어준다. 이때 냄비 바닥이 눌어붙 지 않도록 약한 불로 줄이고 계속 저어준다. 불이 냄비 바깥으 로 넘실대지 않으면 대략 약한 불이라고 보면 된다. 두 번째 포 인트다. 국물이 졸아들어 자박자박해지면 불을 끄고 동봉된 기 름을 골고루 뿌려준다. 반질하고 촉촉한 짜장 라면이 식욕을 확 끌어당긴다. 조금 더 모양이나 맛에 신경 쓰고 싶은 날이라 반 숙 계란 프라이를 얹고 쫑쫑 썬 파, 깨소금을 뿌려 마무리한다. "오! 맛있겠다!" 라면을 본 경희가 감탄했다. 한밤에 먹는 라면 이 맛없을 리 없지. 별생각이 없다가도 라면 냄새에 무장 해제 되는 것은 본능이다. 영화 세팅도 끝났다. 작은 노트북 화면에 의존해 영화를 보려니 아쉬운 구석이 없잖았지만 아늑하니 나 쁘지 않았다. 영화를 보면 식사를 시작했다. 함께 젓가락 부딪 히며 먹는 짜장 라면이 얼마나 맛있던지 두 개만 끓인 게 아쉬 울 지경이었다.

영화는 부모의 이혼으로 떨어져 살게 된 형제가 예전처럼 함께 살기를 바라는 데서 시작된다. 형은 엄마와 살고 동생은 아빠와 산다. 우애 좋은 형제는 전화 통화로 서로의 안부를 물으며 같이 살날만 손꼽아 바란다. 어느 날, 형 고이치는 고속철도에 대한 기적 얘기를 친구에게 듣게 된다. 상하행선 기차가 서로 달려오다 교차하여 지나가는 순간, 그 찰나에 소원을 빌면 소원이 이루어진다는 거다. 그 길로 고이치는 동생과 함께 그곳을 찾아 떠나기로 한다. 우여곡절 끝에 형제는 그 기적의 장소에 도착한다. 소원을 외치려 하는 순간 형제는 느닷없이 지난 순간들을 마주한다. 화면은 과자 부스러기, 자판기 밑 동전, 바람에 흩날리는 코스모스를 다시 비춘다. 일상에서 이미 일어나고 있는 기적을 고이치가 발견하는 순간 우리도 덩달아 뜨거운 기적을 경험하는 듯 마음이 차올랐다.

서로가 기대하는 기적이 어떤 모습인지는 몰라도, 그 기적에 영 못 미치는 오늘이라 매일을 조급하게 살지라도, 젓가락 부딪히며 먹는 짜장 라면과 영화 한 편 볼 여력을 내 만난 지금 이 순간도 우연히 만든 기적의 순간이지 않을까 싶었다. 근사한 일탈은 아니었지만 텅 빈 마음을 희망으로 채운 심야 데이트였다.

"보화야! 우리에게도 진짜로 일어날지도 몰라. 기적!"
"이미 일어나고 있는지도 몰라. 기적!"

## 겨울이 전하는 말

중국집에서 파는 짜장면처럼 먹으려면 두 가지만 있으면 된다. 양파, 그리고 돼지고기. 둘 중에 하나만 갖춘다면 역시 돼지고기다. 고기가 모든 짜장면 맛의 베이스를 잡아준다. 돼지고기는 2cm 내외의 정사각형 모양으로 썰어 미리 기름을 낸 다음 익힌 면과 수프를 마저 붓고, 전분을 한 숟가락 둘러 걸쭉하게 잡아주면 된다. 전분이 없으면 밀가루도 나쁘지 않다. 재료가 하나씩 더해질수록 맛이 배가된다. 물론, 그냥 먹어도 맛있다.

## 마이 딜리셔스 짜장 라면

짜장 라면은 일반 라면보다 물을 반만 잡아 팔팔 끓인다. 물을 따라 내지 않고 천천히 졸이면 고소한 맛이 살아 있게 된다.

재료 짜장 라면 1봉지, 계란 1개, 대파 약간, 깨소금 약간

조리순서 ❶ 냄비에 물을 300ml 부어 팔팔 끓인다. ❷ 면과 건더기 수프를 넣고 약한 불로 졸이며 저어준다. ❸ 수프가 잘 풀어지면 오일을 뿌린 다음, 계란 프라이, 파, 깨소금을 순서대로 얹는다.

새벽 해의 맛

초연한 초당순두부

정동진행 심야 기차를 탔다. 막상 기차에 오를 때까지 구
체적 계획 없이 무턱대고 외친 구호가 이렇게 될 줄 몰라 얼떨
떨할 따름이었다.

회사를 꾸린 지 삼 년 차에 경험과 능력의 한계에 자꾸 부딪혔
다. 더 나아가려 해도 도무지 의욕이 일질 않았다. 아무것도 할
수 없을 것만 같은 불안이 엄습했다. 불행 중 다행인 건지 낮엔
줄 서서 기다리는 업무를 처리하느라 통 정신이 없어 하루가 빠
르게 지나갔다. 그러다 보니 불안한 생각은 밤에만 찾아왔다.
매일 밤마다 미처 끝내지 못한 숙제를 붙들고 있는 것마냥 괴로
웠다. 그런 날이 한참 흘렀을 무렵, 훌쩍 떠나 털어내고 싶다는
욕구가 강해졌다. 오밤중에 고등학교 친구인 아령에게 정말 뜬
금없이 문자를 보냈다. 답은 의외로 빨리 왔다.

— 아령아! 자?

— 아니? 무슨 일이야?

— 내일 뭐 해? 정동진 갈래?

— 갑자기? 음, 그래 가자!

자잘한 이유를 묻지 않고 흔쾌히 "가자!"를 외쳐준 그녀에게 참말로 고마웠다. 여전히 쿨한 그녀의 반응을 보고 오히려 내가 어찌 사람이 이리 한결같이 싶어 실소했다. 함께 갈 동행이 정해졌으니 다음 날 밤 열한 시 이십 분에 출발하는 정동진행 마지막 기차를 예매했다. 다음 날 퇴근 후 밤 열 시경 청량리역에서 아령을 만났다. 만나자마자 이게 무슨 일이냐는 식의 표정을 지으며 둘 다 낄낄 웃기 바빴다.

"야! 어쩌다 이렇게 정동진을 가나!"
"그러게 말이다."

친구에게 먼저 정동진행을 제안했지만 사실, 긴장감에 배가 살살 아팠다. 긴긴밤을 달려 낯선 곳에 떨어질 것을 생각하니 두렵기도 했다. 가는 길에 마실 맥주 두 캔, 과자 두 봉지, 물 두 병을 사 들고 플랫폼에 앉았다. 그제야 나름대로 계획을 세웠다. 다음 날 둘 다 오후 출근을 해야 하는 상황이니, 해 뜨는 것을 보고 순두부 한 그릇을 먹고 다시 서울행 기차를 타야 했다. 하여 오전 여덟 시에 출발하는 서울행 기차도 미리 예매해두었다. 어느새 정동진행 기차에 탑승하라는 안내 방송이 나왔다. 자리에 앉자 곧 곯아떨어질 것처럼 몸이 노곤해져 축 늘어지는 기분이 들었다. 하지만 어떻게 오른 여행길인데 바로 잠들 수 있단 말인가! 누가 먼저랄 것도 없이 캔맥주를 꺼내 들었다. 비록 맥주는 그사이 찬기가 다 식어버렸지만 캔을 따는 소리가 너무 시원해 덩달아 마음도 뻥 뚫리는 듯했다. 짠!

"같이 떠나 주어 고맙다!", "아이고 별 말씀을!" 여행의 공을 서로에게 돌리며 맥주를 꼴깍꼴깍 마셨다. 한 캔을 다 비울 때쯤 되니 몸의 긴장이 풀려서인지 쏟아지는 졸음을 이기지 못하고 잠을 청했다. 정기적으로 덜컹거리는 기차 소리를 자장가 삼아서.

"이번 정차역은 정동진입니다. 잊으신 물건이 없는지…"

안내 방송을 듣고 눈을 떠 보니 벌써 새벽 네 시를 넘긴 시간이었다. 밖은 아무것도 가늠할 수 없을 만큼 캄캄했다. 철길을 따라 희미하게 켜진 등 말곤 빛 한 점 찾기가 어려울 지경이었다. 기차는 천천히 속도를 줄이며 정동진역에 멈춰 섰다. 찬 기운을 맞으며 기차에서 내렸다. 잠이 덜 깨어 몽롱했다. 새벽 바닷바람이 생각보다 거세고 차가워 순식간에 양 볼이 얼얼해졌다.
어느 하나 분간이 안 되는 어둠 속이었지만 생생히 부서지는 파도 소리로 바다와의 거리를 실감했다. 오늘 해 뜨는 시간은 일곱 시 삼십오 분. 아직도 세 시간 가까이 남았다. 오는 길에 미리 다녀간 이들의 후기를 보고 해 뜨기 직전까지 역 앞 카페에서 잠시 쉬어가기로 했다. 사람들이 몰릴까 서둘러 역사를 빠져나와 카페로 향했다.

"아 뭐야! 공사 중이잖아!"

인터넷으로 얻은 정보는 가끔 이렇게 뒤통수를 친다. 카페는 한 달 전부터 재단장 공사를 시작했다고 공고를 붙여두었다. 철석

같이 믿고 자신만만하게 왔는데 예상대로 안 풀리면 당황스럽다. 이 추운 날 어디에 가 있으란 말인가. 별 수 없이 플랫폼으로 돌아가 살 안으로 스미는 추위를 밀어내려 안간힘을 썼다. 최대한 몸을 웅크린 채 서로 붙어 앉아 시간을 보냈다. 사람들의 움직임이 차츰 부산해지는 듯해 시간을 확인했다. 오전 일곱시가 조금 지나 있었다. 우리도 주섬주섬 바닷가로 가는 사람들을 따라 걸음을 옮겼다. 마치 때가 되어 바다로 향하는 새끼 거북이 무리 같았다.

하늘과 바다의 경계를 구분할 수 없을 만큼 까만 바다는 쓰디써 보였다. 쓸쓸하고 외로워 보였고, 냉랭한 모습이었다. 괜히 가슴까지 찬기가 스미는 기분이 들었다. 해 뜨는 시간이 점차 다가오니 긴장돼 다시 배가 아플 지경이었다.

"어? 떴다!"

누군가가 크게 외쳤다. 그의 말 뒤에 뒤따라 와! 하고 여기저기 감탄사가 터져 나왔다. 나 역시 막혀 있던 숨이 터져 나오듯 소리를 내며 숨을 텄다. 바다 끝에서 손톱만 한 해가 빼꼼 모습을 비추자 온 세상의 형태가 선명히 드러났다. 나도 점차 선명해졌다. 마음 깊이 드리운 그늘에 해가 떴다. 순간, 마음속에 맺혀 있던 것이 툭 하고 끊어지며 눈물이 흘렀다.

늘 그랬듯 해는 둥둥 떠올라 초연한 새벽을 밀어내고 활기찬 아침을 데려왔다. 해가 어떻게 뜨는지도 모른 채 한참 울었다. 친구는 내 울음이 그칠 때까지 말없이 기다려주었다. 정신을 차리고 보니 몹시 춥고 출출했다. 고민은 온데간데없이 사라지고 어서 따뜻한 곳에서 고픈 배를 달래고 싶단 생각뿐이었다. 친구는 상가가 많은 쪽으로 걸어가 보자며 나를 이끌었다. 상가 거리에는 순두부 가게가 즐비했다. 어디로 들어가야 할지 몰라 한참 두리번거리다 손님 수를 세어보고 꽤 많다 싶은 식당으로 들어갔다.

"사장님! 초당순두부 두 그릇 주세요!"

자리에 앉자마자 메뉴를 불렀다. 방바닥이 자글자글 끓어 얼었던 엉덩이며 빨간 볼이 금세 녹았다. 곧 하얀 대접에 뽀얀 순두부가 한가득 나왔다. 몽골몽골 덩어리 진 순두부에 김이 폴폴 올라온다. 잠깐 멍하니 순두부를 바라보며 생각했다. 아, 이 대접 속에 몸을 풍덩 담그면 참 포근하겠구나. 그만큼 넉넉하고 따뜻한 느낌이었다. 순하고 차분한 맛. 그 순한 것을 숟가락으로 떴다. 자극적인 입맛에 길들어서인지 그 밋밋한 맛이 생소했다. 식당 벽에 쓰여 있는 소개 글을 읽어 보니 강릉 순두부는 바닷물로 간수를 한단다. 찬찬히 음미하다 보면 바다 냄새도 느낄 수 있다는데. 본래의 맛, 그대로의 맛을 잊어버린 혀가 야속했다. 하는 수 없이 파, 고춧가루, 다진 마늘, 깨를 넣어 자박하게 만든 간장 양념장을 숟가락 끝으로 떠 순두부와 살살 섞어 식사를 이어갔다. 짭조름하니 훨씬 맛이 좋았다. 고민하던 내 모습이 싫어 이곳까지 왔는데 여기서마저 예민하게 구는 나를 발견하고는 순두부를 더 푹푹 퍼 한 그릇을 야무지게 비웠다.

## 겨울이 전하는 말

비교적 단단한 모두부와 달리 연두부와 순두부는 식감이 훨씬 부드럽고 매끈하다. 순두부와 연두부의 차이점은 크지 않다. 열량이나 수분량, 질감도 비슷하다. 굳이 구별한다면 포장방법에 따라 분류되는데 비닐팩에 넣어져 상품화된 것은 순두부, 네모진 플라스틱 용기에 담겨 나오는 것을 연두부로 분류하고 있다.

전통방식으로 만든 순두부는 염화마그슘을 응고제로 사용해 몽글몽글한 모양과 식감을 가지고 있다. 동해 바닷물을 간수로 사용하는 강릉 순두부가 몽글한 이유다. 하지만 하루만 지나도 모두부처럼 단단해지기 때문에 유통이 어려운 단점이 있다. 반면 GDL 응고제를 사용한 순두부는 부드럽고 매끄러운 식감이 보름 정도 유지되기 때문에 유통할 수 있다. 우리가 쉽게 접할 수 있는 이유가 여기 있다.

## 부드러운 연두부 샐러드

연두부는 고소하고 담백한 맛으로 소스 하나만 잘 곁들여도 훌륭한 요리가 된다. 부드럽고 소화도 잘 돼 부담 없이 즐기기 좋다. 채소를 더하면 부족할 수 있는 비타민, 섬유질 등의 균형을 맞출 수 있다.

재료 연두부 1팩, 잎채소 약간
오리엔탈 드레싱 : 간장 4큰술, 레몬즙 4큰술, 식초 2큰술, 올리브오일 1큰술, 설탕 1큰술, 다진 마늘 1작은술

조리순서 ❶ 오리엔탈 드레싱을 섞어 준비하고 하루 정도 냉장고에서 저온 숙성 후 사용한다. ❷ 연두부를 접시에 깔고 기호에 맞게 준비한 잎채소를 얹어준다. 토핑으로 건과일, 견과류 등을 곁들여도 좋다. ❸ 먹기 전 오리엔탈 드레싱을 부어 주면 완성이다.

러시아에 가다

차가운 온기를 담은 따뜻한 보르시

비행기를 타는 건 조금 무섭다. 정확히는 이륙할 때의 감각이 두렵다. 무거운 몸을 끌고 활주로를 힘껏 달리다가 붕 하고 떠오를 때, 내가 딛고 선 땅이 점점 아득해지는 것을 보면 뭔가 통쾌하면서도 오만 가지 걱정이 스친다. 귀가 먹먹해지고 희뿌연 구름 사이로 지나갈 때면 이게 꿈이 아니라는 걸 알면서도 꿈꾸는 것 같아 현실감이 떨어진다. 이 무거운 물체가 이 많은 사람을 싣고 하늘을 나는 게 여전히 신기할 따름이다. 그러다 불현듯 '만약'이라는 전제에 따라붙는 쓸데없는 생각 때문에 손에 땀이 스민다. 그래도 새로운 세상으로 나아가기 위한 유일한 방법이라 생각하며 눈을 질끈 감고 늘 용기를 낸다.

이번 여행은 닷새 전 친구의 일정에 손을 더하는 조건으로 급히 결정됐다. 정신 없이 일상을 빠져나와 비행기 좌석에 앉았다. 두려움과 설렘을 안고 창밖을 내다보는 데 안내 방송이 나온다. 슬금슬금 굴러가던 바퀴가 활주로 앞에서 잠시 멈춰 선다. 전속력으로 달려 날아오르기 전 숨을 고른다. 띵 하고 울리는 알림음과 함께 비행기는 속도를 높여 달리기 시작한다. 굉음이 최고조에 이를 때쯤 부웅 떠오른다. '이 느낌 진짜 싫다.' 속으로 무사히 구름을 뚫고 안정권에 도달하길 기도했다. 한참 날아서야,

안전벨트를 풀어도 된다는 알림음이 다시 울렸다. 동시에 이동이 가능하다는 안내 방송이 나온다. 나도 모르게 큰 숨을 내쉬었다. 후—.

그렇게 비행기는 순식간에 러시아 하바롭스크에 도착했다. 도시의 첫인상은 차가웠다. 굳게 다문 입, 무뚝뚝한 얼굴로 타인을 바라보는 눈빛 때문일까. 달리는 택시 창 너머로 지나는 낡고 거친 무채색 도시가 어깨와 마음을 쪼그라들게 했다. 그만큼 바람이 차고 아렸다. 날이 선 긴장감에 열이 올라서인지 갑작스러운 찬기에 팽팽해진 볼 탓인지 오한이 들고 등짝이 서늘했다. 하바롭스크 공항은 워낙 작아 편의시설 하나가 없었다. 공항에서 바로 유심을 살 계획이 틀어져 난감했다. 우리가 어디쯤인지 좌표를 확인할 길이 없었다. 우왕좌왕하다 택시를 타기로 했다. 주차장 같은 곳에 모여 있는 택시 무리를 발견하고 발걸음을 옮겼다. 먼저 숙소의 위치를 알리고 그 전에 유심을 살 수 있는 가까운 상가에 들르자 말했다. 그러자 그는 러시아어로 되물었다(고 생각했다). 무슨 말을 하는지 모르겠다는 느낌을 주기 위해 눈에 물음표를 달고 끔벅끔벅 쳐다보니, 알았다는 제스처와 함께 무작정 오케이란다. 대체 뭐가 오케이일까. 그는 한참 길을 달리다 어느 가게 앞에서 차를 세웠다. 그는 차를 세우고 유심 파는 가게에 동행해 대신 설명해주었다. 덕분에 쉽게 유심 구매가 해결됐다. 다섯 시가 조금 넘은 시간인데 해는 금세 저물었다. 가로등이 드문드문 켜지기 시작하는 시간, 어둠이 더 무거워 보였다.

예약해 둔 아파트 근처에 도착했다. 숙소 주소를 확인하고 건물

입구마다 휴대폰 불빛을 비춰 대체 여기가 정확히 어디쯤인지 단서를 찾았다. 죄다 러시아어로 쓰여 있어 도대체 알아볼 수가 없었다. 번지수가 무슨 기준으로 쓰여 있는지조차 알 수가 없었다. 평소보다 열심히 일하는 심장 펌프질에 추위가 잊혔다. 아마도 그때 장을 보고 들어가는 커플이 아니었다면 한참을 더 헤맸을 것이다.

굳게 닫혀 있던 두꺼운 철문을 열었다. 건물 안은 습하지만 공기는 따스했다. 시멘트 냄새와 섞인 곰팡이 냄새도 인상적이었다. 모서리가 부서진 계단을 조심조심 올랐다. 계단을 따라가다 보니 푸른 화분이, 벽에 붙은 포스터와 엽서가, 러시아 스타일의 카펫이 우리를 반겨준다. 건물은 오래됐지만 아기자기하게 꾸며져 있었다. 고도에 먹먹해진 귀가 아직 적응하지 못한 탓인지, 익숙함을 벗어나 마주한 낯선 것에 정신을 빼앗긴 탓인지 순식간에 다른 세계로 넘어온 기분이 들었다.

손바닥만 한 열쇠를 철문에 끼워 넣고 두 바퀴 반이나 돌리고서야 철컥하고 두꺼운 현관문이 열렸다. 집 상태를 확인하고 각자 방으로 흩어졌다. 어깨에 짊어진 짐을 내려놓고 벌렁 누웠다. 하—. 집이다. 짐을 가볍게 정리하고 보니 일곱 시가 다 되었다. 밤이 더 깊어지기 전에 저녁을 먹으러 나갈 채비를 했다. 거창하게 채비라 할 것까진 없고 더 뾰족해진 찬기가 스미지 못하게 단단히 껴입었다. 시내는 우리가 묵는 숙소에서 차로 삼십 분 정도 떨어진 곳에 있어 다시 택시를 불러 이동하기로 했다. 거리에 다니는 사람이 드물었고 전체적으로 한산했다. 싸한 기분에 긴장의 끈을 놓을 수가 없었다.

시내에 도착했다. 레스토랑에 들어서자 직원이 나와서 인원을 확인하더니 옷을 맡기고 오라며 프런트로 안내했다. 다른 사람들이 어떻게 움직이는지 눈치껏 보고 겉옷을 맡겼다. 그리고 옷걸이에 새겨진 번호와 같은 번호가 적힌 칩을 받아두었다. 직원의 안내를 받아 자리에 앉은 다음에야 주변을 좀 둘러보았다. 옆 테이블은 대가족이 모여 가족 모임을 하는 듯 보였고, 우리 앞 테이블에는 중년 여성이 혼자 여유롭게 식사를 하고 있었다. 그 옆으로는 연인이 나란히 앉아 식사하고, 또 다른 테이블은 친구들에게 자신의 남자 친구를 소개해주는 듯한 모임이 보였다. 따뜻하고 행복해 보였다. 영화 속 한 장면에 폭 들어와 있는 기분이 들었다. 문밖에선 전혀 상상할 수 없었던 광경이었다.

보르시borscht, 러시아식 고기 수프와 피자, 샤슐릭shashlik, 러시아식 고기 요리, 조지아식 만두, 라즈베리 주스를 시켰다. 라즈베리 주스가 큰 유리병에 담겨 나왔다. 사이좋게 나누어 따르고 진한 주스를 들이켰다. 맛과 향이 얼마나 향긋한지 의식이 또렷해졌다. 하— 상쾌해! 모두 같은 기분을 느낀 건지 고개를 기울여 눈을 동그랗게 뜨고 쓰윽 웃었다. 투박한 그릇에 보르시가 담겨 나왔다. 푸른 고수가 참참 다져진 채 고명으로 올라간 토마토 수프다. 고수 맛이 어려운 나로서는 난감한 메뉴였다. 주저하는 내 손을 보았는지 일행이 "고수 못 먹어요? 내가 고수의 고수니까 내가 먹어 줄게요!" 고수를 숟가락으로 가볍게 걷어냈다. 바닥까지 긁어 휘휘 저어보니 고기가 실하게 들어 있다. 고수의 등장으로 머뭇거리는 마음이 생겼지만 용기를 내 큼직한 숟가락을 들었다. 떠먹었다기보다 후루룩 마셨다. 역시나 콧바람으로 고수의 향이 진하게 난다. 새콤하고 달큼한 토마토 맛도 나고, 짭조름하니 고기의 감칠맛도 돈다. 통후추와 정향, 팔각 향도 난다. 생각보다 괜찮네. 서너 번 연거푸 후루룩 마셨다. 향신료 때문인지 몸이 데워진다.

각자의 자리에서 밥을 먹는 이곳 사람들을 보다 보니 우리와 다르지 않구나 싶어 긴장한 마음도 후루룩 녹았다. 낯설고 어려운 맛이었지만 속이 따뜻해지고 든든했다. 하바롭스크의 보르시는 러시아 사람들과 닮은 차가운 온기를 맛본 듯했다.

## 리틀 투어

❶ 하바롭스크 공항은 워낙에 작아 환전이나 유심 구매가 어렵다. 택시를 타고 움직이려면 현금이 필요하니 출국 전 환전을 여유롭게 하는 게 좋다. ❷ 막심maxim 택시 앱을 사용하면 이동 경로에 따라 미리 요금이 책정된다. 때문에 막심을 이용하면 덤터기를 쓸 일이 없다. 다만 공항엔 유심을 파는 곳이 없어 바로 인터넷 사용이 어렵고 로밍 시에는 앱 가입이 불가능하다. ❸ 트렁크에 짐을 실으려면 옵션에서 러기지를 체크하자. 추가 요금이 있다. ❹ 막심 택시 애플리케이션은 러시아에서 현지 번호를 받아야만 가입할 수 있다. 유심 대신 로밍을 했을 경우에는 가입이 안 되니 참고한다. ❺ 유럽 문화 영향권이어서 치즈 종류가 많으며, 홍차가 꽤 잘 구비되어 있다. 꿀과 차가버섯도 유명하다.

## 러시아식 보르시

기호에 따라 향신료를 첨가하면 맛을 더 다채롭게 만들 수 있다. 큐민, 정향, 고수 등을 사용해 풍부한 맛을 즐기자.

재료 양배추 1/4통, 감자 2개, 양파 1개, 당근 1개, 토마토 1개, 마늘 10알, 쇠고기 100g, 치킨스톡 1개, 올리브 오일, 소금, 후추 약간, 바게트 취향껏

조리순서 ❶ 채소는 채 썰고 마늘은 다진다. ❷ 채소를 단단한 순서대로 볶아두고 잠시 한 김 식힌다. 그동안 쇠고기를 살짝 볶아준다. ❸ 커다란 냄비에 고기와 볶아둔 채소와 고기를 넣고 자작하게 물을 부은 다음 치킨스톡을 넣고 끓인다. ❹ 약간 걸쭉해질 때까지 한두 시간 푹 끓여주고 소금과 후추로 간한다. ❺ 좋아하는 빵을 서빙하고 같이 먹는다.

## 세상에서 가장 완벽한 맛

## 꼭꼭 씹어 먹는 물 한 잔

"아! 물이 세상에서 제일 맛있네." 엄마는 외출 후 돌아와 물 한 잔을 다 들이켜고선 습관처럼 이렇게 말씀하셨다. 그러면 나는 꼭 옆에 서서 토를 달았다. "아무 맛도 없는데 뭐가 맛있다는 거야?" 맛 자체가 부재한 무無 맛에 "맛있다" 말하는 엄마를 도통 이해할 수가 없었다.

스물두 세 살쯤, 대여섯 시간에 걸쳐 칠갑산 등반을 한 적이 있다. 뙤약볕 내리쬐는 팔월 한여름이었는데 이제 와 생각해보면 무리한 산행이었다. 열 명 정도 오르기 시작해 중간중간 낙오자가 생겨 고지에 가까워졌을 때쯤엔 세 사람만이 남았다. 세 사람 중엔 나도 있었는데, 사실 하산할 타이밍을 놓쳐 우물쭈물하다 고지로 가야만 하는 선택지 없는 상황에 놓인 탓이었다.

바위산은 처음이라 몸을 낮추고 땅에 기대 오르고 내리기를 반복하다 보니 산행 내내 긴장의 연속이었다. 바지며 티셔츠가 흙먼지 범벅이 되고 머리끝에 송골송골 맺힌 땀은 비 오듯 흘러내려 목에 두른 손수건을 이마에 옮겨 둘렀다. 계속되는 산행에 갈증이 많이 났지만 물을 한 번에 벌컥벌컥 마시면 탈수 증상이 온다기에 한 모금으로 겨우 목만 축이며 걸었다.

"어? 나 물이 없어! 어떡하지?"

"나도 진작에 다 마셨어."


예상치 못한 일이 생겼다. 나름 아껴 마신다고 신경을 쓰고 있었는데도 정상에 다다를 때쯤엔 다들 물이 똑 떨어지고 말았다. 체온이 급격하게 올라 배출되는 땀의 양이 평소보다 많다 보니 더 심하게 갈증을 느꼈다. 정상에 가까워졌을 때쯤 목이라도 축일 요량으로 지나는 어르신께 물 한 모금을 부탁했다.


"어르신 안녕하세요. 저 실례지만 물 한 모금 부탁드려도 될까요?"

"아이고, 미안해서 어쩌나. 나도 하산하면서 마실 물밖에 없어서… 아이고 미안해요."


하는 수없이 갈증을 참고 정상에 올라야만 했다. 오르는 내내 오로지 물 생각뿐이었다. 우여곡절 끝에 정상에 올랐다. 올랐다는 쾌감 때문인지 잠깐 갈증이 잊혔다. 부는 바람이 미지근한데도 땀이 식자 시원하게 느껴졌다. 사진 한 장씩을 남기고 다시 서둘러 하산을 했다. 정상까지 작은 봉우리를 하도 오르락내리락해서인지 하산 길은 훨씬 수월하게 느껴졌다.

"편의점이다!" 산 입구에 있는 편의점을 발견하고는 마치 오아시스를 발견한 듯 "살았다!"를 외치며 발걸음을 재촉했다. 가만히 서 있기만 해도 부들부들 떨리는 다리에 힘을 주어 딛다 보니 무릎이 자꾸 접혀 넘어질 것 같았다. 차가운 물을 큰 모금으로 벌컥벌컥 마시는데 절로 찬사가 터져 나왔다. "와! 물이 진짜 세상에서 제일 맛있네!" 필요를 충족하는 가장 완벽한 맛이었다. 엄마가 말한 그 맛을 알게 된 순간이었다.

이날 이후 무슨 일을 시작하기에 앞서 차가운 물 한 잔을 꼭꼭 씹어 마시며 생각한다. 어떤 맛도 존재하지 않는 가장 순수한 맛의 물을 씹어 삼키다 보면 쓸데없는 생각과 부스러기들이 시원하게 씻겨 내려간다. 차가운 물이 식도를 타고 내려가 몸 구석구석으로 퍼지면 안일해진 신경들이 반응하고 정신은 차차 또렷해진다. 정말이지 세상에서 가장 완벽한 맛이다.

# 계절의 맛

고요하고
성실하게
일상을
깨우는
음식 이야기

초판 1쇄 인쇄  2019년 3월 15일
초판 1쇄 발행  2019년 3월 25일

지은이       정보화
펴낸이       이준경
편집장       이찬희
편집팀장     이승희
편집         김아영, 이가람
디자인팀장   강혜정
디자인       정미정, 한은혜
마케팅       이영섭
펴낸곳       지콜론북

출판 등록    2011년 1월 6일 제406-2011-000003호
주소         경기도 파주시 문발로 242 파주출판도시 (주)영진미디어
전화         031-955-4955
팩스         031-955-4959

홈페이지     www.gcolon.co.kr
트위터       @g_colon
페이스북     /gcolonbook
인스타그램   @g_colonbook
ISBN         978-89-98656-82-9 03810
값           14,000원

이 도서의 국립중앙도서관 출판시도서목록 (CIP)은
서지정보유통지원시스템 홈페이지 (http://seoji.nl.go.kr)와
국가자료공동목록시스템 (http://www.nl.go.kr/kolisnet)에서 이용하실 수 있습니다.
(CIP제어번호 : CIP2019009833)

잘못된 책은 구입한 곳에서 교환해 드립니다.

**g**지콜론북은 예술과 문화, 일상의 소통을 꿈꾸는 (주)영진미디어의 문화예술서 브랜드입니다.